슬기로운
감옥생활

슬기로운 감옥생활 ④

초판 인쇄 2023년 9월 11일
초판 발행 2023년 9월 15일

지은이 JS
펴낸이 김태헌
펴낸곳 문학홀릭

주소 경기도 고양시 일산서구 대산로 53
출판등록 2021년 3월 11일 제2021-000062호
전화 031-911-3416
팩스 031-911-3417

슬기로운 감옥생활

4

JS 장편 소설

슬기로운
감옥생활

Contents

차례

슬기로운
감옥생활

21
모진 목숨, 모진 인생

또 하루가 지나가는지 하얀 담의 그늘이 깊어지다가 그 그늘이 건물의 벽에까지 닿자 곧 어둠이 내려앉았다. 하루의 해는 지겹도록 꾸물럭거리다가 삽시간에 해거름이 덮였고 어둠이 밀물처럼 닥쳐들었다. 이 지상에서 가장 슬프고도 고독한 곳이 바로 이런 시간의 구치소일 것이다. 어스름과 마악 섞이기 시작하는 구치소의 건물들은 횟가루를 발라 도무지 정이 가지 않을 것 같은 몰골로 서 있었다. 왜 구치소의 건물들은 유난히 흰색으로 칠해 놓는지 모르겠다. 어쩌면 매일 밖을 내다보며 시름을 달래는 재소자들에게 흰색이 자주 눈에 띄게 함으로써 마음까지 희게 만들겠다는 강한 의지에서 그렇도록 희게 만들었으리라.

개과천선.

사람들의 마음이 저토록 희게 될 수 있을 것인가. 이미 전과
자라는 낙인이 찍혀버린 그들에게 아무리 숭고한 희망을 준들
그들의 삶의 방식이 금방 달라질 수 없겠고, 또 범죄가 없어진
다고 믿는다면 그건 크나큰 오산일 것이다. 한 번 구겨진 데는
자꾸 구겨지게 마련이다. 그들은 이 사회가 그들을 불용할 것
이라는 사실을 너무나도 잘 안다. 그래서 그들은 그 안에 있는
동안 또 다른 유형의 더 큰 범죄를 계획하게 되고 그것을 실행
에 옮겨 크게 한탕하기를 고대한다.

그들이 낮에 웃통을 벗어 창살에 매달려 팔당기기를 하면
서, 또 물통을 들고 팔의 근육을 단련하면서 내내 생각하는 것
이 또 다른 범죄의 구상이었을 것이다. 이번에는 여하튼 들키
지 않고 멋지게 한 번 해치울 수 있기를 고대하는 마음으로 그
들은 숨을 죽였었다. 이 안에서 듣고 보고 느껴지는 모든 것들
이 바깥으로 나가서의 범죄에 유용하게 작용되기를 희망하는
그런 것들이었을 것이다. 잘만 하면 한탕으로 인생이 달라질
수 있다는 유혹은 누구에게나 있다. 그래서 구치소에 들어오는
이들 중에 90%는 그러한 허황된 꿈에서 헤어나질 못하고 있었
고, 단지 10% 정도만이 달인이 되어 나간다면 믿어질까. 하여
튼 구치소는 범죄의 전파지로서, 온상으로서 손색이 없었다.
처음에 아무것도 모르고 잡혀 들어온 치들도 방 안에서 재판

을 기다리는 동안 여러 동료들로부터 범죄의 유형과 수법을 얻어듣게 되고, 기기에다 한 술 더 떠서 나름대로 안 붙잡힐 치밀한 계획까지 염두에 두게 되는 것이다. 그리해서 그들은 완벽한 범죄를 꿈꾸게 되는 것이다. 사회가 점점 나락으로 떨어지고 있는데 자신만이 청정해진다고 해서 이 사회가 맑아진다고는 보지 않았다. 오히려 자신의 죄성을 두둔하는 쪽으로 몰아가는 것이 그들의 심리였다. "그래, 한탕 잘 해치워서 정승처럼 살면 되는 거지." 그 안에 있는 사람들은 누구나 이러한 결심을 한 번쯤은 했을 것이다.

덜그럭 거리는 쇠바퀴의 밥차가 지나가고 처량하게도 3감시대에서 들려오는 경교대의 근무교대 복창소리를 들으면서 종태는 그대로 자리에 누워 있었다.

농약을 마시고 나서 헛구역질 같은 속의 뒤틀림이 있었고, 가물거리는 중에 한없이 땅속으로 곤두박질치는 것만 떠올랐다. 속에서 타는 듯한 고통도 잠시였고 이내 캄캄한 막이 내려져 버린 것처럼 모든 게 끝나 버렸던 것이다. 그런데 운명이란 것은 이렇게도 자신을 살려놓고 있었다. 의무과에서 수없이 행해졌던 위세척에서 종태는 어렴풋이 통증을 느끼면서 가느다랗게 실눈을 떴던 것이다. 종태에게는 지금 자신이 누워 있는 것이 삶의 연장선상인지 아니면 죽음의 뒤끝인지 모를 만치 아득하기만 했다. 그저 하얀 천장이 보였고 사방이 온통 하얀 병

11

실만 눈에 들어왔다.

"원예반장, 이제 정신이 들어요?"

종태가 소리가 나는 쪽을 찾아 바라보자 저곳에 하얀 가운을 입은 의무과 소지가 한 명 서 있었다. 의무과 소지는 마침 종태의 체온이라도 재려는지 손에 체온계를 들고 있었다.

"……."

종태는 그만 눈을 감아 버렸다. 이미 자신의 양팔과 두 다리가 침대의 모서리에 포승줄로 꽁꽁 묶여 있어서 피할 수 없는 현실이라는 것을 알았기 때문이었다. 의무과 소지는 같은 재소자로선 종태와 같이 일정 기간의 징역을 살고 있는 출역수였다.

"원예반장이 왜 농약을 마셨는지 모르겠어요. 반장보다 더 많은 형기가 남은 사람들도 징역을 살고 있는데……."

의무과 소지는 아무렇지도 않은 듯이 말하곤 종태의 겨드랑이에 체온계를 찔러 넣었다. 종태는 눈을 감고 곰곰이 생각을 해봤다. 아직 의무과 소지들은 왜 자신이 농약을 마셔야 했는지를 까마득히 모르고 있는 것 같았다.

"반장도 이제 조금만 더 살면 곧 가출옥으로 나갈 건데 왜 그런 일을 저질렀어요?"

의무과 소지의 말에 종태는 눈을 번쩍 치켜떴다. 그리곤 자신을 꽁꽁 묶은 밧줄을 잊어버리고 벌떡 일어나려고 했다.

"일어나지 마세요. 보안과에서 포승줄로 꽁꽁 묶어뒀어요.

원예반장이 정신이 들면 또 어떤 일을 저지를지 모른다면서 풀지 말라고 지시를 내렸어요."

의무과 소지는 그렇게 말하면서도 전혀 별다른 기색은 보이지 않고 있었다. 그는 종태의 겨드랑이에서 뽑아낸 체온계를 눈 위로 들어 눈금을 보다가 기록표에 무엇인가를 적고 있었다.

"체온은 정상입니다. 그리고 아까 번에 혈압을 재었는데 혈압도 정상입니다. 아마 반장이 운동을 했던 몸이라 회복이 빠른 모양입니다. 한 시간마다 체크를 해서 담당님이 보안과로 보고를 하는 모양이던데 정말 다행입니다."

"……."

의무과 소지는 이제 가지 않고 아예 침대의 옆 귀퉁이에 걸터앉았다. 종태는 눈을 들어서 자신의 머리 부분께의 양옆으로 팔을 벌려서 침대의 가장자리에 있는 걸쇠에다 팔목을 붙들어 맨 퍼런 포승줄을 보았다. 자신의 하얀 맨살에 둔탁하게 매여 있는 포승줄은 벌건 자국을 만들고 일었다. 그리고 발쪽의 감각도 그랬다. 다리를 벌린 상태로 침대의 양옆으로 발을 묶어놓아 몸을 움직일 수 없게 만들어놓았다.

"너무 갑갑해하지 마십시오. 곧 풀어주겠지요……."

풀어준다고? 종태는 속으로 웃었다. 넌 아직 아무것도 몰라서 그래. 보안과에서 이렇게 나를 꽁꽁 묶어둔 것이 바로 내가 깨어나서 또 자살을 기도할까봐 그러는 거라구. 종태는 씁쓰레하게 웃었다. 자신의 머리께에 하얀 줄이 드리워져 맑은 액체가 뚝뚝 떨어지며 자신의 팔뚝으로 스며들고 있는 게 보였다. 이제 무슨 소용이 있으랴. 종태는 하얀 줄을 타고 드는 액체를 바라보며 속으로 그렇게 말하고 있었다.

"어, 깨어났구만?"

의무과 담당이 들어오다 말고 그렇게 소리쳤다. 종태는 다시 눈을 감아버렸다. 그 직원은 천천히 다가와서 종태의 이마를 짚어 보았고, 링거 주사 바늘이 안 꽂힌 팔목의 안쪽을 지그시 눌러 보며 맥박수를 헤아리는 중이었다.

"원예반장, 왜 그런 일을 저질렀어? 정말 알다가도 모를 일이야."

"……."

종태는 눈을 뜨지 않았다. 모든 게 전부 짜고 하는 말처럼, 우선은 자신의 마음을 가라앉히려는 의도에서 하는 것처럼 들렸다. 주먹잽이라는 사실만으로 어떠한 일을 또 저지를지 모른다는 계산에서 일부러 능청을 떠는 말처럼 들렸다.

"몸이 워낙 강철이라서 그렇지, 웬만한 사람이라면 이미 죽었을지도 몰라."

담당이 그렇게 말하자 종태는 슬며시 눈을 떴다. 눈을 감고 있는 것이 왠지 어색하게만 느껴졌다. 이미 모든 게 다 밝혀지지 않았는가. 더 이상 자신을 감추고 싶지 않았다. 주먹잽이로

14

서 떳떳이 죽음을 맞이하고 싶은 생각이 들었던 것이다. 종태는 천천히 담당의 눈을 바라보았다. 그러나 어떠한 질문도 던질 수 없었다. 그저 막연히 바라본다는 뜻밖에는 없는 그런 눈빛이었다.

"이제 정신을 차렸으니 보안과로 보고를 해야겠어. 함 주임이 몇 번이나 왔다가 갔는데 정신을 차리는 즉시 보고를 하라고 했어."

담당은 그 말을 하곤 금방 등을 돌려 문 쪽으로 향했다. 종태는 마음속에서부터 우러나는 무슨 말인가를 하려다가 부질없는 짓인 것 같아서 그만두어 버렸다. 의무과 소지가 얼핏 종태의 그러한 표정을 읽곤 담당을 부르려고 하다가 종태가 체념하는 표정을 짓자 그만두어 버렸다. 종태는 침대 옆의 창문께로 눈길을 주고 있었다. 제법 푸른 잎을 단 나뭇가지가 창 너머로 보였다. 그 잎은 아직 짙은 녹음의 색깔이 아니었고 연하디 연한 초록빛이었다. 종태는 자신의 삶이 시커멓게 변해가고 있는 중이라면 아마 나뭇잎은 한창 물이 오른 푸르름이라고 생각했다. 어떻게 해서 자신이 이 지경에 이르렀는지 몰랐다. 바깥에는 초여름의 바람이 부는지 나뭇가지가 간들거리는 것이 무척 자유스럽게 느껴졌다. 바람과 나뭇가지의 만남. 그것은 자연스런 만남처럼 적이나 온화하게 느껴졌고, 종태는 그러한 움직임에 정신을 모으고 있는 중이었다.

"함 주임님, 의무과에서 인터폰인데요."

무기 서무가 인터폰의 수화기를 손으로 막으며 소리쳤다. 함 주임은 불쑥 하던 일에서 손을 떼고 책상에서 일어나서 배치계의 인터폰으로 다가갔다.

"함 주임이오."

주임이, 수화기에다 대고 그렇게 소리치자, 저쪽에서 지금 막 종태가 정신을 차렸다는 소리가 흘러나오고 있었다. 의무과 담당이 기쁜 듯이 보고를 하고 있었다. 함 주임은 보고를 들으면서 별로 기쁘지도, 그렇다고 나쁜 표정도 아닌 얼굴을 하고 듣고만 있었다.

"알았어. 내가 곧 가볼 테니까 종태나 잘 주시하고 있어. 혹시 또 소동을 피울지 모르니까."

함 주임은 그렇게 지시를 하곤 인터폰을 놓았다. 그러나 금방 제자리로 돌아가지는 않았다. 그는 잠시 무엇인가 골몰히 생각하는 듯 서 있다가 곧바로 보안과장실로 들어갔다. 문을 열고 들어서자마자 저쪽의 집무실에 앉아 있는 과장에게 거수 경례를 붙이고는 그 쪽으로 다가갔다. 과장은 마침 무엇인가 결재를 하느라 산더미처럼 쌓인 대장들을 펼치면서 열심히 도장을 찍어대고 있는 중이었다.

"과장님, 차종태가 깨어났나 봅니다. 방금 의무과에서 보고가 올라왔습니다."

"……."

보안과장은 하던 결재를 멈추고 얼굴을 들었다. 과장의 책상 앞에 함 주임이 엉거주춤 서 있다가 과장의 눈과 딱 마주치자 눈빛이 흐트러지고 있었다. 그러나 자세만은 부동자세였다.

"이제, 어쩐다?…… 소장은 소장대로 나 몰라라 우리들한테 미루는 판국이니…… 내 손에서 마음대로 처리할 수도 없는 일이고……."

과장은 그렇게 말을 웅얼거리면서 책상 위의 담배를 끌어당겨 불을 붙이고 있었다. 아직까지 그대로 서 있는 주임에게 담배를 쥔 손으로 맞은편의 소파에 앉으라는 시늉을 해 보였다. 함 주임이 조심스럽게 소파의 끝에 엉덩이를 갖다 붙였다.

"어떻게 했으면 좋겠는가, 함 주임은……?"

"……."

과장이 길게 담배연기를 내뿜었다. 연기는 저만치 앉아 있는 함 주임의 면상에까지 날아오다가 뿔뿔이 흩어졌다. 과장의 그런 모습은 예전에는 볼 수 없었던 것이었다. 그렇게까지 길게 연기를 뿜어대는 일은 없었던 것이다. 함 주임은 속으로 초조했다. 소장이 자신들에게 모든 일의 뒤처리를 미루는 것과 보안과장의 그런 모습들은 다분히 신경질적이었다. 함 주임이 쉽게 입을 열 수 있는 처지가 아니었다.

"괜히 사건을 캐다가 덧불만 건드린 거 같아…… 잘못하면 전부 줄줄이 옷을 벗어야 할 판이니…….."

과장은 이제 곤혹스러운 표정을 드러내고 있었다. 잘 빨리지 않는 담배를 빨듯이 벅벅 담배를 빨아대다가 아직 덜 탄 담배를 비벼끄고 있었다.

"상호란 놈은 아직 독방에 있지?"

"예."

"독방에는 담당 외에 아무도 접근하지 못하게 했나?"

"예, 담당한테 그렇게 단단히 지시를 해뒀습니다."

함 주임은 머리를 조아리듯이 하며 대답을 했다. 함 주임의 눈이 다시 보안과장의 눈빛을 살피고 있었다. 무슨 단안이라도 내려줘야 할 텐데…….

"어떻게 했으면 좋겠나? 함 주임 생각은 어때?"

보안과장은 끝끝내 자신이 책임질 일이 아니라는 투로 함 주임의 입에서 어떤 결론이 내려지길 기다리고 있었다. 결국 함 주임의 입에서 나온 말로 함 주임 자신이 처리하게끔 만들려는 의도가 분명했다.

"……."

함 주임은 그저 눈만 동그랗게 뜨고는 과장의 금테 안경을 살피고 있었다. 과장과 함 주임 사이에는 잠시 어색한 분위기가 흘렀다. 서로 눈싸움이라도 하듯이 그들은 눈을 마주쳤다간 이내 다른 곳으로 눈길을 돌리곤 하였다.

"소장님은 함 주임이 알아서 처리를 해주길 바라고 있는 눈치야. 이미 그 분은 정년이 얼마 남지 않은 분이고, 불명예스럽게 옷을 벗고 나가는 걸 원치는 않겠지. 나도 그래. 함 주임 선에서 어떻게 잘 알아서 처리를 해준다면 그것보다 더 고마울 게 없다는 생각이지……."

과장은 점점 자신의 의중을 드러내고 있었다. 만일 나중에 일이 터지더라도 옷을 벗는 선에서만 일처리가 끝나길 바라는 눈치였고 살인범 은닉죄로 구속당하는 데까진 가지 않겠다는 투였다. 그랬으므로 함 주임이 혼자 알아서 독단으로 처리한 것으로 만들어 달라는 은근한 부탁이었다. 함 주임이 약간 미간을 좁혔다. 자신도 이날 이때까지 전국 구치소, 교도소를 떠돌아다니며 혼자 유랑을 하다시피 해가면서 가족들과 떨어져 지낸 것도 말하자면 하루라도 빨리 과장으로 진급이 되어 안정된 간부 생활을 하기 위한 것이었건만 자칫 잘못했다간 지금에서 옷을 벗어야 할 판이었고 구속까지 당할지도 모르는 처지였다. 종태가 분명히 쇠창살을 자르고 야밤에 도주하여 애인과 기식을 죽이고 어엿이 다시 구치소로 돌아왔다는 사실과 그 사실을 알고서도 쉬쉬하며 덮어버렸다는 것은 도저히 용서받을 수 없는 일임에 틀림없었다. 어쩌면 자신이 쇠고랑을 차고 이곳에 수감될 처지였다.

함 주임은 이제 모든 화살이 자신에게로 돌려지는 것을 느꼈고 빠져나갈 구멍은 전혀 보이지 않고 있었다.

"과장님, 제가 감히 혼자 독단으로 처리할 수 있겠습니까? 무슨 언질이라도 주시면……."

"어허 이 사람, 내가 간부로 임용돼서 초임 주임일 때에는 물불을 가리지 않고 일했어. 자네도 곧 과장이 되고 소장이 될 사람이 아닌가? 이런 일쯤이야 혼자서 잘 처리할 수 있어야지, 안 그래? 이럴 때 한 번 함 주임의 담력을 소장한테 보여주는 게야."

과장은 조금 언짢은 표정으로 나무라고 있었다. 어쩌면 함 주임의 결단에 쐐기를 박기라도 하듯이 밀어붙이고 있었다.

"그래도…… 혹시 일이 커지면……."

함 주임이 과장의 눈치를 살피며 조용하게 말을 꺼냈다.

"그건 그때 가봐야 알 일이 아닌가? 나라고 일이 터지면 이 자리에 앉아 있을 수가 있겠는가? 그리고 과장이 돼서 내가 직접 나서서 일개 재소자와 흥정을 벌인다는 것은 어쩐지 우습지 않은가? 아무래도 내 생각에는 함 주임이 적극 나서서 일을 처리해주면 제일 낫겠다는 생각이야."

"……."

과장은 속이 타는지 다시 담배를 뽑아 신경질적으로 라이터를 켜고 있었다. 그는 담배연기를 깊숙이 빨아들였다가 최대한으로 멀리 뿜어내고 있었다. 이번에는 그 담배연기가 함 주임의 얼굴에까지 날아왔다.

함 주임이 담배연기를 맡고서 담배의 유혹을 이기지 못하고 부시럭거리며 담배갑을 꺼내들고선 과장을 쳐다보았다.

'피워! 이럴 땐 과장 앞이라도 피워야지!'

과장은 함 주임의 어려워하는 모습을 간파하고 그렇게 말했다. 함 주임은 조심스럽게 불을 붙여 연기를 밑으로 내어뿜었다. 과장은 이때다 싶게 재빨리 말을 꺼냈다.

"뭘 그렇게 망설여. 어차피 함 주임이랑 나밖엔 더 있어? 그럴 바엔 속 시원하게 떠맡는 편이 훨씬 낫지."

과장의 낮은 어조에 함 주임은 담배를 손바닥 안으로 감추며 고개를 들었다.

"알겠습니다. 과장님 말씀대로 하겠습니다. 그 대신……."

"그 대신?"

과장이 흡족한 미소를 지으며 함 주임의 말을 곧이 받았다.

"혹시 그놈들과 말을 맞추는 과정에서 그놈들이 요구하는 것이 있으면 내가 알아서 처리를 해도 되겠습니까?"

"무슨 요구를 할 것 같은가?"

"……."

함 주임은 다시 담배를 한 모금 빨아들이고는 아래로 내뿜었다.

그리고는 담배를 비벼 껐다.

"혹시…… 가출옥을 해달라고 하든지, 이곳에서 편하게 있게 해 달라고 요구를 할지도 모르겠습니다."

"그런 것쯤이야 못 들어주겠어? 그 대신 철저하게 입만 막으라고. 내가 소장한테 다 이야길 해서 뒤처리를 할 테니까."

"알겠습니다. 그럼, 곧 의무과로 가서 차종태를 만나보겠습니다."

함 주임의 얼굴이 결연해 보이자 보안과장은 속으로 안도의 한숨을 내쉬었다. 슬며시 웃음이 배어나오고 있었다.

"그렇게 해. 차종태만 입을 막아서는 안 돼, 상호란 놈도 같이 막아야 돼."

"그건 제가 다 알아서 하겠습니다."

함 주임은 자리에서 일어났다. 그리곤 부동자세를 취해 거수경례를 올렸다. 그때 과장의 비굴한 웃음이 마악 터져나오려는 것이 함 주임의 눈에 보였다. 함 주임이 거수경례를 하자 과장은 어서 나가보라는 투로 손짓으로 답해 보였다.

함 주임은 제 자리로 돌아와 담배를 빼물었다.

그리고는 곰곰이 생각에 잠겼다. 아직 이 일은 소장과 보안과장, 그리고 자신과 차종태와 상호밖엔 아무도 모른다. 이미 소장과 보안과장은 자신에게 모든 칼자루를 내던져 버렸고 아무것도 모른 체 시치미를 떼려고 하고 있는 중이다.

오직 자신만이 머리를 짜내어 해결하지 않으면 안 될 일이었다. 함 주임은 퍼뜩 머리를 회전시키면서 종태의 영치금이 생각났다.

함 주임은 얼른 담배를 비벼끄고 자리에서 일어났다. 그리고는 금테가 둘러진 모자를 집어쓰고는 밖으로 나갔다. 보안과에서 나와 주복도를 걸어가면서 그는 차종태에게 건넬 말들을 생각하고 있었다.

어차피 자신이 일을 벌려왔으니 자신이 거두어들이는 수밖엔 별다른 도리가 없었다. 다만 문제는 종태와 상호의 입을 어떻게 봉하느냐에 달려 있었다. 종태 혼자라면 그래도 쉽겠는데 지금은 괜히 혹처럼 상호란 놈이 하나 더 붙어 있었기 때문에 그 둘을 적당하게 주무르는 데엔 꽤나 신경이 쓰였다. 이럴 줄 알았으면 의정부에서 상호란 놈을 데려 오지 않았을 것인데 함 주임은 괜히 사서 고생을 하는 격이 되어서 이맛살이 찌푸려지고 있었다.

그는 중문을 지나면서 그 문을 지키고 있는 경교대가 거수경례를 하며 '이상 무!'라고 외치는 복창소리도 귀에 따가워서 답례도 하는 둥 마는 둥하면서 지나쳤다. 그의 온 생각은 지금 깨어난 종태와 어떠한 대화를 나누어야 하는가에 초점이 모아져 있었다.

주복도의 한 켠으로 두 줄로 열을 지어서 느릿느릿 걸어가는 재소자들의 행렬 때문에 함 주임은 걸음을 늦출 수밖에 없었다. 그들은 지금 가족들과의 면회를 끝내고 사방으로 돌아가는 길이었고, 재판에서 마악 돌아와서 허기진 배를 채워줄 저녁밥을 먹기 위해 방으로 가는 중이었다. 검정 고무신을 신은 재소자들이 어기적거리면서 시멘트 바닥에다 대고 질질 끄는 모습은 하루 농사일을 끝내고 지쳐서 논두렁을 어슬렁 걸어가는 촌부의 모습 그대로였다. 삶에 지쳐 버렸고, 또한 이곳의 불안한 내일에 잔뜩 주눅이 들어버린 그들의 참모습이었다. 면회를 갔다가 돌아오는 이에게는 코앞에 그리운 이를 두고서도 손한 번 잡아볼 수 없는 안타까움과 미련이 잔뜩 괴어 있었고, 재판정에 나갔다가 돌아오는 이는 집행유예 선고를 못 받고 다시 어둠의 소굴 같은 곳으로 들어와야 한다는 생각에서 무겁게 어깨가 처져 있었다.

면회나 재판에 나갈 때에는 그래도 한 가닥 희망 같은 것이 솟았다가 지금 돌아오는 시간엔 완전히 그 꿈이 깨져버린 절망감에 젖어들고 있었다. 이곳에서의 삶이란 아침과 저녁이 달랐다. 아침이 희망이라면 저녁은 그들에게 있어서는 절망의 어둠뿐이었다. 아침에 나갈 때에는 새 양말을 꺼내 신고 부적 같은 믿음을 가지고 나갔다가도 돌아와야 할 이때쯤에는 죽기보다도 싫은 긴 복도와 쇠창살과 철문들을 수없이 지나쳐야만 하는 것이었다. 그 문들은 얼마 시간이 지나고 나면 인원점검이 끝남과 동시에 자물쇠로 채워질 것이다. 그리고 새벽이 되어야만 그 철문들은 다시 열리고 밤새 감시를 했던 직원들과 재소자들이 동시에 일어나리라.

함 주임은 재빠른 걸음으로 걷다가 사방에서 배식을 마치고서 빈 국통을 들고 튀어나오는 소지들과 부딪힐 뻔하다가 가까스로 피하면서 소지의 목덜미를 탁 쳤다.

"이 새꺄, 잘 좀 보고 다녀!"

소지는 목덜미를 맞고는 황급히 사방 안으로 달아나버렸다. 함 주임이 악명이 높은 간부라는 것을 모르는 소지는 없었다. 그랬으므로 더 이상 꾸물거리질 않고 보는 즉시 사방 안으로 달아나는 게 상책이었다. 혹시 불러 세워서 호주머니를 검사하질 않나, 신발을 벗어서 들어 보라는 지시를 내리질 않나, 심지어는 양말까지 벗어서 털어 보라는 통에 출역수들은 질겁했다. 간혹 얼띤 출역수들이 그 속에 담배나 비둘기들을 넣어갖고 있다가 들키기도 했는데 함 주임은 그런 연유로 해서 재소자들에게 세퍼드라는 별명으로 불리고 있었다.

소지들은 두세 달에 한 번씩은 자기가 일하는 사동에서 다른 사동으로 옮겨 다니며 일을 하곤 했는데 그것도 방 안에 있는 재소자들과 밀착하는 걸 막기 위함이었지만 완전히 근절시킬 수 없는 게 또한 구치소의 생리였다.

그랬으므로 소지 일을 하고 있는 출역수들이라면 함 주임이 맡고 있는 관구에 한 번쯤은 가게 되어 있었는데, 함 주임이 맡는 관구로 가는 걸 모두가 꺼리고 있었다. 그러나 그 모든 이동은 모두 구치소 측의 명에 의해 이루어지기 때문에 피할 수는 없는 일이었지만 여하튼 함 주임이 있는 곳으로는 가기 싫어했던 것이다. 함 주임이 있는 관구실의 책상에 제아무리 먹을 것들과 영양제 알약을 갖다 바쳐도 일단 일이 터지면 함 주임은 안면을 싹 바꾸어 버렸기 때문에 정나미가 뚝 떨어지는 모양이었다.

함 주임이 황망하게 달려간 의무과 안에서는 마침 의무과 소지들과 담당들이 사이좋게 둘러앉아 때 이른 저녁밥을 먹고 있었다.

"어이, 직원이 그게 뭐야?"

"……."

담당은 재소자들의 밥인 관밥을 먹다가 입에 퍼 넣은 밥알을 씹을 틈도 없이 바람처럼 들이닥친 함 주임에게 들켜 버린 것이었다.

함 주임이 안경 너머로 날카롭게 담당을 나무라고 있었다.

"저러니 맨날 재소자들한테 우습게 보이는 거지……."

"……."

담당은 구석의 쓰레기통으로 가서 입안의 밥들을 뱉아내었다. 그러는 동안 함 주임은 그 직원의 뒤통수를 뚫어져라 바라보고 있다가 담당이 뒤돌아서자 벼락같이 물었다.

“원예반장, 일어났나?”

“예…….”

“좀 어때?”

함 주임의 표정이 아직까지도 굳어 있었다. 담당은 자신의 일 때문에 그러는 줄로 알고서 쭈뼛거렸다.

“아주 건강합니다. 저녁밥을 줬는데 먹는 걸 봤지만…….”

담당은 무언가 불안한 듯 그렇게 말꼬리를 늘어뜨렸다.

“그런데 자낸 지키라는 건 안 지키고 여기서 재소자들과 밥을 먹고 있어?”

“미안합니다.”

담당이 어쩔 줄 몰라했다. 의무과 소지들이 보는 앞에서 톡톡히 망신을 당하는 판이었다.

“미안하다고? 당장 시말서를 써 와!”

“…….”

함 주임은 그렇게 말을 하고는 부리나케 병실문을 열고 안으로 들어갔다. 함 주임의 말소리가 들리고 또 벌컥 문이 열리는 것을 보고 종태는 먹던 밥숟갈을 놓아 버렸다. 밥맛이 싹 달아나 버리는 것이었다.

“왜? 좀 먹지 않고…….”

함 주임이 마악 숟갈을 놓는 종태를 보고 하는 말이었다.

“됐습니다.”

27

"몸은 좀 어떤가?"

"……."

종태는 함 주임의 질문에 아무 말도 하지 않았다.

"걸을 수 있겠나?"

함 주임의 말에 종태는 눈을 치켜떴다. 그러나 쉽사리 말은 튀어나와 주지 않았다. 잠시 종태의 눈이 그를 바라보고만 있었다.

"걸을 수 있으면 관구실로 가서 이야기 좀 하지."

"……."

"뭐, 별 건 아니야. 아무도 없는 곳에서 이야기나 좀 하자는 말이지."

함 주임의 비굴한 웃음이 또 비어져 나오고 있었다. 종태는 그 웃음을 볼 때마다 자신의 약점을 놓치지 않으려는 웃음 같아서 괜히 울컥한 기분이 들었다. 그러나 지금 함 주임은 은밀히 이야기를 하고 싶다고 하고 있지 않은가. 종태는 일순간 그게 궁금했다.

"좋습니다, 그렇게 하죠."

종태가 순순히 응하자 함 주임은 얼른 호주머니에서 수정키를 꺼내서 아직까지 침대에 채워져 있는 종태의 발목 수갑을 풀기 시작했다. 그 수갑은 종태가 식사를 하다가 무슨 일이나 저지르지 않을까 해서 그대로 둔 수갑이었다. 식사를 시키기 위해 담당이 종태의 손목과 한쪽 발목만 풀어놓은 것이었다.

종태가 침대에서 내려서자 함 주임은 앞장서서 걸어나가기 시작했다.

이건 아무래도 이상하다. 종태는 그렇게 생각했다. 이곳에서는 항상 직원이 재소자의 뒤에 서서 계호를 하는 게 원칙인데 지금 함 주임은 자신이 앞장서고 종태를 뒤따라오게 하고 있었던 것이다.

이것은 아무래도 이상했다.

관구실에 다 갔을 때까지도 함 주임은 절대 뒤를 돌아보는 법이 없었다. 그리고 관구실의 문을 열었을 때에도 함 주임은 뒤에 있는 종태를 확인해 보지도 않고 있었다. 다만 문을 열고 불쑥 안으로 들어가서 책상 앞에 앉았을 뿐이었다.

"거기 앉아."

함 주임이 눈으로 지시하는 곳은 기다란 소파였다.

"……."

종태가 소파에 앉자 함 주임은 묵묵히 종태를 바라보기 시작했다. 이제는 예의 비굴한 웃음기도 보이지 않았다. 뭔가 불쑥 말을 꺼낼 것 같은 느낌만 잔뜩 들게 하고 있었다.

"차종태!"

"예."

"난 다 안다. 우리 솔직하게 얘기하자. 지금 1동 하 독방에

29

상호가 와 있다. 그저께 의정부 교도소에서 내가 데려왔다."

"……."

종태는 바짝 긴장되어 있었다. 이미 상호가 독방에 있다는 것을 알고 있었던 터였다. 종태는 주임의 다음 말을 기다렸다.

"2동 하 5방의 뼹끼통에 있는 쇠창살을 누가 잘랐는지 다 알고 있다. 그리고……."

주임은 말을 멈췄다. 그리고는 담배를 빼어 입에 물고는 다시 종태 쪽을 물끄러미 보고 있었다.

"담배 한 대 할래?"

"아닙니다……."

종태가 단호하게 말했음에도 함 주임은 다시 호주머니에서 담배를 꺼내어 종태에게 한 개비를 내밀었다.

"피워. 내가 주는 것이니까."

"……."

종태가 얼떨결에 받자 주임은 종태의 담배에 불을 붙여 주고는 자신도 불을 붙였다. 그리고는 다시 일어나서 출입구의 문을 잠가 버렸다. 면담을 하고 있는 중에 누가 들어오는 것을 막기 위함이었다. 더구나 재소자인 종태에게 담배를 피우게 한 꼴을 안 보이게 하기 위해서였다.

종태는 함 주임의 시선에서 눈을 떼지 않은 채 손바닥으로 가리면서 조심스럽게 담배를 빨았다. 한 두세 모금을 빨았을까.

"난 차종태 너랑 상호가 뺑끼통의 쇠창살을 뚫고 밖으로 나갔다가 돌아온 것을 다 알고 있어. 아직 위에서는 자세한 것을 모르고 있지만…… 내가 아직 조사를 하고 있는 중이라 보고를 안 했지."

함 주임이 연기를 내뿜으면서 얼굴을 창문께로 돌리고 있었다.

종태는 입안에 마른 침이 고였다. 몇 모금의 담배가 순식간에 입안을 말라버리게 만든 것처럼 느껴졌다. 종태는 그의 시선을 함 주임의 비스듬한 얼굴에다 딱 멈추고 노려보고 있었다. 이미 함 주임은 모든 걸 알고 있었던 것이다.

함 주임은 창문에서 시선을 떼지 않고 있었다. 그러면서도 그는 연신 담배연기를 그쪽으로 내뿜고 있었다.

"이미 그 사건은 경찰에서도 단서조차 못 잡아서 조용해지고 있어. 그렇다고 내가 보고를 해봐야 우리도 좋을 게 하나도 없지. 우선 소장부터 옷을 벗어야 하고 줄줄이 모가지가 달아날 판이지……."

그렇게 말을 하고 있는 함 주임의 얼굴이 갑자기 휙 옆으로 돌아왔다. 종태와 시선이 마주치자 그의 눈이 종태의 눈에 와 박혔다. 종태는 자신도 모르게 눈을 내리깔았다. 이미 다 타들어간 담배는 필터만 남겨놓고 있었다. 종태는 필터를 힘껏 눌러서 마치 저절로 꺼지기를 바라듯이 손가락에다 힘을 주고 있었다. 그 손가락은 점점 떨려왔다. 알 수 없는 불안이었다. 어쩌면 불안이라기보다는 어떤 희망이었는지 모른다.

종태는 다시 고개를 들어 함 주임을 바라보았다. 함 주임이 먼저 씩 웃어보였다. 어색한 웃음이었지만 직감으로 느껴지는 안도감이었다.

"차종태가 그런 일을 저지를 줄은 몰랐어. 이건 어디까지나 나만 알고 있는 일이지. 그래서 말인데……."

함 주임의 시선이 종태의 얼굴에 와 꽂히기 시작했다.

"너무 큰일을 저질렀어. 그렇다고 내가 종태를 검찰에 고발할 수는 없잖아?"

"……."

종태의 얼굴이 실룩거렸다. 그것은 애써 참으려고 할 때마다 일어나는 얼굴 근육의 경련이었다. 그것은 그가 잔뜩 긴장했을 때의 모습이기도 했다. 종태는 소리 안 나게 마른 침을 삼켰다.

"좋은 게 좋은 거라고 생각했지. 종태야 나가면 결국 엎어지면 코 닿을 데에 있으니까 내가 너무 섭섭하게 할 수도 없는 노릇이고……."

함 주임은 지금 종태가 출소해서도 어차피 영등포의 주먹세계에서 지낼 것이란 것을 염두에 두고 하는 말이었다. 영등포래봐야 이곳 구치소와는 밀접한 거리였던 것이다. 함 주임은 또다시 마른 담배에 불을 붙이고 있었다. 그가 담배연기를 뿜어낼 때까지 종태는 그의 일거수일투족을 지켜보고 있었다.

"나는 결국 종태와는 떨어질래야 떨어질 수 없는 사이라는 걸 느꼈어. 그래서 말인데…… 이번 일은 없었던 것으로 하지…… 사건이 밝혀지면 자네에게 곧바로 사형이 내려질 건 뻔한 이치가 아닌가? 나도 없던 일로 할 테니까 종태가 내 요구 조건을 들어줘야겠어."

"그, 그게 뭡니까, 함 주임님."

종태는 자신도 모르게 무릎 위에 올려져있던 두 주먹에 불끈 힘이 들어갔다. 그리고 약간은 고개를 앞으로 끌어 당겼는지도 모른다. 함 주임이 책상을 끌어안다시피 하며 역시 앞으로 상체를 당기고 있었다. 그리고 나지막하게 말을 건네고 있었다.

"우선 상호가 이 일을 죄다 알고 있으니까 그 친구의 입을 막아줘야 되겠어."

"그건 염려 마십시오. 상호는 내가 믿는 동생입니다. 내 한마디면 죽어도 불지 않는 놈입니다. 다른 건 또 없습니까?"

종태는 입안이 바짝 타들어가는 것을 느끼며 그렇게 물었다.

"있지. 이건 내 개인적인 부탁인데…… 우린 어차피 같은 배를 탄 사람이 아닌가? 그래서 남자대 남자끼리 이야기하는 건데 자네의 영치금에서 얼마를 줄 수 있겠는가?"

말을 마친 함 주임은 종태의 얼굴을 똑바로 바라보고 있었다. 종태는 함 주임의 핵심이 무엇인지를 알았다. 지금 이곳에는 단 둘밖엔 없었다. 그래서 함 주임도 남자를 들먹이면서 자신의 요구사항을 꺼내고 있는지도 몰랐다. 종태는 얼른 함 주임의 요구하는 액수를 계산해보기 시작했다.

종태는 얼핏 자신이 살인을 한 행위는 사형을 받아 마땅한 것이라고 생각했다. 완전범죄를 꿈꾸며 감쪽같이 해치운 것이었지만 지금 함 주임이 모든 걸 알고 있다니 돈이 문제가 아니었다. 그러나 종태의 생각 한 켠에서는 함 주임이 그렇게 돈을 요구하고 나오는 데에는 섣불리 검찰에 고발하지 못할 고충이 있다는 것을 감지했다. 사건이 밝혀지면 그날 근무를 섰던 사방 담당부터 시작해서 관구부장, 관구주임, 낮에 검방을 했던 기동대까지 포함해서 위로는 보안과장, 소장까지 목이 달아난다는 것을 알고 있었다. 종태는 속으로 회심의 미소를 지으며 느긋이 마음을 풀고 있었다.

"얼마면 되겠습니까?"

종태가 다시 물었다.

"종태가 말하지. 어차피 죽었던 목숨 산 게 아닌가 말이야. 돈이란 있다가도 없고 없다가도 생기는 그런 거지…… 굳이 나 보고 말하라면 말하겠지만…….'

"주임님이 말씀하십시오. 듣겠습니다."

종태는 순순히 응하겠다는 표정을 지으며 그렇게 말했다. 함 주임이 빙그레 웃었다. 그의 손이 책상 위에서 토닥거리고 있었다. 액수를 밝힌다는 것이 서로가 어색한 일이었을 것이다.

"그럼 내가 말하지. 너무 섭섭하게 생각지 말게. 한 5억 ……?"

"……."

"…… 뭐 많은 건 아닐 텐데?"

함 주임의 손가락이 책상 위에서 더욱 토닥거렸다. 종태는 작은 액수가 아니라는 것을 알면서도 사건의 무거움에 견주어 가볍다는 생각으로 굳히고 있었다.

"좋습니다, 주임님. 절 살려주시는 거라 생각하고 수용하겠습니다. 그러면 제 요구사항도 좀 들어주십시오."

종태도 이참에 조건을 걸고 싶었다. 어차피 적지 않은 액수의 돈이 건네지는데 자신의 징역을 담보로 걸고 싶었다.

"뭔가?"

함 주임의 약간 당황한 표정이 내비쳤다.

"어차피 절 봐주기로 작정했다면 한 번 화끈하게 밀어 주십시오. 저도 나가면 어차피 또 주임님을 안 보고 살 건 아니잖습니까? 이 안에 있을 동안 잘 밀어 주십시오. 나가면 후파를 하겠습니다. 다름이 아니라, 다시 출역을 해서 일하게 해주시고 확실하게 가출옥을 시켜달라는 겁니다."

"……."

종태의 말에 함 주임이 눈을 동그랗게 뜨고는 노려보고 있었다. 전혀 예상하지 못한 요구조건이었기 때문이었다. 함 주임의 머리가 재빨리 회전하기 시작했다. 어차피 봐주기로 한 것, 봐줄 수도 있다는 생각이 없지 않았다. 그리고 지금 그가 제시한 돈은 순전히 자신의 몫이었다. 과장이나 소장에게 건네지 않고 혼자 독식을 해도 괜찮은 돈이었다. 과장이나 소장은 단지 사건만 해결되면 감지덕지할 사람들이었던 것이다. 그렇다고 없었던 사건으로 묻어 버리고 차종태와 상호를 멀리 지방의 교도소로 이송해 버릴 수도 없는 노릇이었다. 일은 그곳에 가서도 삐끗 어긋날 수 있기 때문이었다. 그러자면 할 수 없이 이곳에 두었다가 내보내는 수밖엔 도리가 없었다.

그런데 다만 종태가 다시 출역을 하겠다는 것이 마음에 걸렸다. 그건 자신이 쉽게 결정할 일이 아니었던 것이다. 살인을 저지른 놈을 독방에 가둬놓고서 만기 때까지 가만히 보호만 하고 있다가 내보내려는 생각이었는데 출역을 시켜달라는 것과 가출옥을 먹게 만들어달라는 것은 완전히 자신을 걸고 넘어가겠다는 뜻이었다.

함 주임이 약간 미간을 찌푸렸다.

"그냥 방 안에 조금 있다가 나가면 안 돼? 그건 내가 할 수 있는 일이 아냐. 그렇게 하려면 보안과장과 소장의 결재가 나야 돼. 그건 내가 장담할 수 없는 일이지……."

함 주임은 슬쩍 빠져나갈 궁리를 비쳤다.

그러나 종태는 단호하게 입술을 다물고 있으면서 계속 주임의 시선에서 눈을 떼지 않았다.

"출역을 하겠다는 것도 그렇지만 가출옥이라는 것이 내가 할 수 있는 것이 아니라는 건 자네도 알겠지? 가출옥 정도를 따내려면 적어도 보안과장 이상을 움직여야 하는 건데 그게 쉽지가 않아."

함 주임은 점점 어려운 쪽으로 몰아가고 있었다. 5억이라는 돈만큼 살인죄만 면하게 해주겠다는 속셈이었다. 그건 상관에게 어려운 부탁을 하지 않고도 혼자서 가능한 일이었다.

"주임님, 이미 봐주기로 한 것 끝까지 봐주십시오. 그러면 저도 모든 비밀을 죽을 때까지 지키겠습니다. 주임님이 나선다면 가능하리라 믿습니다."

종태는 꼿꼿한 자세를 흩트리지 않고 말했다.

"어허, 이 사람……."

주임은 다시 담배를 뽑아 물고는 불을 댕겼다. 그의 얼굴이 검게 번들거렸다.

"아예 없었던 일로 자연스럽게 출역을 시켜 주십시오. 아직 4년이나 남았는데 어떻게 독방에서 지낼 수 있습니까? 한 번만 봐주십시오."

종태의 표정이 조금 애처로워지고 있었다. 주임은 또 양미간을 좁히고 있었다. 그가 내뿜은 담배연기가 좁은 관구실에 자욱했다.

"그럼 좋네. 종태가 한 1억만 더 쓰지. 그건 어디까지나 위에다 약발을 쓰기 위한 거니까 말이야. 그럼 내가 한 번 나서보지."

"알겠습니다. 그럼 6억으로 모든 걸 들어주시는 것으로 알겠습니다, 주임님."

종태는 읍하는 자세로 머리를 숙여 보였다.

"너무 과신하지는 말고. 참, 상호와 만나보지 그래. 일단 둘이서 이야기를 하는 게 좋을 거야. 지금 소지를 시켜서 불러올 테니까."

"알았습니다."

종태가 대답을 하자 주임은 책상 위의 인터폰을 쿡 눌렀다. 그 인터폰은 보안과 보안배치의 중앙 인터폰을 거쳐 사방으로 연결이 되는 모양이었다. 저쪽에서는 함 주임이라는 것을 알아보고는 무슨 용무로 걸었느냐고 물었다.

"나 함 주임인데 1동 하로 돌려줘."

인터폰이 1동으로 연결되었는지 1동의 담당이 '근무 중 이상무!'를 외치는 소리가 가느다랗게 들려왔다.

"응. 나 함 주임인데 독방에 상호 있지? 지금 빨리 따서 소지에게 붙여서 관구실로 보내."

"옛, 알았습니다."

1동 하 담당의 말이 끝나자 주임은 인터폰을 제자리에 놓았다.

"상호가 오면 잘 이야기해. 자칫 잘못하면 언제 터질지 모르니까. 공소시효는 아직 까마득히 남아 있으니까 항상 그걸 염두에 두라구."

종태의 경우 수감 중인 데다가 뻥끼통의 쇠창살을 절단하고 밖으로 나가 두 사람을 칼로 찔러 잔인하게 살인하고도 유유히 감방으로 돌아온 것으로 해서 법정 최고형인 사형을 받아 마땅할 것이며, 사형에 해당하는 범죄라면 그 공소시효가 30년이라는 점을 강조하여 함 주임은 철저히 함구할 것을 다짐시키고 있었다. 30년이란 세월 동안 그 중간에 혹시 발설이 되기라도 한다면 언제든지 살인죄로 기소될 수 있다는 것도 강조했다. 주먹잽이인 종태로서도 모르는 바가 아니었다. 자신의 밑에서 일하다가 살인을 저지르고 지방으로 피신한 창호를 생각하면서 징역 안에서 나름대로 형법전을 뒤져본 바로도 30년이란 세월을 숨어 살아야 한다는 것은 너무나 길다고 생각했던 적도 있었다.

"잘 알겠습니다. 언젠가 나가겠지요. 그때는 제가 주임님을 한 번 멋지게 모시겠습니다. 우리는 한 번 마음을 먹으면 절대 변치 않습니다. 믿어보십시오."

"알겠네. 나니까 그래도 종태를 어떻게든 살려보려고 이러는 것이네. 지금 이런 때에 돈이 다 무슨 소용이 있겠는가."

주임이 그렇게 말할 때 문을 두드리는 소리가 났다. 아마 상호임에 틀림이 없었다.

"어, 들어와."

주임이 말하자, 문이 열리면서 상호가 얼굴을 비쳤다. 상호가 그 자리에서 일어섰다. 상호가 주춤거리며 안으로 들어오자 함 주임은 손목에 하얀 수갑에 채웠다.

"둘이 자연스럽게 이야길 할 수 있도록 내가 자리를 비킬 테니까 이야기를 나누지. 얼마쯤이면 될까?"

함 주임이 묻는 건 얼마나 시간이 걸리겠느냐는 것이었다.

"1시간이면 되겠습니다."

주임은 알았다는 표정을 지으며 모자를 쓰고서 큰 기침을 한 번 해보이고는 밖으로 나갔다.

이제 둘만 남은 셈이었다. 상호가 아직도 문 앞에서 우두커니 서 있었다.

"앉아."

종태가 나직하게 말했다. 상호가 천천히 다가와서 종태의 옆자리에 앉았다. 그는 수갑을 찬 손을 모아쥐고서 무릎에 팔꿈치를 대고 있었다. 그의 눈이 종태를 피해 문 쪽을 향하고 있었다.

"좀 고생이 되지?"

종태가 물었다.

"……."

"……."

종태는 상호의 태도에서 직감적으로 차가워졌다는 느낌을 받았다. 알 수 없는 일이었다.

"왜 그래? 무슨 일이라도 있었나?"

종태가 물었으나 상호는 묵묵부답인 채로 고개를 숙여 수갑만 만지작거리고 있었다. 그 모습을 보자 좀 전의 반가움보다는 측은함이 배어나왔다.

"왜? 나한테 무슨 불만이라도 있는 거야? 속시원히 말이라도 해봐. 이거 답답해서 미치겠구만."

종태는 상호에게서 눈을 떼어 좁은 창문께로 시선을 던졌다. 우중충한 유리 바깥으로 뿌연 하늘이 보였다.

"형님께서 먼저 불었습니까?"

"……."

종태는 상호의 느닷없는 말에 어리둥절한 표정을 지으면서, 상호의 늘어뜨린 머리 부분을 바라보았다. 상호는 여전히 고개를 아래로 처박고 있었다.

"그게 무슨 말이야?"

"제가 이곳으로 오기 전에 의정부에서 들었습니다. 2동 하에서 뻥끼통의 쇠창살이 잘린 것이 전부 우리들의 짓이라고 …… 불었다는 말…… 형님이 먼저 그러실 줄은 꿈에도…… 저는 완

41

전히 포기를 했습니다. 여기 와서 형님이 농약을 마셔버렸다는 것도 죄다 듣고 있었습니다."

"……?"

"소지한테 다 들었지요. 다시 살아나셨다니 반갑습니다."

상호는 더 이상 말을 잇지 않았다. 그 대신 가벼운 한숨소리가 새어 나왔다.

"내가 먼저 불었다고? 누가 그래?"

"함 주임이 의정부에 와서 그랬어요. 이미 모든 걸 알고 왔다고 말해줬습니다. 그리고 나도 이곳으로 압송된 겁니다."

종태는 상호의 말을 듣고 깜짝 놀랐다. 일이 이상하게 번져 나가고 있음을 알아차렸다. 그래서 지금 상호가 오해를 하고 있구나.

"함 주임이 그랬단 말이지?"

"…… ."

"넌 그걸 믿었냐? 내가 먼저 불어서 스스로 목에다 밧줄을 걸기로 작정했다고?"

"…… ."

상호는 말이 없었다. 종태는 갑자기 가슴이 답답해옴을 느꼈다. 그리고 함 주임에게 당했다는 서글픔이 일었다. 지금 상호의 축 처진 어깨를 바라보며 그가 어떤 생각을 가질 것인가를 생각하자 보스로서의 모멸감이 밀려들기 시작했던 것이다.

"네가 그런 생각을 갖고 있었구나. 그러나 난 절대로 불지 않았다. 중간에서 함 주임이 꾸며낸 것에 네가 넘어간 거야. 나도 네가 이곳으로 압송되어 왔다는 것에 놀랐을 뿐이고 모든 게 밝혀졌다는 생각에서 자살을 기도했던 것이야……."

"……."

상호가 고개를 쳐들었다. 그리곤 종태의 얼굴을 바라봤다. 그게 사실이냐는 식이었다. 종태는 앞을 주시하면서 말을 이어 갔다.

"징역이란 데가 참 이상한 곳이지. 방금 전에 함 주임이랑 쇼부를 쳤어. 돈을 요구했어.

"……."

"6억에 쇼부를 봤어. 어차피 터뜨려봐야 지들도 옷을 벗게 될 거니까 그렇게 나온 것 같아. 정말 죽었다가 살아난 기분이야. 그 대신 내가 요구 조건을 걸어놨어. 너야 어차피 만기가 얼마 남지 않아 곧 나갈 거니까 굳이 출역을 시켜달라고 요구하진 않았지만 난 출역을 시켜줄 것과 가출옥을 조건으로 일단 합의를 봤어. 너도 출역을 하다가 출소하고 싶으면 이야기해볼 테니까."

"전 됐습니다, 형님. 저는 그것도 모르고 형님만 원망을 했었습니다. 모든 게 끝장났구나 생각하니 칵 죽어버리고 싶더라구요. 이 안에서 죽는 것쯤이야 식은 죽 먹기 아닙니까. 다행이군요, 형님."

"그래, 이제 끝났으니까 너무 염려 말고 가만히 있다가 출소해. 아직 함 주임밖엔 모르니까."

"알겠습니다, 형님. 형님만 믿겠습니다."

상호는 옆으로 돌아앉아 종태에게 꾸벅 절을 올렸다. 종태가 손을 뻗어 그의 어깨를 툭 쳤다. 상호의 눈시울이 뜨뜻해지려다가 그쳤다. 종태는 일종의 슬픔 같은 것이 번져옴을 느끼곤 고개를 들어 다시 창밖을 내다보았다.

"내가 주임한테 말해서 수갑을 풀도록 할 테니까 조금만 참아. 내가 출역하면 자주 찾아갈 테니까……."

"고맙습니다, 형님……."

상호는 눈가를 닦기 위해 손을 들었다. 손목에 찬 수갑이 쇳소리를 내며 쩔렁거렸다. 상호의 손목엔 두 개씩이나 수갑이 채워져 있었다. 수갑을 두 개씩이나 채우는 것은 살인범이나 중형이 예상되는 범법자에게만 행해지는 거였다.

"이제 출소하면 네가 내 대신 조직을 맡아라. 그리고 잘 키워놓으면 내가 나가서 너의 공을 잊지는 않겠다. 우리는 이제 혈맹의 관계다. 죽을 때까지 나를 형으로 불러도 돼."

"예."

그때 함 주임이 들어오는 기척이 느껴졌다. 둘은 이제 하던 이야기를 멈추고 묵묵히 있었다.

"이야기는 잘 했는가?"

"예, 충분히 했습니다."

종태가 대답을 했다.

"그럼 상호는 나한테 따로 할 말은 없나?"

"예, 없습니다."

"그럼 그만 들어가 보지. 종태와는 좀 더 이야기를 나누다가 들여보낼 거니까."

주임의 말에 상호는 소파에서 일어났다. 그리고는 종태에게 깊숙이 고개를 숙여 인사를 올리고는 문을 밀고 나갔다.

관구실은 이제 함 주임과 종태만 남았다. 함 주임이 모자를 책상 모서리로 밀며 종태의 얼굴을 살피고 있었다. 종태는 그저 표정 없는 얼굴로 앉아 있었다. 이제는 서로 눈길이 마주쳐도 피하려 들진 않았다. 어느덧 협상이 끝난 동지 같은 게 그들 사이에 끼여들어 있었다.

"어떻게 됐나?"

"잘 이야기를 했습니다. 서로 오해도 풀었구요."

"……."

함 주임은 종태가 서로 오해를 풀었다는 말에 섬뜩한 표정을 지으면서 묵묵히 담배를 두 개비 뽑아서 하나는 자신이 물고, 다른 하나는 종태에게 내밀었다. 그리고는 라이터의 불을 켜서 자신이 먼저 불을 붙이고 다음으로 종태의 것에 불을 붙여 주었다.

둘은 한동안 말없이 담배만 빨고 있었다.

담배를 피우고 있는 모습을 물끄러미 바라보고 있던 함 주임이 연기를 내뿜으며 말을 걸었다.

"돈은 내일 인출하지. 내가 알아서 할 테니까……."

"……."

종태는 고개를 들어 주임의 얼굴을 봤지만 말은 하지 않았다.

"그리고…… 종태가 말한 요구사항은 최대한 들어주기로 하지. 다 서로 살자고 하는 짓이 아닌가. 여기에 있는 동안만이라도 자넬 돌봐줘야지…… 또 다른 부탁은 있나?"

"주임님, 되도록이면 원예 말고 다른 데로 보내주십시오."

"어디로?"

"아무데로나요. 내청이라도 괜찮습니다. 그저 빗자루를 들고 청소나 하는 그런 곳이라도 괜찮습니다."

"알았네. 그럼 내청으로 보내지 뭐."

"그리고 주임님, 상호란 놈도 같이 내청으로 보내주십시오. 그놈은 이제 만기가 며칠 남지 않았으니 아무 염려는 없을 겁니다."

"왜?"

주임의 눈이 둥그레졌다.

"그냥 나갈 때까지 내가 데리고 있다가 내보내면 마음이 놓일 것 같아서요. 이제 정말 사고는 없을 겁니다. 한 번 믿어보십시오."

함 주임은 잠시 생각하는 눈치였다. 종태의 말에 얼른 대답하지 않았다. 종태가 채근하는 투로 주임의 얼굴을 바라보고 있었다.

"그건 생각해보지. 너무 믿지는 말고. 가능하면 그렇게 되도록 해볼 테니까."

"고맙습니다, 주임님."

종태는 고개를 숙여 경의를 표했다. 그것은 일종의 아부였지만 어쩔 수 없었다. 그렇게 해서라도 상호가 나갈 때까지 같이 일하고 싶었다.

종태는 주임의 계호를 받으며 의무과로 돌아왔다. 문을 열고 들어서자 시큼한 알코올 냄새가 역겹게 밀려왔다. 이제 침대에서도 포승줄로 발목을 수갑으로 채우는 일은 없었다. 침대 위에 갖다놓은 식어버린 밥과 국이 놓여 있었다. 종태는 먹는 둥 마는 둥 하다가 수저를 놓아버렸다.

이제 빠르면 내일쯤이면 다시 내청으로 출역할 수 있다는 것에 가슴이 벅차올랐다.

22

또 다른 출발

함 주임은 모자를 고쳐 쓰고 거울 앞에서 또 옷섶을 매만지고는 뒤로 돌아서서 뒷모습까지 신경을 쓰고는 보안과장실로 들어갔다.

문을 열고 들어서자마자 그는 과장에게 거수경례를 올려붙였다.

"어서 오게. 그리로 앉지."

과장이 손으로 앞의 소파를 가리켰다. 함 주임이 소파로 가서 앉았다.

"그래, 일은 어땠나?"

과장이 성급하고도 나지막이 물었다.

"좀 골치가 아픕니다. 종태란 놈이 남들의 이목도 있고 해서 다시 출역을 하고 싶다고 그럽니다. 그리고……."

함 주임은 눈빛을 번득이며 말끝을 흐리고 있었다.

"그리고 또 뭔가?"

과장은 약간 쓰다는 표정을 지어 보였다.

"차종태가 우선 1억을 내놨습니다. 그러면서 상호도 같이 출역을 시켜달라고 그럽니다."

"그래? 개새끼 같은 놈이구만. 고작 1억을 내놓고 둘씩이나 출역을 하겠다고?"

"……."

"그래서 어떻게 했어?"

과장은 처음의 화는 어디가고 다시 낮추어 말하고 있었다.

"상호란 놈은 만기가 다 됐습니다. 출역하자마자 곧 출소를 할 거고, 종태는 상호가 나가는 날까지 자신이 데리고 있다가 내보내고 싶다는 겁니다. 어차피 살인을 저지른 놈이니까 다시 사고는 치지 않을 거라고 봅니다만……."

"……."

과장은 잠시 생각하는 눈치였다. 그리곤 다시 함 주임을 빤히 바라보고 있었다. 순간 함 주임은 속으로 뜨끔했으나 이내 평온을 가장했다.

"무슨 일은 없을 겁니다. 이미 죽은 목숨이나 마찬가지니까 죽은 듯이 지낼 겁니다. 차라리 다른 교도소로 넘겨버리는 것보다는 훨씬 나을 겁니다. 우리가 끝까지 데리고 있으면서 보호를 하는 게 제 생각엔 나으리라고 봅니다."

함 주임의 설득에 과장은 긴장이 풀어졌다. 그리고 이윽고 얼굴이 환하게 펴졌다. 함 주임도 따라서 빙그레 웃었다.

"그래, 돈은 어떻게 하지?"

과장은 이제 돈에 대해 관심을 기울이기 시작했다. 함 주임은 속으로 빙그레 웃었다. 자신의 계산대로 되어가고 있는 게 대견스러웠다.

"그건 과장님이 알아서 하십시오. 저는 단지 이번 일을 무사히 치렀다는 데에 조금 안심이 됩니다."

주임이 손바닥을 비벼댔다.

"그럴 수가 있나? 이번에 함 주임이 애를 썼는데 내가 모른 체할 수가 있겠나? 소장이야 옷만 안 벗은 것으로 다행인 줄 알면 되는 것이고…… 일단 돈은 함 주임과 나만 나눠 가지면 돼. 함 주임이 돈을 챙겨서 알아서 나한테 줘."

"……."

함 주임은 과장의 알아서 챙겨달라는 말이 더 무서웠다. 그 말은 적지도 않게, 그렇다고 너무 많지도 않게 달라는 뜻이었고, 또한 뒤에 탈이 나더라도 순전히 자신인 알아서 일을 떠맡아야 됨을 강조하는 말이기도 했다. 공무원의 사회란 이렇도록 언제나 상급자가 빠져나갈 구멍을 만들어 놓고 비리를 저지르는 것이었다. 같은 값이면 일이 어쩌다가 터져서 옷은 벗더라도 뇌물로 인한 구속만은 면하려는 속셈이 다분히 깔려 있었다.

함 주임은 과장의 그러한 말뜻을 다 알고 있었다. 그러나 흡족하게 웃고 있었다. 자신이 과장 몰래 챙긴 5억이란 돈이 따로 있었고, 지금 말한 1억에서 6천만 원을 과장에게 건네준다고 해도 4천만 원이란 돈이 또 떨어지게 되어 있었다. 그것은 과장과의 사이에서 누이좋고 매부좋은 일이었다. 종태의 돈으로 과장에게 인심을 쓰고 자신의 진급에 어느 정도 작용해줄 수 있는 그런 일이기도 했다. 어차피 과장이야 소장처럼 옷만 벗지 않으면 될 일이었는데 돈까지 챙겼으니 기분 좋은 일이 아닐 수 없었다.

"수고했어. 나는 함 주임의 능력을 믿고 있었어. 앞으로 그들의 일은 전부 주임이 알아서 하라구."

"예, 알겠습니다."

함 주임은 의외의 말에 놀라 소파에서 엉덩이를 엉거주춤 들어 올렸다가 다시 내려놓았다. 두 무릎을 바싹 당기면서 단정하게 두 손을 거머쥐었다. 그것은 상급자에 대한 경외의 표시였다.

"소장한테 보고를 해서 다음 진급심사에서 유리하도록 평점을 잘 주도록 하지."

"감사합니다."

함 주임은 이제 더 이상 앉아있질 못하고 결국 부동자세로 일어섰다. 과장이 보기에도 매우 흡족한 부동자세였다.

다시 구치소엔 절벽 같은 밤이 찾아들었다.

폐방을 알리는 나팔소리가 났고, 온종일 갑갑했던 감방에서의 짜증나는 생활에 감질나는 재소자들이 취침시간에 맞추어 창문을 열어젖히고는 까닭 없이 허공에다 대고 씨팔 욕이나 해대었고, 맞은편의 사방에서 다시 욕설을 퍼부어대다가 서로 욕으로 오가는 말싸움이 유일한 저녁거리의 낙이었다.

"에이 씨팔놈아. 징역에서 뒈져 버려라아!"하면, 저쪽에서 결코 지지 않겠다는 투다.

"니기미, 좆 같은 놈아. 후레아들 같은 놈아. 넥타이공장으로나 가버려라!"하고 맞고함을 쳤고,

"너, 이 새꺄. 넌 어느 년 밑구멍으로 빠져버렸냐? 좆통수 불지 말고 까뒤비져서 코나 박고 자라아!"

"좆까고 있네. 뺑끼통에 들어가서 딸딸이나 쳐라. 이 씨팔놈아!"

별의별 욕들이 다 튀어나오고 있었다.

그런데도 관구실의 부장이나 담당들은 제지하질 않았다. 너무 많이 들은 욕들이었고 한두 놈이 아니어서 제지할 방법이

없는 것이었다. 막상 소리가 난 방으로 다가가면 전부 옆방이라고 오리발을 내밀고 시침을 뚝 떼었다. 하긴 최하가 징역잡이니 그럴 만도 했다. 입만 벙긋하면 거짓말이었고 조금만 불리해지면 오리발이었다.

담당은 방 안에서 이불을 펴느라 풀썩풀썩 내는 먼지를 피해 세면장으로 들어가서 세면을 하거나 양치질을 하면서 하루의 마무리를 하고 있는 중이었다. 담당들도 선번 근무일 경우에는 그대로 씻고서 곧바로 전야 근무로 들어갔지만, 후번 근무일 경우에는 취침을 하러 가야 했기 때문에 조금이라도 세면시간을 줄이려고 아예 세면장에서 씻고 있었다.

창문이란 창문은 전부 열어놓았지만, 이불을 만든 이래로 몇 년, 몇 십 년이나 내리덮었던 것인지 이불을 만질 때마다 코가 콱콱 막힐 정도로 허연 먼지가 비듬처럼 내려앉았다. 목 안이 칼칼할 정도였다.

종태는 지금 그런 욕지기를 들으면서 누워 있었다. 낮에는 의무실에 있었지만 저녁이 되면서부터 의무과에 붙어 있는 병동으로 옮겨 있었다. 병동의 감방에는 나이 많은 환자들과 요령껏 병명을 만들어서 징역을 깨기 위해서 들어와 있는 돈 많은 사장들로 채워져 있었는데 종태는 하룻밤 신세를 지는 거였다.

병동이란 데가 그랬다. 정말 병이 있어서 곧 죽을 것 같은 이가 있는가 하면, 그 반대로 멀쩡한데도 단지 돈이 많음으로 해서 편하게 징역을 살기 위해서 갖은 수를 써서 들어와 있는 이도 많았다.

그들은 대개 높은 간부들을 알아서 바깥에 있는 가족들이 손을 썼으므로 안에 있는 재소자들로서는 절대 알 수 없는 일이었다. 다만 본인의 입으로 발설하거나 어림짐작으로, 아무런 병도 없으면서 병동에서 뒹구는 것을 보면 금방 알 수 있는 나이롱환자들이 많았다.

그들은 낮에 할 일 없이 주전부리나 해대면서 수시로 의무과로 건너가서 시도 때도 없이 링거를 맞거나 각종 영양제 주사를 맞거나 하면서 값비싼 약을 축내었고, 그 반대급부로 담당들에게 가족들을 시켜 뇌물을 먹여 꼼짝 못하게 만들고 있었다. 강아지가 가장 많이 들끓는 곳이 바로 병동이었다. 병동이란 데는 알게 모르게 높은 지위에 있는 사람들과 연관이 있는 사람들을 수용하는 관계로 기동대가 검방을 하거나, 검신을 하더라도 대충 수박 겉핥기 식으로 건너가기가 일쑤였다. 괜히 부정물품을 찾아내봐야 오히려 높은 간부에게 불려가서 은근히 힐난을 받기가 예사였고 까딱 잘못하다간 높은 이들의 눈밖에 벗어나기가 십상이었다.

밤은 서서히 낮 동안의 지겨움을 밀어내고 있었다.

이곳 병동에서는 일반 사동과는 달리 저녁식사 후의 요란함이 덜했고, 대체로 나이 많은 사람들의 담소가 조용하게 펼쳐지고 있었다. 그만큼 세상을 너그럽게 살아온 사람들, 또는 기업을 하거나 중소업체를 운영하면서 나름대로 돈을 끌어모은 사람들이거나 전직이 기업체의 임원들이 많았다. 그들은 대개 아름아름으로 법무부에 줄을 대여서 징역 안에서도 신변의 보장을 확보받고 있었으며, 만일의 경우 형을 받는다손 치더라도 징역의 삼분의 이만 살면 자동적으로 가출옥으로 나가게끔 미리 손을 써두는 경우가 많았다.

무전유죄, 유전무죄란 말은 거저 생긴 말이 절대 아니었다.

모든 부정은 안에 있는 재소자와 담당 단둘이 은밀히 내통하거나 그 가족들인 담당을 만남으로써 이뤄지고 있었다. 그러니 안에 있는 재소자들이 알 턱이 없었다. 대강 어림짐작으로 담당과 친하게 지내는 것을 알고 짐작만 할 뿐이다. 그리고 간혹 자신이 담당과 잘 통하고 있다는 것을 은연중에 내비치는 말에서 알 수 있을 뿐이었다.

하얀 담 안에서는 모든 게 좀이 쑤셔서 그냥 있질 못하도록 만들었다. 아무리 입이 과묵한 놈이라 할지라도 무슨 말이든 떠벌여야 하루해가 지나갔으므로 그러한 과시는 금방 드러나게 마련이었다.

밤이 점점 깊어지자 주위가 다 고요했고, 각 방에서는 도란도란 이야기를 나누는 말소리들이 들려왔다. 종태는 가만히 누워 그들의 이야기를 듣고 있는 중이었고, 가끔 담벼락 너머로 택시 서는 소리, 부르릉하며 내달리는 차들의 소리, 고함을 지르며 지나가는 술꾼들의 목소리도 들렸다.

이곳 병동은 바로 뒤에 3감시대가 우뚝 서 있고 그 뒤로는 곧바로 길이었고 길 건너편에는 아파트 단지가 서 있어서 각종 소음들이 끊임없이 날아들고 있었다.

종태는 지그시 눈을 감고 바깥에서의 생활에 젖어 보았다. 자신은 돈에 구애받은 적이 없었고 온갖 향락에 젖어보지 않은 적이 없었다. 돈과 술과 여자, 그리고 주먹의 세계. 그 모든 것들은 자신이 걸어온 이때까지의 휘황찬란한 훈장과도 같은 것이었다. 시골에서 어렵게 자랄 때에는 쌀밥 한 숟갈 먹는 것이 무슨 대수처럼 여겼으나 일찍부터 와서 이루 말할 수 없는 몸고생은 했지만 자신의 특기인 칼쓰기와 발놀리기 때문에 영등포에서는 누구도 감히 당할 자가 없을 만큼 빨리 보스의 자리에 앉을 수가 있었던 것이다. 주먹세계에서는 보스의 자리에 앉는 것을 가장 영광으로 생각했다. 보스란 모든 것의 차지를 말함이었고, 아무 부러울 것이 없는 그런 자리였다.

누구는 어렸을 때부터 공부를 잘해서 판검사가 되었다느니, 큰 회사의 중역이 되었다면서 뻐기지만 주먹세계의 보스라는 영화도 결코 뒤지지 않는 것이었다. 종태가 어렸을 때부터 유난히 주먹질을 잘해서 아주 어렸을 때부터 일찌감치 싸움패가 되었지만 공부 못한다는 것으로 위축되어 본 적은 없었다. 다만 국민학교 다닐 때 잠깐 부러워 해본 적은 있었으나 그것도 잠시 잠깐이었다. 남자란 자고로 장군이 되거나 주먹이 되는 게 오히려 화끈하고 멋있는 것처럼 여겨졌던 것이다.

종태는 속으로 슬슬 웃었다. 어린 날의 추억들이 물밀듯이 번져오고 있었다.

종태가 중학교에 다닐 때였다. 장터에 가설극장이 들어와서 농사꾼의 마음을 뒤흔들어 놓고 있었다. 가설극장이란 장터의 맨바닥에 거적을 깔고 광목포장을 빙 둘러쳐서 울타리를 만들고는 그 당시 낡아빠진 영사기를 돌려서 빗물이 죽죽 흐르는 영화를 보여주는 것이었는데, 영화라는 것이 얼마나 필름이 많았던지 조금 돌다가 툭 끊어져서 또 조금 돌다가 툭 끊어져서 선머슴아들의 휘파람 소리와 극장표를 물어내라는 야유를 동시에 받고 있었다.

손가락을 입에 삐죽이 밀어 넣어 휘익 불러제끼는 휘파람소리는 얼마나 세었던지 옆에 있는 시골처녀들에게 선망의 씩씩함이 되었고 남자의 도전 같은 야성미를 풍기게 만들었다. 한참 휘파람을 불어대고 표를 물어내라는 아우성이 있고서야 영사기는 겨우 돌아갔다. 일단 흰 광목천에 영화만 나오면 언제 그랬느냐는 듯이 잠잠해졌고, 영사기의 밝은 불빛에 어렴풋이 비친 처녀들의 얼굴엔 붉은 홍조가 가물거리기도 했었다. 영화를 보면서도 쉴 새 없이 옆의 처녀를 훔쳐보는 총각들의 설렌 가슴 또한 얼마나 스릴이 있었던가? 극장이 가설되면서들뜨기 시작한 처녀총각들의 저녁바람은 늘 싱그러웠다.

장터의 호떡집이 만원이었고 찐빵집이 처녀총각들로 붐볐으며, 서로 눈을 맞추느라 속절없이 아우성인 그들이었다. 분 냄새가 풋풋한 처녀들의 얼굴이 발그레 했고 눈처럼 희게 보였을 때이기도 했다. 그때 종태는 중학생이었다.

하루는 가설극장의 영화가 끝나고서 냇가로 몰려나간 처녀총각들이 서로 짝을 맞추느라 마음이 들떠 있었을 때, 이웃동네에서 원정을 온 청년들과 종태가 사는 동네의 청년들 사이에 처녀들 문제로 싸움이 벌어진 적이 있었다. 종태가 사는 동네의 처녀 몇을 꼬드긴 이웃 청년들이 빵집에 들렀다가 여자들을 냇가로 데리고 나가는 것을 본 동네의 청년들이 시비를 건 것이었다. 달빛이 흐드러지는 냇가에서의 패싸움은 사생결단인 것처럼 보여졌고 혼사를 건 싸움인 것처럼 의미심장하기도 했다. 그들은 평소에 집 울타리에 말목을 박아 칭칭 새끼줄을 감아놓은 것을 두드리며 굳은살이 박인 주먹으로 치고받다가 언제 다리목에서 꺼냈는지 자전거의 체인을 휘두르며 싸웠다. 그 체인 줄에 한 번 감기면 뼈가 으스러질 정도로 과격했는데도 전혀 두려워하지 않았다. 주먹에는 주먹으로 맞서고 체인 줄에는 각목으로 맞서면서 피비린내 나는 싸움이 벌어졌을 때 처녀들은 호기롭게 눈을 동그랗게 뜨고는 한구석에 몰려 싸움판을 구경하기도 했다.

종태는 비록 중학생이었지만 동네의 청년들이 싸움에서 밀리는 것을 보다못해 웃통을 걷어붙이고 싸움판에 뛰어들었다. 중1 때부터 태권도 도장에 나간 몸을 날려서 다 큰 청년들의 면상을 날려버렸던 것이다. 종태의 몸은 태권도로 단련이 되어서 군더더기가 없이 날렵했다. 각목을 휘두르는 청년의 면상에 정확하게 가격을 했고 그의 돌려차기에 한 번 맞으면 아무리 큰 몸집이라도 저만치 나가떨어졌다.

그때부터 종태의 싸움 기질이 발휘되었다. 동네의 청년들이 다시 한 번 종태의 용맹을 눈치채기 시작했고 무술의 능함을 인정하기 시작했다. 그래서 동네에 근일이 있을 때마다 자연히 청년들은 아직 까까머리인 종태를 자신들의 행사에 끼워 넣어 주어 패기를 북돋아주기 시작했고 아껴주기도 했었다.

봄철이면 농사일 중간에 틈틈이 냇가로 나가 배터리로 지지거나 투망을 던져 물고기를 잡을 때에도 동네 청년들은 자연스레 동생처럼 종태를 끼워 넣어주었고, 자갈밭에 펑퍼지게 앉아 초장에 날것으로 회를 쳐 먹을 때에도 나중 순서이긴 했지만 종태에게 소주를 권하곤 했었다. 그러면 종태는 그것이 영웅 대접인 것으로 생각하고 형님들에게서 고개를 돌려 쓰디쓴 소주잔을 깜빡 비워내기도 했다. 종태는 그렇게 어려서부터 형

59

들하고만 놀았다.

그런 가운데에서 남자들의 의리라는 것을 어렴풋이 배웠고 남자란 오로지 힘이 세야 한다는 것에 공감하고 있었다.

어디든 간에 힘이 없으면 제대로 대접을 받지 못한다는 것을 일찍 터득한 셈이었다. 비록 중학생이었지만 같이 한울타리에 있는 고등학생들도 종태를 쉽게 깔보지 못했고 종태가 중3이 되었을 땐 학생회장 선거에 나가 압도적인 지지율로 당선되기도 했다. 그때부터 종태는 면 내에서 주먹이 센 놈으로 통하고 있었다.

가설극장이나 악극단이 들어오면 으레 동네 청년들에게 입장권을 돌려서 환심을 사려 했고, 동네의 청년들은 자신들의 자랑스런 후배처럼 종태에게도 극장표를 주어서 데리고 들어갔다. 간혹 영화가 끝나고 처녀들과 어울려 여름 냇가로 나가면 종태는 그저 옆에 앉아 가슴이 볼록한 처녀들의 살 내음을 맡으면서 앉아 있기도 했고 형들이 시키는 잔심부름으로 사이다나 호떡들을 사러 마을로 들어가곤 했다.

밤이 이슥해지면 시원한 냇가에 앉아 있던 형들과 처녀들이 뿔뿔이 흩어져서 보리밭으로 들어갔는데 그런 때면 종태는 냇가에 앉아 돌멩이를 주워서 멀리 냇물로 던져넣기도 했다. 보릿대궁이 한창 익어갈 때쯤이면 밤마다 마실을 나온 처녀들로 냇가는 분주했고, 청년들 또한 괜히 수캐처럼 그녀들 곁에서 떨어지질 않고 있었던 것이다.

종태는 중학교만 마치고는 형들이 떠났던 것처럼 무작정 서울로 올라왔고, 처음으로 발을 내딛은 곳이 바로 영등포였다. 신문팔이부터 시작한 인생이 구두닦이를 거쳐 꼬붕이로 주먹세계로 흘러들어간 데는 그럴싸한 이유가 있었다.

길 지나는 젊은이의 구두를 다 닦아주고 나자 그 청년은 별안간 돈이 없다면서 억지 시늉을 지으면서 그냥 가려는 걸 붙잡고 돈을 내놓으라고 조르는 중에 청년이 먼저 구두통을 퍽 차버리자 화가 났던 것이다. 일부러 자리를 뺏으려고 온 양아치였는데 종태는 화가 머리끝까지 나서 그놈을 단 일격에 넘어뜨려 버렸었다. 그걸 본 영등포의 주먹잽이가 은근히 종태에게 다가와서 그 짓을 때려치우고 자신의 밑으로 들어오는 게 어떠냐고 물었다. 그때 종태는 빌어먹는 것보다는 남자가 남자답게 사는 게 무엇이라는 것을 알고 나서 주먹세계로 뛰어든 것이었다.

종태의 칼솜씨는 시골에서 조선낫을 던져 소나무 등걸에 정확하게 맞히던 것이 곧 비수를 던지는 것으로 바뀌었고, 그가 어렸을 적부터 배웠던 태권도는 선천적인 기질이 있어서인지 발만 들었다 하면 상대방의 목이고 명치고 인중에 그대로 가서 꽂혔다. 우직한 성격이 보스의 총애를 받게 했고, 싸움에 나갈 때마다 지지 않고 돌아오는 것만으로 조직의 신화처럼 우뚝 선 주먹잽이가 되었다.

어두워진 불빛 아래서 종태는 어린 날의 시골 냇가가 떠올랐고 형들과의 재미있었던 일들이 기억에 새로웠다. 벌써 취침등이 낮추어진 것으로 봐서 시간이 꽤 지나 있었는데도 그는 쉽게 잠이 오지 않았다. 3감시대에서 근무교대를 하느라 부르짖는 복창소리가 바로 위에서 들리는 것처럼 우렁찼다. 그리고 좀 전까지만 해도 흥얼거리며 담 옆을 지나가던 취객들의 노랫소리도 차츰 줄어들고 있었다.

"형씨, 잠 안 자요?"

"……."

종태는 천장을 향해 껌벅거리던 눈을 돌려 소리가 나는 쪽을 바라봤다. 거기에는 아까부터 엎드려 책을 보고 있던 사람이 안경을 밑으로 내려서 종태를 바라보고 있었다.

"어쩌다가 농약을 먹었소 그래? 이야길 듣자니 영등포에서 주먹깨나 날렸다는 사람이……."

"……."

종태는 피식 웃었다. 그 웃음은 경멸의 웃음이 아니라 반가움의 웃음이었는지 모른다. 자신에게 부담 없이 말을 걸어오는 이라면 방 안의 분위기로 봐서 범털임에 틀림이 없었다.

"징역을 들어오고 보니 참말로 배울 것이 많습디다. 밖에서는 아무것도 몰랐는데 막상 여길 들어와 보니 별의별 일들이 다 있는 것 같소. 이곳에서도 엄연히 돈이 행세를 하고 있고,

주먹이 행세를 하고 있고, 사바사바가 횡행하고 있으니 바깥이나 뭐가 다를 것이오. 나도 바깥에서는 그래도 큰 사업을 하다가 부정수표로 들어왔는데 이 안에 있으면서 많은 걸 배웠소. 이 안에서 사람 다루는 것이 바깥에서보다도 더 어렵다는 걸 알았소. 그게 나한텐 많은 도움이 되었소. 나도 옛날엔 많이 당하고만 살았소. 사업을 한다고 퇴직금을 몽땅 털어넣었다가 어떤 사기꾼놈한테 모조리 털려버리고 나서 빚만 지고 교도소에서 한 1년을 사는 동안 마누라는 춤바람이 나서 집을 뛰쳐나가 버리고 아이들은 시골 할머니한테 가 있습디다. 그때 난 출역을 하고 있다가 아이를 데리고 온 노모를 보고는 곧바로 돌아와서 톱으로 손목을 그어버렸지요. 동맥이 잘려서 외부 병원으로 나가서 치료를 받았는데, 그때부터 나도 사기가 필요하다는 것을 알았소. 살기 위해서, 어린 자식들을 생각하면 나도 사기를 치지 않을 수가 없었소. 마누라에게 복수를 하기 위해서라도 남의 눈에 피를 흘리게 만들었소. 잘사는 것만이 복수하는 거라고 믿었소. 그게 참 이상합디다. 지금은 수십억을 가진 사장이 되었으면서도 그런 버릇은 뻔히 알면서도 못 버리는 거요. 사기를 칠 때마다 마누라 생각이 나서 오히려 스릴을 느끼기도 하지요. 정말 이상한 일이오. 나는 아직까지 마누라를 얻고 있지 않지만 돈만 있으면 영계들도 천지라는 것이오. 나한텐 이상한 버릇이 있소. 꼭 성관계를 하다가 절정에 이르면 그걸 빼서 여자가 먹게 만들곤 하지요. 요즘 젊은 여자들은 싫어했지만 난 꼭 그렇게 만들고야 맙니다. 그래야만이 비로소 씹을 했다는 쾌감이 일어납디다. 물론 돈만 후하게 주면 되는 일이오. 그것은 아마도 첫 마누라에 대한 너무나도 안타까운 미련 때문에 그러는 것일지도 모르겠소. 돈도 마찬가지요. 악착같이 벌었지만 지금도 그 버릇은 못 버리는 거요. 버려야 할 때가 되었다고 스스로 여기지만 그것만큼은 또 못 버릴 것처럼 굳게 여겨져요. 지금 난 변호사를 사서 얼마든지 빠져나갈 수도 있지만, 다시 한 번 나를 관찰하기 위해 변호사도 사지 않고 있는 거요. 스스로 나를 깨우치려고 기다리면서 이곳에 있는 거요. 어차피 나가면 또 그럴 것이지만 이곳에 있는 동안 나를 시험해보고 싶은 것이오. 이젠 모든 걸 버릴 때가 되었겠지 하면서 스스로 위안을 얻으며 이렇게 지내고 있는 거요."

말을 마친 남자는 종태를 물끄러미 돌아보았다. 단호한 인상이 새겨진 얼굴엔 사기꾼이라고는 생각되지 않을 과묵함이 배어 있었다.

"여자란 게 그렇습디다. 첫사랑이 깨지고 나니까 그다음부턴 여자라는 존재가 다 배설물을 처리하는 것쯤으로밖엔 생각되지 않더라는 겁니다. 정말 내가 사랑해야 될 존재라고는 생각되지 않습디다. 여자들은 모두 나의 돈을 원했고 나는 또 여자들의 싱싱한 몸뚱어리를 원했지요. 사업하다가 막히는 부분이 있으면 나는 꼭 여자를 불러서 한풀이했습니다. 그러고 나면 막혔던 사업이 풀어지고 마구 돈이 굴러들어 오거든요. 나도 조금은 이상한 사람이지요. 아무리 예쁘고 마음이 끌리는 여자래도 가정주부라면 절대 건드리지 않습니다. 그게 지금 생각해도 이상하거든요. 나를 수 없이 거쳐 간 여자들 중에 주부는 없습니다. 젊은 영계들은 나이 든 여자들보다 질감이 떨어지지요. 나이 든 여자라도 가정을 갖고 있다는 소리만 들으면 그게 딱 죽어버립디다. 사기나 치는 주제에 남의 가정주부를 지켜주려고 그러는 건지…… 그건 나도 모르겠습니다. 아마 아직까지도 나는 첫 마누라를 잊지 못하고 있는 건지도 모르겠습니다. 젊어서 고생을 즉사하게 해서 애틋한 정이 들대로 든 여자였지요……."

남자는 후 하고 가벼운 숨을 내쉬었다. 그리고는 베개를 끌어당겨 다시 팔꿈치 밑으로 집어넣고 있었다. 종태는 가만히 있었다.

"어떤 땐 막 성교를 끝내곤 혼자 차를 몰아서 밤중에 강원도 첩첩산중으로 가기도 하지요. 마누라가 춤바람이 났던 남자에게서 채이고 여러 남자를 전전하다가 결국 창녀까지 되었다가 지금은 강원도의 산골 농부한테 재추로 들어가 사는데 그 집까지 갔다가 차 안에서 밤을 새우고 돌아오곤 하지요. 그러면 알 수 없는 서글픔과 함께 뿌듯함이 동시에 밀려와서 이상한 기분으로 한계령을 넘곤 하던 때가 엊그제 같아요. 벌써 나하곤 십 수 년이 흘렀지만 이상한 힘에 이끌려 넘어갔다간 밤을 새우고 돌아오지요. 지금도 찢어지게 가난해서 나이 많은 촌부가 고랑고랑하면서 병에 시달리고 있는 걸보곤 몰래 돈다발을 마루에 놓아두고 돌아오지만 지지리도 복도 없는 여자구나 하는 생각 밖엔 없어요. 내가 잘하는 짓인지 아니면 지금도 복수를 하고 있다고 생각되어지는 건지는 모르지만 하여튼 그 여자가 궁금해서 견딜 수가 없을 때가 종종 있어요. 젊었을 때의 그 가련한 모습은 온데간데없고 다 늙어빠진 촌부가 되어버린 그 여잘 멀리서 바라보며 산속에 숨어 있을 때가 그래도 평온했소. 지금 이렇게 징역을 살고 있으니 가볼 수가 없어서 무척 궁금하지만 이렇게 나를 가두고 무한정 학대를 하다가보면 어떤 결말 같은 게 보일 것만 같아서 차라리 밖으로 나가는 게 두려울 지경이오. 형씨가 음독을 했다는 말을 듣고 왜 그랬을까 하고 내 나름대로 상상을 하곤했소. 영등포의 주먹잽이라면 아쉬울 것이 없을 테고, 나가면 모자랄 것이 없을 텐데 하는 생각으로 꽉 차 있었소. 난 여기서 인생을 다 산 사람처럼 철학자가 된 기분이오. 그래, 형씨는 내 말을 이해하겠소?"

그 남자는 이제야 슬그머니 종태에게 질문을 던졌다. 종태는 이제 그의 장사설에 끌려 들어가서 무슨 말이든 해야 할 것 같았다. 그러지 않으면 빚을진 찜찜한 기분이 될 것 같았다.

"예, 이해를 합니다. 우리들도 한 번 징역을 살고 나오면 더 빠릿빠릿해지고 날이 선 칼날처럼 날카로워지지요. 그래서 별이 붙으면 붙을수록 실수가 없는 법이고 보스가 되는 과정이 되어가는 겁니다. 징역이란 데가 그래요. 더욱 치밀하게 만들기도 하고 대범하게 만들어서 내보내는 그런 곳이지요. 잡범들이야 대충 밥벌이나 하다가 나가지만 우리들에겐 단련을 하는 과정이 되어가는 겁니다. 징역이란 데가 그래요. 더욱 치밀하게 만들기도 하고 대범하게 만들어서 내보내는 그런 곳이지요. 잡범들이야 대충 밥벌이나 하다가 나가지만 우리들에겐 단련을 하는 과정에 들어 있는 그런 순서나 마찬가지지요. 징역을 한 번 들어왔다가 나가보면 달라져 있고, 또 들어왔다가 나가보면 더욱 달라져 있는 자신을 발견합니다. 우리 세계에선 그걸 높이 삽니다. 그래서 별을 달았다고 말하잖습니까? 형씨께선 어떻게 들어오셨는지는 모르겠지만 형씨가 방금 말한 것처럼 인생에 대해 한 번 깊이 생각하게 하는 그런 곳입니다. 나가서 도둑질을 하든 강도를 하든 간에 여기에 있는 동안 여러 가지로 생각을 많이 하게 만들지요. 대개 다른 뾰족한 수가 없어서 다시 범죄의 길로 치달아 버리지만 여기에 있는 동안만큼은 자신 앞날에 대해 생각을 많이 하지요. 제가 음독을 한 데에는 말씀드리지 못할 일이 있었지요. 아마 이곳에 있는 사람들은 전부 절름발이처럼 어딘가가 찌부러져 있거나 고장 나 있을 겁니다. 칼만 주면 다 자신의 배를 가를 만큼 문제가 없는 사람이 없을 겁니다. 가난이 원수고, 여자가 원수고, 형제가 원수고, 빽이 없는 게 원수일 겁니다……."

"……."

남자는 이제 베개에다 턱을 올려놓고 있었다. 종태가 하는 말에 귀만 드러내놓고 있는 모습이었다.

"그래도 형씨는 밤마다 찾아갈 데가 있지만 나는 처음 사랑을 느꼈던 여자가 죽어버리고 없습니다. 마치 여동생 같은 여자였는데 어느 날 죽어버렸지요. 그것도 다른 남자랑 같이 죽어버렸습니다. 여자란 마치 동물 같아서 남자가 오래도록 곁에 없으면 꼭 무슨 일이 일어납디다. 그럴 때는 아무리 주먹이고 칼이 무서워도 다 소용이 없는가 봅니다. 잘 죽었지요. 내가 죽였어도 죽였을 거니까요……."

종태는 일부러 그렇게 말했다. 그러는 동안 그의 가슴 속에서부터 어떤 찐득한 것이 묻어 나오고 있었다. 후회도 아니었고 그렇다고 시원함도 아니었다.

"……."

종태는 다시 말을 이었다.

"나가시면 그 여자를 다시 찾으십시오. 아이들에겐 그래도 제 친 엄마가 좋은 게 아니겠습니까? 저도 계모 밑에서 눈치밥을 먹으면서 자랐지만 여기 들어오는 대개의 사람들이 그런 부류들입니다. 가정이 흩어졌거나 아버지가 없이 젊은 엄마가 바람을 피우는 바람에 밖으로 뛰쳐나온 그런 놈들밖에 더 있습니까? 반발심이 스스로를 망치고 있어도 후회를 할 줄 모르지요. 그대로 치닫다가는 결국 감호소로 넘어가거나 사형장의 이슬로 사라지게 될 겁니다. 성경에 보니까 낳고, 낳고, 낳고만 나오다가 나중에는 죄가 죄를 낳아 장성한 즉 사망을 낳는다고 씌어 있습디다. 처음에는 그걸 몰랐는데 그 뜻을 이제서야 조금 알겠든데요. 결국, 여기서 못 벗어나는 친구들이 수두룩하지요. 우리 주먹잽이들은 절대 주먹질 외에는 다른 걸로 여길 들어오지는 않습니다. 절도나 간통으로 들어오는 날이 바로 주먹세계와는 인연을 끊는 날이지요. 폭력전과만이 진짜 별이지 다른 것들은 진짜로 말하면 별이 아니지요. 내 밑에도 폭력전과 외에 다른 것이 있으면 절대 쓰질 않습니다. 그건 철칙입니다."

"여기서도 많은 소년수들을 봤지만 전부 부모 중에 한쪽이 없거나 결손 가정인 경우가 많은 데 더럭 겁이 납디다. 우리 애들도 커서 삐뚤게 나가지나 않을까 해서 걱정이 되기는 합니다. 그래서 마누라를 다시 찾고 싶기도 하지만 아직은 그럴 마음이 아니라는 생각입니다. 아이들을 위해서라면 내가 양보를 해야 할 때가 되었는데도 나는 아직까지도 그녀를 용서하고 있질 못한다는 겁니다. 한 번 무너진 관계가 쉽게 회복될 수 없는 거지요. 그래서 더욱 밖으로 나가고 싶지 않은 건지도 모르지요."

"……."

"이 안에서 종교를 가지려고 애를 쓰고는 있습니다. 용서를
할 수 있는 힘을 기르려고 하지만 그게 마음대로 되질 않는군
요. 이 자신의 마음대로 할 수 없는 일들이 너무 많습디다. 형
씨도 아마 죽어버리려고 음독을 했지요. 그러나 다시 살아난
것도 다 운명이 아니겠습니까, 아직 젊으신 분인데 이 좋은 세
상 한번 잘 살아보시오. 난 여기서 무엇인가를 확 붙잡고서 나
가려고 그러오. 그게 바로 내 마음일 것이오. 이때까지 살아온
것은 전부 거짓이었고 내가 아닌 다른 사람의 삶이었소. 이를
악물고 돈을 끌어모은 사기꾼이었소. 이젠 남부럽지 않을 만치
서울 여기저기에다 꽤 넓은 땅도 갖고 있고 상가 건물도 몇 채
가지고 있으니 이제 원은 없소. 그걸 가지려고 나는 수도 없이
감방을 드나들었소. 형씨가 말한 주먹세계의 별이라는 것처럼
나도 밥 먹듯이 빵간을 드나들면서 긁어모은 재산이오. 지금
도 나는 의무과에 아는 사람이 있어 아주 편하게 지내요. 수양
을 하는 거라고 생각하고 있소. 단지 바깥에서 즐기던 성관계
만 빼고는 그리 부자연스런 것은 아무것도 없지요. 맨날 시간
에 맞춰서 주는 짠밥이 위장병까지 다 낫게 만들었고 규칙적으
로 약을 먹으니까 몸도 좋아집디다. 바깥에선 술에다 계집질을
해서 몸이 엉망이었는데 이제 그런 건 없어졌어요. 지금은 여
기서 수양하는 셈치고 이 안으로 들어오는 사람들이나 관찰하

70

면서 조용히 생각을 해보면 그게 마치 나의 과거처럼 여겨지곤 하지요. 정말 부나비처럼 떠돌아다녔던 지난날이 다 생각나곤 하지요. 일주일에 한 번 교회당에 올라가서 예배를 보는데 설교를 듣고 나면 나도 모르게 콧등이 시큰거리기도 하지요. 형씨도 이제 기독교나 한 번 믿어보시오. 이 세상에 의인은 하나도 없다고 했소. 전부 죄인이라는 설교 말씀이 가슴에 절실하게 와 닿습디다. 이 안에 붙잡혀 들어온 사람들보다도 바깥에서 붙잡혀 들어오지 않고도 버젓이 지내는 도둑놈들이 얼마나 많은지 아오? 아마 내 생각에는 바깥에 있으면서 죄를 짓고도 활개를 치는 놈들이 더 많을 거요. 그게 얼마나 우스운 일이 아니겠소? 여기에 잡혀온 사람들은 다 빽이 없고 줄이 없어서 힘없이 끌려온 사람들일 것이오. 나는 그들을 보면서 나를 위로하고 있는 것이오. 여기에 갇혀 있지만 내 건물에선 한 달에 꼬박꼬박 수백만 원의 임대료가 나오고 있고 투자신탁에 넣어둔 데서 또 돈이 불어나고 있지요. 돈이 사람을 즐겁게 만듭디다. 그러니 여기에 갇혀 있어도 내 스스로 갇혀 있다고는 전혀 생각되지 않아요."

"이번엔 액수가 큽니까?"

비로소 종태는 질문을 던졌다. 어리석은 질문인 것 같았지만 그것이라도 물어야 되는 것처럼 그랬다.

"아, 네 그게 한 30억쯤 됩니다. 변제를 못했죠. 얼마나 떨어질 것 같습니까?"

"글쎄요? 적어도 3년은 되지 않을까요? 근데 갚을 능력이 없
지는 않은 것 같은데……."

종태는 말끝을 흐렸다.

"아, 그거야 그렇죠. 일부러 그렇게 눈탱이를 쳤던 것인데.
한 3년 여기서 썩었다가 나가려구 그럽니다. 요즘같이 경기가
불투명한데 나가봐야 뭐합니까? 여기서 도나 닦고 있는 게 백
번 편하지요. 상대방도 그 30억이란 돈으로 곧 쓰러질 작자도
아니니까 마음에 걸리지는 않습니다. 그놈은 돈을 빌려주는 고
리대금업자데 땅을 뺏기 위해 돈을 갚으려는 것을 고의적으로
도망다니는 법으로 거저먹는 그런 놈입니다. 그놈들한테 걸리
면 꼼짝없이 땅을 뺏기는 아주 악질이지요. 아예 법원에다 사
람을 사뒀는지 재판을 걸면 꼭 그놈들이 이기는 겁니다. 돈으
로 재판을 유리하게 끌고 나가지요. 내가 그놈들을 좀 건드린
셈이죠. 나가봐야 난 그놈들 등쌀에 못 견딜 겁니다. 어쩌면 나
를 죽이려고 할지도 모르죠. 그래서 차라리 여기서 한 3년 썩
고 나가면 지들도 나한텐 손을 들거구만요. 밖에 마누라가 있
었다면 틀림없이 그놈들은 마누라를 납치해 갔을 겁니다. 나야
아무도 없으니까 그렇게 하지도 못하지요. 재판을 받으러 나가
면 그놈들이 떼거지로 몰려와서 은근히 협박을 합디다. 나오면
죽여버린다고. 한번은 저쪽 변호사가 나한테 변호사 접견을 와

서 그런 말을 넌지시 비칩디다. 참, 변호사도 돈을 먹고 못하는 짓이 없지요. 그래서 내가 코웃음을 쳤지요. 죽이든지 살리든지 마음대로 하라구요. 변호사가 마치 그놈들의 꼬붕이처럼 구는 게 더 기분이 나빴습니다. 어떻게 갇혀 있는 사람에게 그럴 수가 있습니까? 변호사란 것도 법을 마음대로 주무르는 놈들이라 내가 고소를 할 수도 없고, 미치겠습디다. 욕이나 실컷 해 주고 말았지요. 더러운 돈이나 먹고 변호하는 게 변호사냐? 개 같은 이라고 마구 욕했죠. 그랬더니 그대로 판사에게 일러바쳤는지 구형이 5년이 나왔습디다. 어차피 살려고 작정한 거 5년이면 어떻고 10년이면 어떻습니까? 세월만 가면 그만이지."

 "사는 게 그럽디다. 돈 때문에 죽고 사는 문제가 많지요. 이젠 정말 돈이라면 별로 애착도 없어요. 그저 나가면 이제부턴 제대로 한번 살아야 할 건데 하는 생각뿐이 없어요. 그게 되려나 모르겠지만 말입니다. 여기서도 나는 의무과 직원들에게 매달 백만 원씩이나 쓰고 있습니다. 그래야 계속 병동에 붙어 있을 수 있고 무슨 호기 거리라도 얻어 피울 수 있지요. 이곳에서의 낙이란 게 다 그런 것 아닙니까? 내가 밖에서 뜯어온 것을 다시 여기에서 뺏기는 건지도 모르지요. 그렇다고 굳이 아까울 건 없습니다. 담당들한테 그거라도 주고나면 속이 후련해요. 그놈들이 이곳까지 쳐들어오지는 못하겠지만 마치 담당이 나를 지켜줄 것만 같아서 하나도 아깝지 않습니다. 이곳은 진짜 도둑놈들의 피신처가 아니겠습니까? 이곳에 있으면 그놈들에게 끌려가서 린치를 당하거나 암매장될 위험까진 없겠지요."

종태는 그저 묵묵부답이었다. 지금 그의 말에도 일리는 있을 것이다. 아마 바깥에 있었다면 그는 온전치 못할 것이 뻔했다. 그러한 것은 종태가 누구보다도 더 잘 알고 있었다. 뒷골목의 세계에서는 그러한 해결을 위해서는 감쪽같이 죽여버릴 수도 있는 일이었고 적당히 협박해서 목숨만은 살려주는 대가로 돈을 받아낼 수도 있는 일이었다.

그 남자는 아직도 희미한 불빛을 올려다보며 말을 이었다.

"이제는 이러한 일도 마지막이라는 생각을 해요. 돈이 아무리 좋다지만 그것도 없을 때의 얘기지 이젠 목숨이 더 소중하다는 생각이 들곤 하죠. 그래서 한 3년만 살다가 나가서는 손을 싹 씻고서 멀리 지방으로 가서 농장이나 하면서 삽니다. 그러려면 강원도가 좋겠지요. 공기도 좋고 산세도 좋아서 건강에 좋을 겁니다. 나는 늘 새벽이면 들려오는 교회의 찬송소리를 들으면서 기도를 드리지요."

"신앙은 이 안에서 처음으로 가진 겁니까?"

"예, 그렇지요. 바깥에서야 어디 교회 문턱에나 가봤습니까? 이 곳이니까 심심해서 나가보는 거지요."

"그래, 좀 마음의 평안은 옵디까?"

종태는 은근히 물었다. 이제는 신앙에 대한 이야기로 이어지고 있었다.

"사람이 그렇대요, 돈이 없어 쩔쩔맬 땐 신앙이고 뭐고 아무것도 돌아볼 겨를이 없었지만 이제 여유가 생기고 나니까 괜히 허전한 것 같은 거 있죠? 그런 겁니다. 기도를 하고 있으면 평안해지는 느낌, 뭐 그런 겁니다."

"……."

종태는 가만히 생각해 보았다. 자신도 여러 번 교회당에 올라갔었지만 대충 느껴지는 위로와 평안에 대해 나름대로 유익한 해석을 내리고 있었다. 모든 것으로부터 자유스러워질 수 없는 자신에게 유일하게 평온을 가져다주는 시간이기도 했다. 비록 교회당을 내려오면서 다 까먹어 버렸지만 설교를 듣는 순간만큼은 어떤 새로움에 도전하는 기쁨을 맛볼 수 있었다.

지금 감방 안은 촉수 낮은 알전구의 불빛이 뿌옇게 비추고 있었다. 종태는 도무지 잠이 오지 않을 것만 같았다.

그 남자도 역시 잠이 안 오는지 벌떡 몸을 일으키더니 머리맡의 성경책을 끌어당겼다. 그리고는 힐끗 종태 쪽을 보았다. 종태는 반듯이 누운 채로 천장만 바라보고 있었다.

남자는 무언가 또 말을 꺼내려다가 그만두는 아쉬운 표정이었다. 멀리서 택시가 급정거를 하는지 요란한 브레이크 소리가 끽, 거리고 있었다.

"어허, 또 사고가 났구먼. 개새끼들, 차 좀 천천히 몰지 뭘 그렇게 험하게 모누. 저 놈도 한 일주일이면 이곳으로 들어오겠다."

남자가 다시 종태 쪽으로 고개를 돌렸지만 종태는 반사적으로 눈을 감아버렸다. 더 이상 대화에 끌려들어가기가 싫어서였다. 종태는 낯선 곳에서의 하룻밤을 혼자 생각하면서 잠들고 싶었다. 약간 더워지기 시작한 공기 탓인지 방 안 사람들은 이불을 차던지고 알몸을 드러내놓고 있었다. 삼각팬티를 입은 몸뚱이가 어지럽게 흩어져 있었다.

종태는 자신이 생각하기에도 이번 일만큼은 생각하기도 싫도록 끔찍한 일로 여겨졌다. 다행히 끝마무리가 되긴 했지만 자신의 세계에선 절대 있을 수 없는 최대의 실수였다고 생각하고 있었다. 그리고 이제는 어쩔 수 없이 모든 걸 아예 없었던 일로 치부해 버리고 새롭게 시작하리라고 마음먹고 있었다.

그렇게 생각하니 저절로 마음이 편해졌다. 담당이 근무교대를 하는지 입구의 철문을 따는 자물쇠의 달그락거리는 소리가 들리고 복도에 앉아 졸고 있던 담당이 놀라 후닥닥 일어나서 모자를 집어쓰고는 입구께로 다가가는 발소리가 들렸다. 밤이 깊은 모양이었다. 주위가 다 조용하였다.

새벽의 기상 나팔소리는 어쩐지 찌부둥했다. 종태는 묵직한 머리를 털며 가볍게 흔들어 보았다. 간밤에 이리 뒹굴 저리 뒹굴 잠을 설쳤던 게 머리까지 아팠다. 사람들은 일어나자마자 창문이 부서지도록 열어젖히고는 이불을 개기 시작했다. 다른 사동에서도 먼지에 캑캑거리면서 가래침을 뱉느라 칵, 거리는 소리가 요란하게 들려왔다. 아직 어둠이 채 가시지 않은 바깥에서 시원한 바람이 안으로 불어들고 있었다. 종태는 일어나 주섬주섬 이부자리를 개기 시작했다. 처음 신세를 진 방이어서 자신이 덮고 잤던 것들은 자신이 개야만 했다.

"형씨, 놔두소 마. 우리가 갤 꺼니까……."

그렇게 말하는 이는 어젯밤 종태와 밤늦도록 이야기를 나눈 남자였다.

"아닙니다. 내가 덮고 잔 것은 내가 해야지요."

종태는 고맙다는 웃음을 보내곤 마저 하던 것을 하고 있었다. 지독한 먼지가 일었다. 목 안이 따가울 지경이었다. 여기선 마스크도 없었으므로 종태는 얼굴을 찡그리며 이불을 개었다. 이불을 개고 나자 사람들은 전부 칫솔을 꺼내 양치질부터 시작했다. 방 안에 떠놓은 잡수물을 떠서 서둘러 양치질을 하는 그들은 점검이 뜰 때까지 양치질을 끝내려는 듯 바삐 서둘렀다. 종태는 칫솔이 없었으므로 가만히 앉아 있기만 했다.

"아, 형씨는 칫솔이 없겠구만. 어이, 황 군아. 벽장에서 새 칫솔 하나 꺼내 드려라."

그 남자가 좀 나이 어린 황군이라는 친구에게 그렇게 말했다. 그러자 황군은 급히 벽장을 타고 올라가서 사물 보따리에서 새 칫솔을 하나 꺼내어 종태에게 건네주었다. 방 안의 사람들이 모두 입에 칫솔을 밀어 넣어 부지런히 칫솔질하고 있었다. 먼저 칫솔질이 끝난 사람부터 잡수통에 오물을 뱉아내고 있었다. 그러면 점검이 끝나고 나서 세면하러 나가서 통을 비우는 거였다. 세면을 하러 나가기 전에 양치질을 끝내겠다는 속셈에서 일찍 양치질을 마친 것이다.

사람들은 앞에서부터 옆으로 나란히 앉았고, 종태는 맨 뒤에 앉았다. 오늘따라 점검이 늦는지 이미 다른 사동에서부터 하낫, 두울…… 하고 들려야 할 점검소리가 아직 들리지 않고 있었다. 대개 관구부장이 자신이 맡고 있는 사동의 점검을 혼자 해야 했기 때문에 병동은 맨 끝에 있어서인지 맨 나중에 있었지만 오늘따라 어디에서도 점검을 받는 소리는 들리지 않고 있었다.

방 안에서는 아직도 정좌를 한 채 점검을 기다리고 있었으나 점검이 뜨는 소리는 아직 나지 않고 있었다. 담당도 복도의 중간쯤에서 있다가 점검이 뜨지 않자 다시 책상으로 가서 모자를 벗어던지고는 의자에 앉아 있었다. 어둠 속에 전등불빛만이 괴괴한 것이 꽤나 어색하게만 느껴졌다. 사람들은 '왜 이렇게 늦는 거야? 오늘은 점검을 안 하려나, 왜 이래?' 하면서 중얼거리고만 있었다.

"담당님, 오늘 점검이 왜 이렇지요?"

어느 방에선가 불쑥 그렇게 물었다.

"몰라, 조금만 더 기다려봐!"

담당도 기다리고 있잖느냐는 식으로 툭 내뱉았다. 그리고는 아무 말이 없었다. 방 안이 조금 더 술렁거리기 시작했다.

담당도 기다리다가 지쳤는지 인터폰을 들어 보안과로 그 이유를 묻고 있는 중이었다.

"병동인데요, 점검이 아직 안 떠서 그럽니다."

담당이 이 말을 채 끝내기도 전에 저쪽에선 바쁘다는 듯이 말을 자르고 튀어나왔다.

"아, 알았다니까! 지금 보안과에서도 야단났어! 지금 8동에 뻥끼통에다 목을 단 모양이야. 조금만 기다려봐!"

"아 알았습니다!"

담당은 인터폰을 놓아버렸다. 그래서 점검이 늦는 거구나. 담당은 다시 자리로 가서 의자에 털썩 주저앉았다. 에이, 오늘 점검은 무지 늦을 거라는 생각에서였다.

"담당님, 무슨 일이 났습니까?"

"입 다물어! 무슨 일이 나긴 무슨 일이 나! 가만히 있으면 곧 점검이 뜰 건데!"

"……?"

담당이 꽥 소리를 질러버리자 방 안에선 알아듣지 못할 말로 씨부렁거리다가 이내 잠잠해졌다.

잠시 후에 후닥닥거리는 발소리들이 들렸고, 병동과 맞붙어 있는 의무과의 복도로 여러 사람들이 나타났다. 들것에 실려서 들어오고 있는 게 보였고 담당들이 그 뒤를 따라 들어오고 있었다. 아마 목을 매단 재소자를 들것에 실어 의무과로 급히 옮기는 모양이었다.

방 안의 사람들이 그런 요란한 발자국 소리에 창문께로 모여들었다. 심상치 않은 기미를 느낀 것이었다. 이곳에서는 눈과 귀가 극도로 예민해져서 쿵 하는 소리만 듣고도 무슨 소린지를 알아내었고 육감으로 짚는 것이 더없이 정확했다.

누가 죽었구나 하는 예감이 종태의 뇌를 스치고 지나갔다. 아까 번에 담당이 인터폰으로 묻던 것과 방 안의 사람이 물었던 것에 대해서 짜증나게 대꾸를 하던 것으로 봐서 또 목을 매단 사건이 일어났음을 냄새 맡을 수 있었다. 보통의 폭력사건이라면 담당도 욕설과 함께 흥분해서 떠들 것이 분명했는데, 입을 다물어버리는 것은 재소자가 목을 매는 경우 밖에는 없었다.

담당이 궁금했는지 어슬렁거리며 의무과로 가는 게 보였다. 아마도 사건의 전말을 알아보려고 가는 듯했다.

"이 사람 어딜 갔어? 지금이 어느 때라고 사방을 비워 놓고 다녀!"

언제 들어왔는지 관구부장이 점검판을 들고 입구에 서 있었다. 담당은 지금 사건을 알아보려고 의무과로 가고 없었다.

"어이, 담당! 어디 갔어!"

관구부장이 소리치자, 후닥닥 복도를 달려오는 소리가 들렸고 담당이 나타났다.

"이 사람아, 지금 소내가 발칵 뒤집혀 있는데 어딜 그렇게 사동 비워 놓고 다녀! 과장이 급히 들어와서 사방을 순시하고 있는데!"

관구부장이 버럭 소리를 쳤다. 담당이 복도를 향해 소릴 질렀다.

"각방 점검, 차렷!"

"병동 총원 이십삼 명, 점검 준비 끝!"

구령이 끝나고 나자 관구부장은 경례를 받는 둥 마는 둥하고는 1방부터 점검을 하기 시작했다.

"차렷, 경롓!"

"하낫, 두울, 세엣⋯⋯."

담당이 차렷 경례를 복창하자 방 안의 사람들은 일일이 고개를 옆으로 젖히면서 하낫, 두울⋯⋯ 번호를 붙였다. 그러다가 맨 끝에서 종태가 자신의 번호를 대고는 번호 끝! 이라는 말을 덧붙였다.

관구부장이 눈으로 숫자를 헤아리다가 종태가 번호 끝이라는 말을 하자 지나가던 걸음을 딱 멈추었다.

"차종태! 여기에 있었구나?"

"예, 어제 오후에 병동으로 옮겼습니다."

관구부장은 다름 아닌 민기식 부장이었다. 종태가 원예에 출역할 때 가끔 와서 국화를 얻어가던 관구부장이었다. 그는 종태가 있는 걸 보고는 아는 체를 했다.

"으흠, 그래? 아무튼 다행이구만. 점검이 끝나고 조용할 때 이야기나 나누지."

"예."

민 부장은 계속 지나가면서 방마다 점검을 하고 있었다. 점검이라는 것은 간밤에 방 안에서 어떤 사고가 일어나지 않았나 살피는 것과 눈으로 머릿수를 헤아리면서 동시에 구타사건이 있었는가를 확인하는 것이었다. 그저 눈으로 훑고 지나가는 것이었지만 이상이 있는 것을 금방 알아챘다.

"점검 끝!"

"각방 쉬엇?"

담당이 소리치자 방 안은 다시 술렁거리기 시작했다. 점검이 끝나고 나면 웃통을 벗어던지고 자유스러움을 만끽하는 거였다. 그런데 오늘은 의무과에서 일어나고 있는 일에 대해 더 관심이 많았는지 전부 창살께로 모여들었다.

"무슨 일이 일어났는가봐?"

누군가 그렇게 말했다.

"무슨 일이겠어. 분명히 일어나자마자 코피가 터지게 싸웠거나 누군가 새벽에 넥타이를 맸겠지 뭐. 그것밖에 무슨 일이 있겠어?"

"……?"

방 안의 사람들은 나름대로 짱구를 굴려서 제멋대로 추측을 했다. 그런데 그 추측이라는 것이 한 치의 오차도 없이 들어맞는 것이었다. 역시 빵잡이들은 다르긴 다른 모양이었다.

"담당님, 무슨 일이 일어났습니까?"

물어봐야 쓸데없는 질문인 줄 알면서도 그런 질문들을 했다.

"입 다물어? 너희들이 알면 뭐할 거야!"

"……."

질문을 던졌던 놈이 머쓱해졌다. 화가 났던지 질문을 던졌던 놈이 창문을 부서져라 탁 닫으면서 쿵 하고 내려앉는 소리가 났다.

오전에 들린 소문에 의하면 8동에 있는 재소자는 아직 젊은 놈으로 남의 집에 강도를 하러 들어갔다가 억세게 재수가 없어서 붙잡혀 들어왔다고 한다. 어제 낮에 이웃집에서 아주머니들이 면회를 왔었는데, 아직 어린아이를 업고 온 아주머니들이 전하는 말로는 남자의 마누라가 언제부터인가 자신을 잡아넣은 형사와 붙어가지고 사건의 해결을 위해 여러 군데로 선처를 하러 돌아다니는 것 같더니만 둘이 눈이 맞아 정분이 났다는 거였다. 세든 집의 아이가 자꾸 울길래 가봤더니 여자는 없고 아이만 덜렁 남겨져 있었다고 한다. 안 그래도 밤중에 자꾸 외출을 하던 그녀는 처음에는 옆방에 다 아이를 맡기더니 옆집에서 귀찮아하니까 아이를 맡기러 오지 않더라는 거였다. 그러더니 어느 날 갑자기 사라져 버린 거였다. 아이가 자꾸 울자, 옆집에서, 이웃에서 그만 무심할 수가 없어서 방문을 열었더니 아이만 달랑 남아 똥을 싸서 칠범벅을 해놓고 있더라는 것이었다.

그때 면회장에서 남자는 그 여자들에게 죽을죄를 졌으니 나갈 때까지만 아이를 좀 맡아서 길러달라고 사정을 했는데 동네의 여자들도 선뜻 확답을 못하고 내일 다시 오겠노라고 돌아갔다. 면회를 마치고 돌아온 남자는 방 안에서 풀이 죽어 있다가 저녁밥까지 먹고 조용히 잠을 잤는데 새벽에 뺑끼통에서 건빵봉지의 비닐을 늘어뜨려서 만든 노끈을 여러 겹 묶어 목을 맨 것이었다. 기상을 하기 바로 전에 누군가 오줌이 마려워 뺑끼통으로 들어갔다가 허옇게 혀를 빼물고 죽어서 덜렁거리는 시체를 보고 질겁을 해서 방 안 사람들을 불러 깨웠고, 담당을 불러 알렸지만 야간엔 사방 키를 모두 보안과로 가져가 버린 상태였기 때문에 인터폰을 쳐서 사실을 알리고, 그 후에야 키를 가져와서 사방을 열었으나 남자는 이미 숨이 끊어진 지 오래였던 것이다.

이미 죽은 목숨을 의무과로 데려와 봤자 허사였다. 아무리 강심제 주사를 놓고 인공호흡을 시켰지만, 심장의 박동이 멈춰버린 시체는 되살아나지 않았다.

죽은 남자는 오늘 날이 밝으면 또 동네의 아줌마들이 아이를 데리고 올 것이고 이 서울에 누구든 친척이 있으면 데리고 올 것이다. 그리고 이 서울에 누구든 친척이 있으면 대라고 이야기를 할 것이기에 그 괴로움에 시달리기보다는 먼저 죽음을 택한 것임에 틀림이 없었다. 하필 자신을 잡아들인 형사하고 붙어버린 여자를 탓할 기력도 없이 아이 때문에 스스로 목숨을 끊어버린 것이었다.

구치소에는 다시금 냉기가 흘렀다.

자살사고가 일어나자 검방을 온 기동대는 방 안에 빨래를 널어두기 위해 쳐놓은 비닐 끈까지 모두 회수해 갔고 사물보따리에 달려있는 헝겊 끈까지 모두 빼내어 갔다. 이제 빨래꺼리를 널 만한 공간이라곤 쇠창살밖엔 없었다. 구치소에서는 일단 사고가 한 건 일어나기만 하면 그렇게 응보형의 보복이 가해졌다.

"에이, 씨팔. 끈이 있어야 빨래를 널지. 그럼 빨래를 널 수 있도록 조치를 취해 주든가 해야지 뺏아가기만 하면 다야."

"에이, 더러운 놈들……."

입에서 욕설이 튀어나왔다. 사고가 난 뒤라 검방도 예전 같지 않고 감방의 구석까지 샅샅이 뒤지다가 벽장에 넣어놓은 이

불을 전부 끌어내려 솜까지 뜯어낼 판으로 정밀 검방을 하는 통에 온통 방 안이 아수라장이 되고 말았다. 그러니 방 안으로 들어온 사람들이 가만있을 리 없었다. 욕이라도 해야 직성이 풀리는 것이었다.

"지기미, 평소엔 가만있다가 터지기만 하면 이런다니까."

"이런다고 사건이 안 터지나."

별의별 욕설이 다 터져 나왔다.

"하여튼 징역에서 사건만 터졌다 하면 꼽징역이라니까!"

기동대의 담당들이 일부러 들으라고 하는 말들이었다. 그러나 그걸 가지고 담당들이 트집을 잡을 수는 없었다. 사실 검방을 한다면서 일부러 이불까지 죄다 흐트러뜨리고 오만 가지 사물들을 뒤범벅이 되도록 방 안에 퍼뜨려 놓는 것도 일종의 보복 심리에서 가해지는 무형의 형벌이었다. 너희들이 사건을 자꾸 일으키니까 이런다는 식이었다. 한 마디로 말해 지긋지긋한 검방과 검신에 맛 좀 보라는 식으로 애를 먹인대도 이곳의 규정상 항의할 건덕지도 없었다. 행 형법에는 하루에 1회 이상 철저히 검방 검신을 해서 부정물품을 찾아내도록 규정하고 있었다.

검신이라는 것도 그랬다. 복도의 벽 쪽으로 나와 일렬로 쪼그려 앉으면 담당이 한 사람씩 일으켜 세워 몸을 뒤지기 시작하는데, 양팔을 벌리고 서게 한 뒤 처음에는 손으로 더듬어 나가다가 웃통을 위로 들어 올리게 했고, 바지를 끌러서 팬티를 발목에까지 흘러내리게 만들어서 사타구니까지 샅샅이 검사를 했다. 덜렁거리는 것을 막대기로 툭툭 쳐보기도 하고 뒤로 돌아서게 해서 앞으로 숙이도록 한 뒤 항문을 까발려 보이게 하기도 했다. 물론 신고 있던 양말까지 벗어서 털어보이게도 했으며 머릿속까지 털게 했다. 부정 물품이란 신체의 은밀한 어느 구석에도 감출 수 있기 때문이었다. 그러나 재소자들은 신체의 어느 부분에도 감추지 않았다. 이미 그런데 쯤은 검사할 것이라는 통밥에서 일단 기동대가 떴다 하면 방 안의 마룻바닥 밑이라든가 천장을 뚫어서 몰래 올려놓는다든지, 콘크리트의 갈라진 틈사이나, 주로 뺑끼통의 더러운 곳에다 빠뜨려서 담당들이 손을 버리지 않고는 절대 찾을 수 없는 곳에다 짱박아놓았다.

비누를 양쪽으로 갈라서 그 안에 홈을 파고 부정물품을 숨겨서는 다시 붙여버리는 것이라든지, 치약의 뒤꽁무니를 펴서 그 속에 다 집어넣고 다시 봉합해 버리는 것이라든지, 두꺼운 책 표지의 겉장을 뜯어내고 홈을 파서 그 속에다 라이터돌이나 담배를 납작하게 해서 집어넣는 일은 흔한 일이기도 했다. 은밀하게는 시커먼 간장통에다 비닐로 싼 것을 집어넣어 보이지 않도록 감쪽같이 숨기거나 먹는 사과에 찔러넣어서 쇠못을 감추기도 했고, 카스테라와 같은 빵의 크림 속에다 조그마한 톱날을 숨겨 넣기도 했다. 그러니 담당이 아무리 기를 쓰고 찾아봐야 최하가 절도요 강도인 그들을 따라가지 못했을 것이다. 뛰는 놈 위에 나는 놈이랄까, 무언가를 숨기고 훔치는 데야만 촉각이 발달한 그들에게 당할 재간은 없었다.

간혹 어떤 정보를 입수하여, 기동대가 한 번 지나갔다고 안심하고 있을 때 불시에 들이닥쳐서 특별 검방을 할 경우도 있었지만 방 안의 빵잡이들이 그걸 대비해 미리 철두철미하게 깊은 곳에 숨겨놓은 것들은 찾지 못했다.

운동장에 나가 주워온 조그마한 유리조각이 곧 조각칼이 되었고, 쇠못이 송곳이 될 수도 있었다. 그것만 가지면 무엇이라도 만들 수 있었다. 칫솔을 깎아 성기에 박을 멍에를 만들거나 십자가 걸이를 만들기도 했고, 일부러 성기의 애민함을 죽이기 위해 귀두 부분을 죽죽 그어서 핏물을 내기도 했다. 그러면 상처가 덧나고 또 덧나서 딱지가 앉을 만하면 또 그어대는 그들이었다. 하루종일 앉아서 할 일 없는 그들에겐 그것이라도 하고 있어야만 무료해짐을 이겨낼 수 있었다.

빵끼통으로 들어가 헌 칫솔로 성기의 귀두 부분을 하루종일 문질러대어서 시뻘건 놈이 있는가 하면, 치약의 박하향이 스미도록 하기 위해 치약을 묻혀서 문지르기도 했는데, 그러면 박하향이 스며들어서 짜릿한 쾌감까지 몰아왔다. 칫솔로 문지르거나 마른 이태리타월로도 문질렀다. 까칠까칠한 것이 귀두에 닿을 때마다 깜짝깜짝 놀라기도 했지만 숙달이 되고나면 그 예민함은 점점 줄어들어 둔감해지게 마련이었다. 수도 없이 피를 흘리면서도 그러는 것은 일종의 쾌감이었고 자학이라고도 볼 수 있었다. 세상의 여성들에 대한 보복심이랄까, 극도의 흥분을 던져주고는 돈 많은 과부나 유한부인들의 지갑에서 일확천금을 노리는 것까지도 포함되어 있었다. 이제 갈 데까지 가버린 그들에게는 오로지 그것 하나만으로 돈을 거머쥐는 수밖엔 없다는 절박감에 성기의 대가리에서 피가 나도록 문질러대는 것인지도 모른다. 돈과 섹스만이 이 세상을 지배하고 있다고 믿는 그들이었다. 돈과 섹스는 불가분의 관계라고 믿었다.

그래서 그들이 벌리는 노력은 처참하기도 했다.

뻥끼통에 걸터앉아서 벽면에다 인기스타의 사진을 붙여 놓고는 성기를 내어놓고 칫솔로 문지르거나 이태리타월로 문질러대면서 그들은 또 극기의 실험을 한다. 한참 문지르다가 사정을 할 때쯤이면 항문의 괄약근을 오므려서 사정을 멈추는 동작을 반복해서 자신의 의지대로 사정을 조절하는 비법을 연마하는 것이다. 누가 그런 시도를 처음 했는지는 모르지만 빵간에 들어오기만 하면 그들은 자연스레 그러한 연습을 하게 되어 있었다. 이 안에 있는 동안 마누라가 도망을 가버리는 경우가 많았는데 다 그러한 것도 자신의 성적인 테크닉의 부족쯤으로 알고는 더욱 그쪽으로 몰두하고 있었다. 어떤 놈은 성기에다 강장제인 비나폴로의 액체를 터뜨려서 발랐고, 그 액체가 스며들기도 전에 문질러대기도 했다. 그들은 마늘을 까서 문질러 바르기도 했고, 후끈후끈한 파스를 붙여서 감각을 죽이려고 애를 썼다.

하루종일 갇혀 있는 것도 지겨운 그들이었다.

4.3평의 좁은 방 안에 커다란 덩치의 남자들이 열서너 명이나 우글거리고 있으니 입담에 음담패설이 아니면, 그런 쪽으로 발달하는 그들이었다. 돈에, 그리고 여자에 원수가 진 것처럼 그들은 단호했다. 성기가 큰 것이 자랑이었고 테크닉이 좋다는 것이 자랑으로 여겨졌다. 남자들의 세계란 그러한 것이었다.

종태는 함 주임이 나타나기만을 기다렸다.

구치소에서 자살사고가 일어나자 모든 것이 얼음처럼 냉랭해졌고 자칫 잘못했다간 경을 칠 것처럼 담당들의 언사도 거칠어져 있었다. 이럴 때일수록 아무리 빵잡이라도 몸을 사리는 것은 당연했다. 당분간만은 죽은 듯이 조심하는 것이 제일 상책이었다. 괜히 조그마한 것에라도 걸려들어서 보안과로 끌려가봐야 득이 될 건 하나도 없었다. 하나부터 열까지 원리원칙을 고수하며 나오는 데에는 질리지 않을 수 없을 것이다. 결국 피해는 수감 중인 재소자들이 당하게 되어 있었다. 간혹 방 안에서 사소한 싸움이 일어나도 평상시 같으면 그냥 넘어갈 일이 징벌을 먹고 독방행이었고 수갑이 하나만 채워질 것도 두 개씩이나 채워져서 독방으로 처넣어졌다.

인과응보.

응보주의.

이곳은 그런 곳이었다. 아주 원시적인 형벌이 아직도 지켜지는 곳이 바로 이곳이었다.

종태는 낮에 점심을 먹고 나자, 담당에게 면담을 요청했다.

"담당님, 요즘 함 주임이 바쁩니까?"

"왜?"

"저번에 한 번 만났는데 출역 건 때문에 그럽니다. 제가 그런다고 면담을 시켜 주십시오."

담당은 알았다는 투로 의자에서 일어나서 인터폰으로 다가갔다 인터폰은 사방 입구에 있었다.

담당이 무어라고 하는 말이 들렸고 통화는 금방 끝이 났다.

"지금 이쪽으로 오겠다는데."

"알았습니다."

종태는 방으로 들어가지 않고 담당의 책상 옆에 그대로 서 있었다. 보안과에서 병동까지는 불과 10분 거리였다. 함 주임이 올 때까지 그대로 있을 작정이었다.

"담당님, 8동에서 자살사고가 나서 힘드시겠습니다?"

"글쎄 말이야. 죽겠다는 놈을 어떻게 말려? 아무리 시찰을 철저히 해도 목을 매달고 단 1분이면 뒈져버리는데 방마다 지킬 수도 없는 노릇이잖아? 담당 한 사람이 열두 개의 사방을 지키는데 말이야. 이쪽에서 저쪽 끝으로 가는 동안에도 벌써 죽을 놈은 죽어버리는 거지. 일단 한 놈이 죽어버리면 위에서는 담당이 마치 죽으라고 재촉이라도 한 것처럼 죄어대질 않나, 들들 볶는 거지 뭐."

"아, 그놈도 미리 면회실에 입회를 했던 담당이 이야기를 듣고는 보안과로 요시찰로 지정해 달라고 보고를 했다더구만. 어쩌면 목을 매달지도 모른다고 보고를 했는데도 담당이 밤새도록 어떻게 지켜? 다른 방은 시찰도 안 하고? 그러다가 확 죽어버린 거지 뭐."

"마누라가 자기를 잡아넣은 형사하고 붙어서 그랬다면서요?"

종태가 물었다. 담당은 푸실푸실 웃는다.

"글쎄 말이야. 아마도 여자가 젊고 끼가 있었던 모양이야. 징역간 놈을 기다리느니 차라리 이참에 툭 털어버리려고 그랬던 거지 뭐. 맨날 징역이나 왔다갔다하는 놈보다는 차라리 잡으러 다니는 형사가 나았겠지. 형사가 반할 정도라면 인물이야 빤빤했을 거 아냐? 보나마나 강도질을 해서 돈으로 쌈쌈한 여잘 하나 꼬셨겠지. 그런데 여잔 도둑놈인 줄도 모르고 돈 많은 재벌 2세쯤 되는 양으로 알고 철색 달라붙었다가 알고보니 강도였겠지. 거 뻔한 거 아니겠어?"

사실 그렇다. 이곳에 있는 사람들치고, 꽈배기(전과자)치고 안 그런 놈은 하나도 없었다. 돈이 생기면 우선 젊고 빡빡한 여자들에게 팍팍 쓰다가 돈이 떨어지면 또 한탕만 하면 된다. 그러다가 잡혀 들어온 사람들이 많았다. 내일을 예측할 수 없는 그들의 부나방 같은 삶이기도 했다. 징역의 전과가 늘어갈수록 범죄는 더욱 대담해지고 흉포화되고 단위가 커지는 것이 보통이었다. 이 원칙은 경제사범에게도 적용이 되어서 한 번 들어왔다가 나간 사람은 다음번엔 더욱 큰 액수의 부정을 저지르고 다시 들어오는 것이다. 징역에 이력이 난 사람들은 한 일이 년 사는 것은 그리 힘들어하지 않는다. 마음만 굳게 먹으면 사기친 돈을 꿀꺽 하고는 편안히 이 안에서 지내다가 나가기도 했다.

"가족들은 있습니까?"

종태가 물었다. 시신을 거둬갈 가족이라도 있느냐는 거였다.

"신분장에도 보니까 쥐뿔도 없는 모양이야. 그러니 누가 가져가겠어. 검사지휘가 떨어지면 또 공동묘지로 가는 거지 뭐. 가족이 있다손 치더라도 가져갈 리가 없지. 징역에서 목매달아 죽은 귀신을 누가 가져가려고 그러겠어."

"……."

종태는 9동 하에서 목을 매달아 죽은 칠규 생각이 났다. 얼굴에 시뻘건 피가 굳어버린 칠규를 보았을 때, 아무런 저항감이 없이 고요히 자는 듯한 그 모습. 마치 잠을 자고 있는 듯한 얼굴이 불현듯 떠올랐다. 자신의 죄가 너무 억울해서 목을 매달아버린 것이나 지금 8동에서 자살한 놈이나 징역 안에서 억울하기는 마찬가지였다. 돈이 없어서 변호사를 사지 못해 고스란히 살인죄를 뒤집어쓴 놈이나, 어여쁜 마누라를 자신을 붙잡아 넣은 형사에게 빼앗겨버린 놈이나 모두 머리를 박고 죽어버릴 정도로 억울한 것은 마찬가지였다. 이 안에서는 돈이 아니면 도저히 해결할 수 없고, 또 돈이 많았다면 그래도 여자가 달아나지는 않았을 것이었다. 돈 때문에 떠나지 못할 여자들이 이 세상에는 더욱 많았던 것이다. 모든 근원은 결국 돈 때문이었다고 봐야 한다.

종태는 지금 자기도 모르게 낯빛이 뜨거워지는 것을 느꼈다.

그것은 다름 아니라, 자신은 살인을 저지르고도 엄연히 살아 있는 것이다. 한 사람도 아니고 둘이나 죽이고도 버젓이 살아 있을 수 있는 것은 결국 돈 때문이라는 생각에 이르자 그런 수치심이 들기 시작했다. 종태는 돈이 많음으로 해서 일을 매끈하게 무마할 수 있었다고 믿었다. 함 주임에게 넘어간 6억이란 돈은 결국 자신의 목숨을 건진 약이 될 수 있었다. 그리고 돈만 있으면 그까짓 여자 하나 달아나는 것으로 눈 하나 까딱하지 않았을 것이다. 징역을 살고 나가서도 여자들은 얼마든지 있을 것이니까. 당분간은 마음이 아프더라도 돈이 많음으로 인해서 그만한 고통쯤은 이겨낼 수도 있었다. 징역에서의 돈이란 이렇게도 사람의 생사와 직접적인 연관이 있을 수도 있는 것이었다.

함 주임은 늦게야 나타났다. 담당과 이야기를 나누고 있으면서 마악 지루해질 때쯤 해서 의무과의 복도를 걸어서 그가 나타났던 것이다.

"어어, 미안해. 일이 좀 복잡한 게 있어서."

"괜찮습니다."

종태는 일부러 괜찮다고 대답을 했다. 함 주임이 들어서자 담당은 보고를 하고는 의자를 권했다. 그러나 주임은 앉을 생각도 않은 채 그대로 서 있었다.

"종태, 소지품 있나? 내청으로 출역하기로 결정이 됐어."

"없습니다. 그냥 가면 됩니다."

종태는 의무과로 실려오던 그대로였다. 맨몸뚱이만 업혀 왔기 때문에 사물이 있을 턱이 없었다. 칫솔이랑 수건은 여기서 그냥 얻어 쓰던 것이었다. 그랬으므로 그냥 가면 되는 거였다. 함 주임이 따라오라는 시늉을 하고는 몸을 돌려 걸어나갔다.

"여러분들, 고맙습니다. 저 이제 출역장으로 갑니다!"

종태가 며칠 있었던 방에다 대고 소릴 쳤다. 그러자 후닥닥 일어서는 사람들이 보였다.

"어이구, 잘 가시오. 좀 이따가 놀러라도 오시오."

방 사람들은 며칠 동안에 벌써 정이 들었던 모양이다. 종태가 걸어나가자 쇠창살을 붙잡고 정을 표시한다. 종태는 꾸벅 인사를 해 보이고는 사방 입구께로 나갔다. 함 주임이 복도로 나가다가 멈춰서서 종태가 나오길 기다리고 있었다.

의무과의 복도를 지나 주복도로 나오자 함 주임과 종태는 나란히 걸었다.

"종태, 이번에도 이 안에서 자살사고가 났거든. 이미 소문이 돌아서 다 알고 있겠지?"

"예, 압니다."

"그것 때문에 조금 늦었어. 소장한테 보고를 하기가 어려워서 늦어진 거야. 종태가 음독을 했는데 또 출역을 시키자는 말을 꺼내기가 어려워서 그랬어. 다른 놈 같았으면 절대 재출역이 안 되는 일이지. 재출역은 고사하고 아마 타소로 이송을 보내버렸을 거야. 그런 줄이나 알고 있어."

함 주임이 종태를 돌아보며 씨익 웃었다. 종태는 그 웃음이 진실된 웃음처럼 느껴지지 않았다. 마치 가면을 뒤집어쓰고 웃는 그런 모습이었다. 그러나 말은 자신의 의지와는 다르게 튀어나갔다.

"다 주임님의 배려라고 보아집니다. 나가면 언제 은공을 갚겠습니다."

"언제?"

"……?"

지금 함 주임은 또 다른 그물을 내리려고 하는 중이었다. 언제? 종태는 그 질문에 답하기가 싫었다. 그러나 역시 그게 아니었다.

"제가 나가면 가까운 영등포 바닥밖에 더 있겠습니까? 여기서 엎어지면 코 닿을 덴데 뭐 안 만나겠습니까?"

"그건 그렇지. 그런데 혹시 나가면 완전히 잊어버리는 건 아냐?"

함 주임은 그렇게 단단히 쐐기를 박고 있었다.

"아이구, 주임님도. 제가 날치로 보입니까? 한 번 한다면 하는 놈입니다. 제가 나갈 때까지 멋지게 한 번 밀어주십시오."

알았어, 하는 함 주임의 목소리는 공허하게 들려왔다. 종태는 묵묵히 걷기만 했다. 재소자들의 밥을 하는 취장을 지나 세탁공장이 있는 복도로 들어섰다. 그러자 세탁공장 앞에 있는 조그마한 공터에서 공놀이를 하고 있던 출역수들이 종태를 보자 꾸벅 인사를 하며 아는 체를 했다. 종태는 함 주임의 뒤에 약간 처져서 걸으면서 손을 들어 답례를 했다. 출역장에서도 종태의 존재는 다른 출역수들에 비해 그런 인사를 받을 만한 위치였다. 함 주임은 그걸 보면서도 일부러 모른 체하면서 걸어갔다. 내청은 양재공장 앞에 있었다.

"이상없습니다!"

내청 담당이 들어서는 함 주임에게 거수경례를 붙였다.

"오늘부터 원예반장이 내청으로 출역을 하니까 그렇게 알어."

"알았습니다."

담당은 종태를 바라본다. 종태는 담당에게 고개를 숙여 까딱 인사를 한다. 종태가 원예에 있을 때부터 자주 어울려서 이야기를 하는 담당이어서 별로 어려움은 없다. 내청은 아직 일을 나가지 않고 있어서인지 굴속 같은 움막 안에 십여 명의 출역수들이 나무의자에 앉아 있었다.

"담당이 종태의 건강을 좀 신경 쓰고 그래. 종태가 하도 출역을 고집해서 내청으로 출역시키기로 했으니까 말이야."

"알았습니다."

담당은 함 주임이 종태를 봐주고 있다는 것을 금방 눈치를 챈다. 척하면 삼척인 셈이다.

함 주임이 이것저것 쓸데없는 질문을 던져 의도적으로 담당의 기분을 좋게 만든 뒤에 돌아가고 나자 담당은 먼저 종태에게 의자에 앉으라고 권했다.

"앉아! 원예반장이 우리 내청으로 왔으니 좀 든든해지겠는데. 뭐 여기 있는 내청 출역수들도 서로 다 아는 처지이니 내청 반장하고 서로 의논해서 알아서 해."

담당의 말은 종태도 원예에 출역하면서 반장이었으니 내청 반장과 서로 의논해서 누군가가 새 반장이 되라는 말이었다.

"담당님, 원예반장이 새 반장이 되었으면 좋겠는데요."

내청 반장이 미리 선수를 치면서 자신이 물러날 뜻을 비쳤다. 종태의 막강한 힘에 미리 주눅이 든 건지 차라리 화끈하게 그렇게 말 해버리는 것이 더 나았다고 생각하는 내청 반장이었다. 내청 반장은 나이는 종태보다도 더 많았으나 여러 가지 관록으로 보나 주먹으로 봐서도 반장 자리는 종태에게 적합하다고 믿는 모양이었다.

"아니오, 형님께서 하시던 건데…… 전 그냥 출역이나 하고 있는 게 더 낫겠습니다."

종태가 묵직하게 사양의 겸손을 표했다.

"아닙니다, 담당님. 원예반장이 반장을 해야 아무래도 더 나아질 겁니다. 저야 나갈 날도 얼마 남지 않았고 하니까 그냥 원예반장으로 반장을 임명하십시오."

"그럼, 그럴까?"

담당도 은근히 종태가 반장이 되어주길 기다리는 눈치였다. 종태가 갖고 있는 돈의 위력은 담당까지도 그렇게 만들고 있었다. 아무려면 떡고물이라도 떨어지지 않을까 하는 기대가 앞섰을 것이었다. 그뿐만 아니라 다른 출역수들의 눈치도 그랬다. 말은 없었지만 눈빛으로 담당의 말에 동조의 찬성표를 던지고 있었다. 징역에선 그래도 범털이 있어야 배가 부른 법이다. 종태가 반장이 되면 아무래도 먹을 것은 풍부해지게 마련이었다. 그들은 그걸 바라고 있었다.

"……."

종태는 아무 말도 않고 있었다. 어차피 자신이 반장이 되지 않는 것도 어색한 일이었다. 소위 영등포의 주먹세계에서 보스로 지냈던 자신이 하찮은 내청 반장의 밑에 들어 있다는 것이 그랬고, 더욱이 반장이 아니라면 일반 출역수들과 같이 일을 해야 하는 것 때문에도 더욱 그랬다. 그저 가만히 일이 되어가는 대로 있는 게 나을 것 같았다.

"그럼, 반장도 자리를 사양하겠다고 하니 오늘부터 원예반장이 반장 일을 보도록!"

담당이 일단 선을 그어 버렸다. 그러자 형식적으로나마 전원이 환영의 박수를 보냈다. 전 내청 반장도 따라 손뼉을 쳤다.

"그럼, 신임 반장의 인사말이라도 있어야 하는 거 아뇨?"

그러자 또 한 번의 박수가 쏟아졌다. 징역이란 하찮은 것에도 그렇도록 박수를 쳐대며 반기다가도 또 하찮게도 쉽게 식어버리는 것이 특징이었다. 그저 심심하니까 반장을 갈아본다는 식이었고, 우선 종태가 반장이 됨으로써 반사적으로 얻어질 이익들을 점쳐보는 것이었다. 그들은 입에 맞는 곶감처럼 든든한 반장으로 인해 마음까지 푸근해지고 있었다.

"그렇지요, 반장으로서 한 마디는 해야지요."

하고 맞장구를 쳤다. 이번에는 담당도 눈빛으로 종태를 재촉하고 있었다.

"그럼, 뭐 인사라고 할 거까진 없고…… 이미 저는 원예에 있었기 때문에 서로 이름 정도는 알 겁니다. 반장으로 잘 해낼지는 모르지만, 자알 부탁드리겠습니다."

종태는 간단하게 인사말을 했다. 그리고 자리에 앉자 이번에는 전임 반장이 일어섰다.

"마침 차형과 같은 사람이 우리 내청으로 오게 된 데 대해서 매우 반갑게 생각합니다. 저도 이제 곧 만기로 나갈 예정이고, 잘하면 한두 달 정도 가출옥을 먹고 나갈지도 모르는 상황이라 벌써부터 내놓고 싶었던 참입니다. 마침 좋은 분이 오셨으니 저는 매우 기쁩니다. 새로 뽑힌 반장을 도와 열심히 하겠습니다."

전임 반장의 말이 끝나자 한 사람이 박수를 쳤고 다른 사람들도 덩달아 박수를 치기 시작했다.

"그럼, 새로 온 반장이 모르니까 서로 인사나 나눕시다. 저부터 소개를 올리지요. 나는 기록이고요, 이름은 김홍천입니다. 절도전과가 다섯 갭니다. 징역 10월입니다."

하고 말하자, 다음번의 사람이 일어났다.

"저는 배식반장을 보고 있습니다. 이름은 이만근입니다. 특수강돕니다. 이번이 두 번째고요. 징역 1년 6월입니다.

배식반장이 앉고 나자, 다음이 일어났다.

"연장 책임조장입니다. 이중굽니다. 죄명은 간통입니다. 징역 10월입니다."

"와하하하!"

연장을 책임진다는 이중구의 말이 끝나기가 무섭게 막사 안의 사람들은 배꼽을 잡고 웃었다. 담당도 웃고 있었다. 종태만 멀뚱하게 그들을 바라보고 있는 중이었다. 햇볕에 그을린 시커먼 얼굴에 하얀 이만 드러내놓고 웃고 있는 그들을 바라보며 종태도 비식 웃었다.

"반장요, 이놈은 글쎄 말이오. 자기가 물총으로 들어와 놓고는 연장을 관리하고 있다고 말하고 있으니 안 우습겠소? 그래서 웃는 기라요. 우헤헤헤."

"하하하하!"

종태도 따라 웃었다. 하긴 연장을 잘못 놀려서 들어온 놈에게 연장 쓰는 연장 책임이라는 직책을 맡긴 것부터가 우스웠다. 내청에서 쓰는 연장이란 주로 삽, 갈고리, 긴 쇠꼬챙이, 고무장화, 고무장갑, 리어카 등이었다. 그걸 관리하고 개수를 확인하는 것이었다.

그 다음의 사람들도 전부 차례대로, 들어온 서열대로, 자신의 역할과 죄명, 형기를 말하고는 자리에 앉았다. 종태는 일일이 그들의 얼굴을 바라보았다. 그들의 이름을 외우기라도 하듯이.

담당은 한쪽 의자에 앉아 출역수들이 하는 짓거리를 눈으로 보고만 있었다. 무료한 시간에 즐기는 그런 장면들이었다. 그들에겐 또 개인 소개가 끝나면 으레 회식이라는 것이 있었다. 그건 방 안에서도 그랬지만 출역장에서도 마찬가지였다. 무엇이든 간에 건수만 있으면 그걸 빌미로 먹자 타령을 하는 게 징역의 습성이기도 했다. 배식반장이 라면박스에서 먹을 것을 꺼내고 있었다.

"아, 오늘은 내가 한턱내겠습니다. 앞으로 잘해 나가자는 뜻에서 내는 겁니다."

종태는 자신의 호주머니에서 영치금카드를 꺼내놓았다. 그러자 배식반장의 입이 헤벌어져서 영치금카드를 받아들다가 그 카드에 적혀 있는 영(零)의 개수를 헤아리고는 입을 딱 벌리고 있었다.

"우와, 반장님 영치카드에 무슨 영이 이렇게도 많수? 가만 있자, 영이 모두 몇 개나 되냐…… 음 이건 완존히 억이네, 억."

그러자 다른 사람들도 쪼르르 달려들어서 카드의 글씨에 눈들을 모으고 있었다. 일대 소란이 벌어진 듯했다. 카드에는 셀수 없도록 영이 많아서 끝부분에서 세 자리는 그냥 옆으로 죽 그어져 있었다. 그들은 그걸 보며 말로만 들었던 종태의 수십 억이란 돈의 소문에 대해 실감하면서 입을 쩍 벌렸다.

"그거 이리 한번 줘봐라!"

출역수들이 아우성을 치자 담당이 소리쳤다.

"이거 정말……?"

담당이 카드를 들여다보다가 종태에게로 눈길을 돌렸다.

"그건 그래도 한 6억이 밖으로 빠져나간 겁니다. 며칠 전에 밖으로 내보냈지요."

"그으래? 그런데도 여직 10억이나 들어 있어?"

담당은 이젠 카드에서 눈을 떼지 않고 있었다. 담당도 이곳에서 거의 십여 년간이나 근무를 했지만 이렇게 많은 돈을 가지고 있는 재소자를 보지 못했던 것이다. 아무리 대기업의 사장이라도 우선 안에서 쓸 만큼의 돈으로 몇 십만 원의 돈을 갖고 있는 게 고작이었다.

"이 많은 돈을 어떻게 다 쓰냐?"

"……."

담당은 그저 넋두리에 불과한 중얼거림을 흘렸다. 종태는 가만히 있었다.

"반장님, 여기서 얼마나 쓰면 될까요?"

배식반장이 나직하게 물었다. 종태는 씨익 웃었다.

"알아서 써. 열 명이니까 다 먹을 수 있을 만큼 알아서 사와."

알았다는 듯이 카드를 갖고나간 배식반장과 또 한 사람은 사식당에서 파는 고등어 튀김과 포기김치, 짜장면 등을 샀고, 구매부로 가선 마실 것과 빵, 과자 부스러기들을 사서 고무 다라에 잔뜩 담아가지고 왔다.

"반장님, 모두 4만원어칩니다. 너무 많이 쓴 거 아닌가 모르
겠네요?"

"됐어."

종태가 말하자, 그들은 그동안 하던 장기판 놀이나 잡담에서
눈을 떼며 슬금슬금 모여 들었다. 먹을 것을 본 늙은 짐승들처
럼 꾸물럭거렸다. 내청은 한 마디로 말해서 출역수 전원이 개
털이라고 봐야 옳았다. 아예 면회를 오지 않는 사람이 절반을
넘었으니 바깥에서 넣어주는 차입물은 거의 없었고, 라면박스
에 들어 있던 것들은 모두 사방에서 뼁끼통이 막혀 똥이 내려
가지 않거나 해서 그걸 뚫어 주러 갔다가 뼁땅을 쳐서 갖고 온
것이거나 사동 간의 버려진 휴지조각들을 쓸러 나갔다가 사방
에서 꺼내온 것들이었다. 방 안에서는 그저 심심풀이로, 혹은
여기 들어올 때 같이 경찰서에 잠깐 머물다가 안면이 있었다는
이유로 해서 내청의 출역수들에게 먹을 것들을 내어주는 경우
가 많았다. 순전히 그걸로 먹고 사는 그들에겐 오늘과 같이 든
든한 범털이 내는 선심은 과히 기분 좋은 것이기도 했다.

배식반장은 먼저 플라스틱 그릇에다 짜장면을 덜어 담당에
게 갖다줬고 다른 그릇에다 야쿠르트와 생계란의 노른자를 띄
운 마실 것을 갖다 드렸다. 그리고는 공평하게 사람들이 보는
앞에서 음식들을 나누었고 누구나 불평을 하지 못하도록 골고

루 나누어 주었다.

"자, 우리 비록 음료수지만 건배라도 합시다. 모두 앞에 있는 음료수를 들어 주십시오. 건배 제창은 반장이 하겠습니다."

배식반장이 소리치자, 종태는 엉거주춤 일어나지 않을 수 없었다. 그의 손엔 잔이 아니라 음료수가 담긴 플라스틱 그릇이었다.

그는 높이 쳐들면서 외쳤다.

"우리 내청의 단합을 위하여!"

"위하여!"

종태의 제창에 다른 출역수들이 따라 외쳤다. 그리고나선 모두들 먹는 것에만 열중하고 있었다. 정말 순식간에 게눈 감추듯 하는 먹성들이었다. 징역에서의 먹는 일은 최고의 낙이었다. 먹는 순간만큼은 모든 과거의 일들을 잊어버릴 수 있었고 또 안에서의 기분 나쁜 일까지도 잠시 잊게 만들곤 했다. 그런데 하물며 새로 뽑힌 반장이 낸 한턱은 기분마저 들뜨게 하고도 남았다.

"반장, 이제 슬슬 작업을 나가야 하니까 작업준비를 시키지."

담당은 시계를 들여다보면서 종태에게 말을 건넸다. 지금 이 시간쯤엔 오늘 하루 동안 여사의 감방에서 내다버린 잔밥을 회수해 와야 했고 사동 간의 청소를 해야 할 때였다. 내청이 움직이는 시간은 거의 정해져 있었다.

"자, 작업을 나갈 준비를 합시다!"

종태는 어색했지만 그렇게 지시를 했고, 배가 부른 출역수들은 서로 자기가 맡은 일의 성격에 따라 연장을 챙겨들고 작업을 나가기 위해 새마을모자를 쓰고 있는 중이었다. 몇몇 사람은 바깥에 세워 놓은 리어카의 쇠사슬을 풀고 있었다. 그 리어카에도 다른 사람들이 함부로 건드리지 못하도록 쇠사슬이 채워져 있었던 것이다.

여기서의 모든 것들은 전부 그렇게 자물쇠로 채워지거나 쇠사슬로 묶어 놓아서 갑작스러운 흉기가 되지 못하도록 철저히 단속이 되고 있었다. 일을 하지 않을 때에는 연장을 따로 곳간에 넣고는 자물쇠로 채워 놓았고 일일이 작업을 나갈 때마다 풀어서 쓰곤 했다. 그러니 하루에도 수십 번을 매었다가 풀었다가 하는 것이었다.

종태는 누군가가 내민 밀짚모자를 쓰고는 밖으로 나왔다. 저만치에서 원예담당이 보였다. 원예담당도 종태를 봤던지 손짓을 하며 부르고 있었다.

"담당님, 오늘부터 내청으로 출역을 하게 됐습니다."

종태가 먼저 그렇게 말을 했다. 담당은 그저 웃고만 있었다.

"나는 벌써 이야길 들었어. 원예로 다시 오지 않는 게 섭섭했어. 그건 원예반장 마음대로 되지 않는다는 건 알고 있지만 그래도 다시 원예로 왔으면 하고 은근히 바랐으니까."

"여기나 거기나 바로 옆이니까 별로 신경은 쓰지 마십시오. 일단 한번 일이 터졌으니까 원예로는 다시 가기가 힘들어서 그랬습니다. 내청으로 출역을 나오는 것도 함 주임이 중간에서 힘을 써서 이렇게 된 겁니다."

종태는 미안한 마음을 가지고 그렇게 말했다. 그러나 담당은 그게 아니었다. 자신이 종태에게서 받아먹었던 돈의 꿀맛을 잊지 못했고 이제는 그 돈의 꿀맛이 다른 데로 가버리는 게 아닌가 하고 애석해하는 눈치였다. 그리고 함 주임이 중간에 끼여들어서 그 꿀맛을 가로채고 있다는 생각이 들자 더욱 그러하였다.

"그래도 그렇지, 이왕 출역을 할 거라면 함 주임한테 물고 늘어져서라도 원예로 왔으면 더 좋았을 것을…… 내청이야 맨날 맨홀 뚜껑이나 열고 오물을 퍼내야 하고 잔밥이나 푸러 다녀야 하니까 힘들잖아?"

종태는 그저 웃고만 있었다. 원예에 있으면서 내청이 하는 일을 모를 리가 없었다. 내청 사람들만 지나가면 시큼한 똥냄새가 다 났고 시어빠진 잔밥 냄새가 코를 진동시켰던 것이다. 담당은 지금 그것을 말하는 것이었다. 왜 그런 험한 일을 하는 곳으로 출역을 하게 되었느냐는 질문이었다.

"내가 함 주임한테 이야기를 해서 다시 원예로 오도록 해볼까?"

담당은 이제 자신의 본마음을 드러내놓고 있었다. 그러나 종태는 얼른 만류의 손사래를 쳤다.

"아닙니다, 담당님. 저도 한번 돌아다니면서 일도 좀 해보고 싶습니다. 일이야 원예가 더 편하겠지만 내청같이 돌아다니는 게 더 좋을지도 모르겠습니다."

"……?"

담당은 의아하게 종태를 바라보고 있었다. 그의 얼굴에는 한 마리 짐승을 놓쳐버린 포수의 그림자가 어려 있었다. 담당은 다시 말을 잇기를 그치지 않았다.

"그럼, 자주 원예로 놀러 와. 아무 부담 없이."

아무 부담 없이?……. 종태는 그 말뜻이 무어라는 것을 안다. 그러나 대답은 하지 않았다. 이미 거래가 끝났는지도 모른다. 자신은 이미 내청 담당의 소속이었으니 내청담당과 손발을 맞추어야 할 판이었다. 내청에 출역을 하면서 원예담당과 친하다는 것은 어쩌면 불필요한 오해의 소지가 될 수 있었고 혹시 일이 터지더라도 내청담당이 자신을 감싸주어야만 하는 것이었다. 그게 더 효과가 있는 것이지 전임담당인 원예담당이 자신을 감싸려 든다면 다른 직원들도 필요 이상의 의심을 할 건 뻔한 이치였다.

종태는 가볍게 웃어보이고는 내청의 출역수들을 돌아보다가 그들이 작업준비를 끝냈음을 보고는 가볍게 목례를 했다.

"담당님, 작업을 나가야 할 시간입니다. 조용한 시간에 한 번 찾아뵙지요."

그러고는 성큼성큼 내청 막사를 향해 걸어갔다. 한낮의 따가운 햇볕을 피하기 위해 밀짚모자를 쓴 친구가 있었는가 하면 그냥 새마을모자만 달랑 쓴 친구들이 리어카의 주위에 서 있다가 종태가 오자 출발하기 시작했다. 그 뒤를 담당이 쫄레쫄레 따라왔다.

오후엔 항상 병동의 뒤쪽을 돌아 5동과 4동, 3동으로 가면서 사방에서 함부로 창밖으로 내던진 휴지나 오물조각들을 청소했는데 사방에서는 방 안에도 휴지통이 있었음에도 일부러 바깥에다 오물을 투척해서 내청이 와서 청소를 하기를 즐겨하고 있었다. 그것이 방 안에 갇혀 있는 재소자들의 험궂은 심보였다. 내청을 상대로 장난을 치자는 것이었고 골리고 싶은 마음에서 그러는 거였다. 아니면 관에 대한 일종의 적개심에서 비롯한 한풀이였는지도 모른다. 어떤 방은 아예 쓰레기통의 오물을 전부 밖으로 쏟아놓기도 했다. 그 방 앞에 가면 내청 사람들은 일부러 오물을 모아 창문틀에다가 올려놓곤 했는데 그것은 서로 사소한 시비였다. 위생부에서는 뺑끼통에다 자꾸 고무신을 빠뜨려서 뺑끼통이 막히도록 하는 방에 대해서는 똥통에서 건져낸 고무신짝을 건져 올려서 똥이 잔뜩 묻어 질질 흐르는 것을 바짝 창문 곁에다가 놓아두고 가버려서 방에서 창문만

열면 똥냄새가 코를 찌르도록 만드는 거나 다름없었다. 그렇게 해야만이 직성이 풀렸고 재미가 나는 일이었기 때문에 출역수들은 흔히 그러한 보복에 동참하곤 했다.

이 안에서는 담 안의 생활이라선지 모두 마음벽이 얇아지고 좁아지는 것인지 모른다. 사소한 일에도 싸움이 자주 일어났고 주먹이 오갔으며 자존심의 대결이 큰 싸움을 불러일으켰다. 심심해서, 너무 방 안에만 틀어박혀 있어서 지나가는 내청 출역수들에게 시비라도 걸어 말싸움이라도 해야 직성들이 풀리는 사람들이 바로 방 안에 갇혀 있는 것이었다. 그래서 그들은 심심하면 밖에서 땅을 빗자루로 쓸고 있는 내청 사람들에게 먹을 것을 내주었고 슬슬 농담을 던져오기도 했다.

"형씨는 뭘로 들어왔소?"

"나?"

"그럼, 형씨 말고 누가 있소?"

"음…… 나야 물총이지. 이제 한두 달밖엔 안 남았어."

내청 사람이 말을 했다. 그러면 방 안의 사람의 얼굴이 밝아졌다.

"어이구, 그럼 우리 동서 아뇨? 나도 구멍을 잘못 팠다가 이 모양이오. 지금 재판을 기다리고 있는데 저쪽에서 합의금으로 4,000만원을 달라고 하니 이거 미치겠소. 그거 한 번 잘못 놀렸다가 4,000만원이 뭐요? 아, 요새 지 아무리 값나간다는 텔

런트를 데리고 자도 하룻밤에 그만한 돈이 들겠소? 이거 좆이
물려도 되게 물린 거지요."

　방 안의 사내는 이제 마악 40의 초입에 들어선 남자였다. 얼
굴이 막돼먹은 것이 아니라 제법 윤기가 흐르는 것으로 봐선
사업을 하거나 샐러리맨처럼 보였다.

　"형씨 공범은 어떤 여자요?"

　내청의 연장책임자인 중구가 물었다.

　"아, 그 씨발년이 혼자 술을 마시고 있길래 한번 수작을 걸어
본 것인데 남편인가 뭔가 하는 놈한테서 볼따구를 얻어맞고 집
을 나왔더라구요. 그래서 둘이 술을 마시다가 2차, 3차를 갔으
면서도 그날은 그냥 돌려보냈지요. 그러면서 내가 연락처를 적
어줬는데 며칠 뒤엔가 전화를 걸어왔드라고요. 이번엔 자기가
술을 한 잔 사겠다고요. 그래서 둘이 만나서 술을 마시고 춤을
추다가 호텔로 들어갔는데…… 평소에도 질이 나쁜 계집이었
던 모양인가봐요. 남편이 뒤따라 다니다가 나만 애꿎게 용코로
걸려들었지 뭐요. 호텔에서 마악 한 번 하고 나서 누워 있는데
경찰하고 들이닥칩디다. 꼼짝없이 걸려들었지요. 처음엔 나도
남편하고 짜고 한 줄 알고 여자의 따귀를 올려붙였는데 나중에
알고 보니 그런 건 아닙디다. 여자가 자주 바깥으로 나돌아 다
니니까 남편이 뒤를 밟은 모양인데 내가 재수 없게 걸린 거지
요. 그거 한 번 했는데 합의를 보니까 남자가 돈맛을 알았는지

4,000만원이나 땡깁디다. 4,000만원이 누구집 얼라 이름인가요 뭐? 내사 차라리 여기서 썩고 나가서 4,000만원을 버는게 백번 낫죠. 징역을 받아봐야 한 10월 정도 살 건데 그것만 살고 나가면 4,000만원이란 돈을 벌지요, 하하하."

방 안의 사내는 호쾌하게 웃었다. 이중구도 꺼멓게 탄 얼굴에 허연 이빨을 드러내고는 같이 따라 웃었다.

"아, 저도 합의를 못 봐서 이렇게 징역을 사는 거 아닙니까? 계집년 쪽에서 좀 적당히 요구를 해야 합의를 보죠. 차라리 몸으로 때우고 나가는 게 낫겠다 싶어 항소를 포기해 버렸지요. 이제 다 살았습니다. 이번 달에 가출옥으로 나갈지도 모르겠습니다."

중구가 말했다. 그러자 방 안에 있는 재소자는 먹을 것을 밖으로 내밀고 있었다.

"이거 받으소. 그래도 같은 물총끼리 이런 거라도 나눠 먹어야 하지 않겠소?"

"뭘 이런 걸……."

중구는 말은 그렇게 하면서도 손은 벌써 먹을 것들을 받고 있었다. 그리고는 게눈 감추듯이 품속으로 밀어 넣었다. 혹시 복도로 지나가던 간부라도 보면 무슨 부정물품이라도 주고받는지 의심을 사기 때문이었다. 그러면 서로가 피곤한 일이었다. 괜히 관구실로 끌려가서 문초를 당해야 했고 잘못하면 출역도 취소가 되었고, 징벌을 받을 수도 있었다.

"근데 형씨는 그거 하난 세게 생겼소."

방 안의 사내는 그 말을 던져놓고는 흐물흐물 웃는다. 이제 먹을 것을 받았으니 그 말을 듣는다고 해도 크게 화를 낼 일은 아니라는 것을 알았기 때문이었다. 그것은 이미 징역 속에서 나온 통밥으로 아는 일이었다.

"뭐 한 번 하면 여자가 떨어지지 않을 정도로는 쥐여주지요. 저 번에 폭력으로 들어왔다가 여기서 징역을 살았던 적이 있지요. 그 때 바셀린으로 좆을 크게 키웠고 거기다가 알다마를 총 총 박았지요. 그걸로 한 번 하고나면 여자들이 뻑적지근하게 늘어지고 마는 거지요. 그거 한 번 맛을 본 여자들은 절대 그 맛을 잊지 못하지요, 하하하."

"그래요? 저도 지금 바늘로 해바라기를 만들고 있는 중인데 좆이 퉁퉁 부어서 오줌도 못 눌 정도지요. 밤에 오줌보가 차면 따갑고 가려워서 미치겠습디다. 나가서 마누라한테 써먹으려고 참고 있는데 아마 마누라가 맛을 보면 되게 좋아할지 모르겠어요."

방 안의 사내가 헛헛 웃었다. 중구가 고개를 주억거렸다.

"바깥에선 그런 수술 못하지요. 그런 건 이런 데서 해야 제멋대로 흉측하게 만들어지지요. 한 보름 동안 제멋대로 곪다가 터지고 또 곪다가 터져야 모양새가 이상하게 만들어지지요. 그런 거라야 진짜로 된 좆입니다, 허허허."

"저도 해바라기처럼 쩌억 벌어지고 나면 문어발처럼 벌어진 데에다 다마를 한 번 박아보려고 해요. 그러면 여자들이 미치겠죠?"

"그럼요. 그래서 아픈 것도 참아가며 그러는 거 아닙니까? 여기 있을 때 그거라도 만들어 가야 본전을 뽑는 거지요. 그거 하나만 가지고 나가면 카바레에서 특대접을 받지요. 몸이 근질근질한 년들한테 한 번 박아만 줘 봐요, 있는 패물에다 집문서까지 들고 오라면 못 들고 올 거 같습니까? 아주 끝내 주지요."

"허허허, 고맙습니다. 청소하러 나올 때마다 들르십시오. 여기서 안 것도 인연인데 마실 거라도 내놓겠습니다, 하하하."

중구는 방 안의 사내가 내미는 호의가 싫지 않았다. 그러면서 안면을 넓혀 놓으면 일을 나올 때마다 먹을 것들이 생기는 거였다.

종태는 멀찌감치서 서서 담당과 무슨 이야기를 나누고 있었다. 사람들은 한 구역의 청소가 끝나면 다음 사동으로 넘어가면서 열심히 빗자루질을 했고 담당과 종태는 이야기를 나누는 중에도 이동하는 출역수들을 따라 같이 이동해서는 또 무엇인가를 열심히 이야기하고 있는 모습이었다.

"반장, 반장같이 영치금카드에 돈 있겠다, 나가면 또 술 있겠다, 여자도 천지일 텐데 왜 자살을 시도했는지 모르겠거든? 직원들이 모두 그런 말을 주고받고 있어. 무슨 일이라도 있어?"

담당이 은근히 물었다. 종태는 담당의 말을 듣자 얼핏 곤혹스런 표정이 되었다가 이내 풀어졌다.

"뭐, 이 안에서 무슨 일이 있겠습니까? 혼자 이것저것 생각하다가 하도 속이 상해서 마셔버린 거지요 뭐⋯⋯."

"그래도⋯⋯?"

담당은 종태의 수그린 옆얼굴을 말끔히 바라보고 있었다. 종태는 묵묵히 발끝으로 땅바닥을 쿡쿡 후벼 팠다.

"무슨 문제가 있으면 나한테라도 얘길 하라구. 필요한 건 나도 만들어줄 수 있으니까⋯⋯."

"⋯⋯?"

담당의 말에 종태는 고개를 쳐들었다. 그리고 담당을 바라보았다. 담당이 빙긋이 웃고 있었다.

"뭐, 이 안에서 필요한 거 있으면 이야기만 하면 내가 만들어주지. 반장이야 주먹세계의 보스니까 의리 하난 믿을 만한 거구⋯⋯ 잡놈들 상대를 해봐야 담당들도 사실 불안하거든."

"⋯⋯."

종태는 지금 담당이 무슨 말을 하고 있는지 알았다. 그것은 다름 아닌 강아지나 다른 어떤 것이라도 부탁만 하면 갖다 주겠다는 제의였다. 종태는 빙긋이 웃었다.

23
또 하나의 지독한 사랑

오후의 햇볕이 내리쬐는 여사에는 지금 마악 운동을 하다가 한쪽 구석으로 내몰린 여죄수들이 서서 이쪽의 작업하는 모양을 호기롭게 지켜보고 있었다.

"아저씨, 아주 바닥까지 박박 긁어서 퍼 가세요."

"아주 박박요."

"아저씨, 팔뚝에 문신이 새겨져 있는 걸 보니까 애인 이름 같으다아."

여자들이 저만치 빙 둘러서서 찬밥통의 잔밥을 퍼내고 있는 내청 출역수들에게 시비조의 말을 걸어오고 있었다.

그러나 남자들은 말이 없었다. 말이 목구멍에 걸렸다가도 여자들 쪽에 서서 이편을 지키고 서 있는 여사 담당의 눈치를 보며 쉽사리 말을 꺼내지는 못하고 있는 중이었다.

"야 이년들아, 입 닥치지 못해! 그저 남자들만 들어오면 말 못해 죽은 귀신이 씌었나."

여사 담당이 그렇게 말을 하자, 그것도 담당의 진심이 아니란 걸 아는 여자들이 더욱 양양거렸다.

"아이구우, 담당님. 담당님이야 오늘 근무를 하고 내일 퇴근을 하면 그리운 남자 품으로 돌아가지만 어디 우리들이야 그런가요? 여기 있으니 백 날 천 날 가봐야 남자들 냄새라도 맡을수가 있나, 또 거시기 무엇이냐, 철버덕하는 소리 있잖아요? 그런 거라도 한 번 해볼 수가 있나……."

한 여자가 그렇게 말을 하자, 그 둘레에 서 있던 여자들이 모두 까르르 웃어제꼈다. 일부러 남자들이 들으라는 듯이 천연덕스럽게 말을 하고 있었다.

"아, 이년이…… 냄비 잘못 돌리다가 들어와 놓곤 또 고런 주둥일 놀려?"

여사의 담당도 반은 농담, 반은 진담으로 힐난하고 있었다. 그러자 내청담당도 같은 직원인지라 히죽 웃고 있었다. 직원은 직원끼리, 재소자들은 재소자들끼리 걸쭉한 음담이 오고간 셈이었다. 담당들은 단지 재소자들이 하는 농담을 듣고 재미있어하고 있었다.

"아, 내 냄비야 아직 팽팽한 새거지요. 남자들이 한 번 걸리면 정신을 못 차리지요. 저번에 한번 선생님한테 이야기를 했드랬지요. 여자는 자고로 냄비가 예쁘고 잘 돌려야 남편들이 좋아한다는거, 있잖아요, 왜?"

"아, 이년이 못하는 말이 없네."

여사의 담당은 부끄러운지 방금 말을 한 여자의 머리를 쥐어박으려는 시늉을 했다. 그러나 방금 말한 그녀가 쪼르르 달아나버리자 그만두어 버린다. 아마 그 여자는 여사의 담당에게 남자에 대한 교육이랍시고 일장 연설이라도 한 모양이었다. 여사의 담당은 아직도 귓불이 발갛게 부어 있었다.

"우와, 저 남자 좀 봐. 웃통에 털이 거머룩히 났네?"

"호호호, 넌 그런 것밖에는 안 보이지?"

"호호호호……."

여자들은 저마다 남자들의 일거수일투족을 지켜보며 진한 농담을 뱉어내고 있었다. 그런데도 남자들은 일을 하면서 아무런 말도 없다. 자칫 잘못 덩달아 입을 놀렸다가 여사 담당의 마음을 건드리면 아예 내청에서 출역이 취소될지도 몰랐기 때문에 내심 조심을 하고 있는 것이지 속으로는 이미 그러한 것을 즐기고 있었다. 남자 재소자들은 잔밥을 퍼서 담벼락에다 대놓은 리어카로 던지면서 힐끗힐끗 말을 한 여자들을 살피고 있었다. 그들은 다만 그걸로 만족하고 있었다.

"너희들 자꾸 그러면 운동을 취소하고 그냥 들여보낸다?"

여사 담당이 그렇게 엄포를 놓았다. 그러나 여자들은 막무가 내였다. 일종의 회유책이었고 간절하게 그러지 말라는 투로 애교를 떨었다.

"아이구우, 선생님도. 오늘따라 더 예뻐보이시는데 왜 그러실까? 내일 나가시면 남편한테 더 사랑받겠어요, 호호호."

"아이구 이년을 그냥……."

여사 담당도 닳고 닳은 여자들의 입놀림을 못 당하겠다는지 그저 그렇게 웃어넘기고 있었다.

"선생님!"

누군가 그렇게 불렀다.

"왜?"

여사의 담당이 무슨 일이냐고 묻고 있었다. 그러자 그 여자는 천연덕스럽게 슬픈 표정을 지어보이며 말을 꺼냈다.

"선생님, 전요. 남자의 삽질하는 모습을 보면 막 쥐버리고 싶은거 있죠? 왜 그럴까요?"

"호호호호…… 까르륵…… 깍깍……."

여자들이 배꼽을 잡고 웃는 소리가 난무했다. 이번에는 부지런히 삽질을 하고 있던 내청의 출역수들도 우스운지 킥킥거리고 웃기 시작했다. 남자고 여자고 간에 한바탕 웃음소동이 일어난 것이었다.

"아, 이년이. 독방에 처넣어서 며칠 동안 바깥 구경도 못하게 만들어야 쓰겠네."

여사의 담당이 제법 힐난하는 투로 말했다. 그러나 결국은 피식 웃고 마는 거였다.

"우리 남편이 노가다를 했거든요. 그런데 막일을 하고 들어오면 나 같으면 피곤해서도 못하겠는데 그걸 더 밝히는 거예요. 그래서 그러는 겁니다. 남자들은 저렇게 막일을 해야 힘이 세지는 모양입디다아."

"앗따, 그럼 넌 그런 남편을 두고 춤바람이 나서 딴 남자하고 냄비나 돌리다가 여길 들어왔냐?"

이젠 여자들끼리 하는 말이었다. 담당들은 이젠 여자들이 그런 농담을 하건 말건 그대로 두는 꼴이었다. 지대로 꼴리다가 그만두리라 하는 모양새였다.

"형님은 와 그리쌌소? 형님이야 돈은 많고 정력은 넘치고, 남자들은 거들떠도 보지 않으니까 새파란 귀때기한테 아파트 한 채 사주고 자가용까지 사주고는 밤낮 그 짓만 하다가 남편하고 아이들한테서도 버림을 받은 거 아뉴? 그럼 나가서도 고런 빈털터리하고 같이 살 거유?"

젊은 여자가 나이 많아 보이는 여자에게 말했다. 나이 많은 여자는 쭈뼛했다간 당차게 대꾸를 하고 나왔다.

"아, 그거 하는 데 나이가 뭐 있노? 젊으면 젊게 하는 것이고, 나이 많으면 뭐 그것도 못 하나? 니들도 한번 나이 먹어봐

라. 나이 먹으면 그거 안 하고 사는 거 같제? 너희들 같은 년들
이 더 색을 밝힐끼다."

"난요, 그렇게까지는 안 할거라요. 나이를 먹으면 점잖게 오
입을 하지. 그렇게 새파란 병아리를 물어갖고 피를 쪽쪽 빨아
묵으면 젊어진답디까?"

"하, 이년이 주둥아리만 살아갖고……."

여자들은 일순 험악해졌다가 여자담당이 인상을 써보이자,
움찔 움츠러드는 거였다. 자칫하면 자기들 때문에 귀중한 운동
시간이 취소되고 사방으로 들어가야 할 판이었다. 그렇게 되면
다른 사람들 보기가 더욱 민망해지기 때문에 둘은 마치 입을
맞춘 듯 서로 입을 다물어버렸다. 그런다고 다른 참새들이 가
만있을 리 없었다.

"저런 남자 하나만 우리 방에 들여줬으면……."

"호호호호, 그러면 너 뭣하게? 야, 너 생각이 아주 불순하다
애. 야야, 너 일찌감치 꿈 깨라 애. 여기가 뭐 돈 주면 남잘 불
러주는 호스트바나 되는 줄 착각하지 마. 저런 남자가 우리 방
에 들어와도 네 차례가 되려면 아주 까마득할 거다. 내 위로 몇
이니? 전부 다 네 위이니까 넌 아마 차례도 못 돌아올 걸?"

"호호호, 그렇지. 네 차례가 되기도 전에 남자는 죽어삐릴끼
다. 그러면 넌 뻥끼통으로 들어가서 손가락으로 그거나 해라
마."

"호호호호……."

여자들의 농담은 가만두면 끝이 없을 지경이었다. 여사의 담당은 자꾸 시계를 들여다봤다. 웬만큼 시간이 되었으면 그냥 '운동 끝' 하고는 사방으로 집어넣어 버릴 생각인 모양이다.

"자, 이제 운동시간이 5분 남았다. 빨리 운동이나 해!"

여사의 담당이 소리쳐도 여자들은 그 자리에서 꿈쩍도 하지 않았다. 다만 입을 곱게 다물고 있겠다는 표시로 묵묵히 서 있기만 했다. 그러면 여사의 담당도 더 이상 무어라 할 말이 없어서 그냥 내버려두고 있었다.

아까부터 종태는 아주 앳된 얼굴을 하고 있는 여자애를 바라보고 있었다. 나이는 아직 젊은 처녀였는데 손목에는 수갑이 하나 채워져 있었다. 그 여자는 다른 여자들이 진한 농담을 할 때마다 스스로 귓불이 붉어져서 저만치 물러서서는 혼자 왔다갔다하면서 운동을 했다. 운동이라는 게 고작 앉았다가 일어서는 거였고, 이리저리 왔다갔다하는 것밖에는 없었다. 종태는 그 아가씨의 옆얼굴을 바라보며 무척 희다는 인상을 지울 수가 없었다. 갸름한 옆얼굴에 아직 솜털 같은 귀엣티가 흐르는, 어쩌면 학생 같은 인상이었다.

단발머리를 하고 있어서 더욱 그랬는지 몰랐다.

그녀가 신고 있는 검정 고무신이 한쪽이 터져서 비록 허연 실밥으로 꿰맨 것이 보였지만 앙증맞도록 작고 귀여웠다. 종태는 아까부터 그녀가 왔다갔다하는 것을 지켜보고 있었다. 그녀의 수번이 적힌 번호표를 보려고 했지만 그녀가 의도적으로 숨기려고 그랬는진 모르겠지만 그녀가 양어깨를 움츠려서 아무것도 보이지 않았다. 번호표만 보면 죄명이 무엇이라는 것쯤은 알 수 있었다.

빨간색은 국가보안법.

녹색은 감호 대상자.

황색은 살인.

그런데 그녀의 번호표를 볼 수 없으니 종태는 그녀가 왜 수갑을 차고 있는지를 알지 못했다. 그럴수록 종태는 더욱 궁금증이 일어났다.

"담당님, 저 애 무슨 죄명입니까?"

"……?"

담당도 잘 모르겠다는 듯이 고개를 갸우뚱거리고 있었다. 그렇다고 담당이 그 여자를 불러서 죄명을 물어볼 수는 없었다.

"왜? 내가 여직원한테 슬쩍 물어볼까?"

담당이 하얀 이를 드러내며 웃는다. 종태는 은근히 속마음이 붉어지는 것을 느꼈다. 그러나 말은 그게 아니었다.

"아뇨. 뭐 그저 궁금해서 그럽니다. 아직 처녀인 거 같은데 수갑을 차고 있으니까……."

종태는 얼버무렸다. 담당은 그게 이상하다는 듯이 종태를 물

124

끄러미 바라보다가 슬쩍 여직원에게로 다가갔다. 그리고는 귀엣말로 무엇인가를 물어보는 중이었다. 종태는 일부러 한참 잔밥을 퍼내고 있는 은숙에게로 시선을 주고 있었다.

"반장, 살인이래. 간호대를 나온 간호사라는데?"

담당이 그렇게 말하자, 여직원은 이쪽의 담당과 종태를 동시에 건너다보고 있었다. 여직원은 남자 직원이 물어간 것이 순전히 종태가 알고 싶어하는 것이었음을 알아차리고는 비죽 웃는 모습이었다. 종태는 눈을 크게 떴다. 그리고는 다시 그 아가씨에게로 시선을 던졌다. 이번에는 그 아가씨도 무심코 고개를 들었다가 종태와 눈이 딱 마주쳤다. 여자의 얼굴이 홍당무처럼 붉어졌는가 싶더니 이내 휙 고개를 젖혀버렸다. 종태는 자신도 모르게 얼굴이 화끈거렸다.

"왜 그랬대요?"

다시 종태가 담당에게 물었다. 담당은 나직이 말을 하기 시작했다.

"저 아가씨가 말이야, 일류 대학의 간호과를 수석으로 나온 아가씨래. K병원의 간호사로 있으면서 한 남자를 알았다나 봐. 그 병원에 입원을 했던 남자였는데, 키도 크고 잘생긴 남자로 일류 대학을 나와 어떤 기업체의 대리였대. 맹장수술을 받고 있었는데 슬슬 농담도 하고 친하게 지내다가 퇴원을 해서 한 번 저녁을 사겠다고 해서 만났는가봐. 그리고는 둘이 눈이 맞았는지 가끔 퇴근길에 만나서 저녁도 먹고, 가볍게 맥주라도 같이 마신 모양이야. 그러니 둘이 점점 뜨거워져서 호텔이라도 들어갔겠지 뭐. 요즘 젊은 사람들이 거 왜 있잖아? 만나서 둘이 마음만 맞으면 아무 스스럼없이 여관 같은 데로 들어가잖아. 아마 그랬겠지 뭐. 저 아가씨 얼굴이 저토록 예쁘면 누구라도 한 번쯤 껴안아보고 싶었을 거 아냐. 한 1년 정도 사귀었는가 봐. 그때는 이미 저 아가씨는 줄 거 다 주고 결혼이라도 할 생각을 먹었겠지. 그런데 남자 쪽은 차일피일 미루면서 몸만 요구를 했던가 봐. 그래도 이미 결혼할 사이니까 별로 의심 없이 주고받고 했는데, 남자가 어느 날 다른 여자랑 결혼한다고 결별을 선언했던 모양이야. 그러니 저 아가씨도 미치고 환장을 하고도 남았겠지. 허우대가 멀쩡한 남자가 먼저 결혼을 하자면서 꼬셔서 몸까지 뚝딱 망치고는 이제 와서 다른 여자랑 결혼을 하겠다고 용서를 구하니 그게 말이나 돼? 그래서 그 남자를 놓치지 않겠다고 자꾸 남자의 회사로 전화를 했고, 남자는 있으면서도 다른 직원을 시켜서 없다고 하라고 하는 말이 들리더란 거야. 그래서 하루는 모진 마음을 먹고 그 남자의 회사 입구에서 기다렸다가 오늘 하룻밤만 같이 있어 달라고 부탁을 했다는 거지. 그 남자는 이게 마지막 부탁인 줄로 알고 순순히 응했겠지. 마지막으로 따먹고 안녕을 고하자는 건 줄로 알고 여관으로 들어갔다가 둘이 몸뚱이를 섞고는 남자는 먼저 잠이 들었고 여자는 미리 병원에서 갖고 간 마취제 주사를 놓아버린 거지. 그래서 남자는 찍소리 하나 못하고 바로 황천행이었다는 거야. 그리고는 저 아가씨가 곧바로 자수를 했다는구면. 정말 보기에는 그렇게 보이진 않는데 말이야."

담당은 말을 마치고 입맛을 쩍쩍 다셨다. 종태는 그 아가씨의 얼굴을 깊이 바라보고 있었다. 짙은 눈썹이 가지런했고 입술은 조그마하게 굳게 닫혀 있었다. 호리호리한 몸매에다 걸친 회색빛 수의는 후줄근해 보였다. 그녀는 이쪽에서 보는지도 모르고 계속 걷기만 하고 있었다.

종태는 묵묵히 그녀를 바라보고만 있었다. 그때 여사 담당이 호각을 부는 소리가 들렸다.

"운동 끝!"

여사담당이 호각을 불자, 여자들은 그제야 조금이라도 더 운동을 하려는 듯이 제자리에서 뜀뛰기를 하고 있는 모습이었다.

"자알 한다. 이제까진 넋을 잃고 남자들만 쳐다보다가 막상 운동 끝이라니까 이제서야 운동을 한다구? 빨리 들어가, 이년들아!"

여사의 담당이 소리치자 여자들은 키득거리면서도 남자들에게서 눈길을 떼지 않았다. 더러는 손짓을 해보이며 아는 체를 했고, 또 어떤 여자는 자신의 뒷모습을 신경 쓰는지 뒷머리로 손을 올려서 머리를 쓸어내리기도 했다. 또 어떤 여자는 남자들 쪽으로 말을 던지고 있었다.

"젊은 오빠들, 자알 가요."

"다음에 오면 영자라고 불러주세용. 저 3방에 있어요, 호호."

여자들은 방으로 들어가면서도 이때다 하고 아무렇게나 말을 던져대고 있었다. 여사의 운동 담당은 방으로 들어가는 그녀들을 향해 욕설을 퍼붓고 있었다.

"미친년들!"

그러자 방으로 들어가던 누군가가 들었던지 한 마디 했다.

"아, 선생님, 자꾸 미친년들, 미친년들 그러지 말아요. 듣는 우리들이 기분 나빠요. 누가 미치고 싶어서 그러는 거예요? 선생님은 내일 남편한테 가면 미치지 않나요? 호호호……."

그 말을 듣자, 여사의 담당은 혀를 내두르듯이 멍청하게 서 있었다. 종태는 쭈뼛거리며 걷는 그 여자의 단발머리를 바라보고 있었다. 오후의 강렬한 햇빛이 그녀의 어깨 위에서 잔잔하게 부서지고 있었다.

여자들이 방으로 들어가버리자, 내청 출역수들도 서둘러 삽질을 빨리하기 시작했다. 그때까지만 해도 여자들과 조금이라도 더 노닥거리려고 천천히 삽질을 해서 잔밥을 퍼올리던 동작이 갑자기 빨라지고 있었다.

"어이, 여자들이 방으로 들어가버리니까 제대로 일을 하는군!"

담당이 슬금슬금 웃으면서 말을 했다. 완전히 놀리는 투다.

"에이, 담당님도. 우리가 무슨 낙이 있다고 내청에서 맨홀이나 뒤지고 똥물을 뒤집어씁니까? 다 이런 여자들 구경하는 낙이라도 있으니까 얌전히 일을 하는 거 아닙니까?"

"그래? 여기 있는 여자들이야 다 쓸모없는 까이들이지. 최하가 절도요 소매치기인데 알아서 뭘 하겠다는 거야? 누구 집안 말아먹을 일이라도 있냐?"

담당이 핀잔을 주고 있었지만 삽질을 하는 출역수들은 그게 아니었다.

"참, 담당님도. 혹시 압니까? 저런 애들 데리고 살면 남자는 손하나 까딱 안하고 여자가 슬쩍 해오는 것 가지고 살 수 있을지도 모르지요. 밤에만 조금 봉사해주면 낮에는 나가서 소매치기라도 해와서 남자를 벌어먹여 살릴지도 모르잖아요?"

그 말에 담당은 코웃음을 쳤다.

"야 임마, 아직도 정신을 못 차렸냐? 너희들은 다 여자들 때문에 여기에 들어와 있으면서도 아직도 그래 정신을 못 차려? 저런 애들은 얼굴만 반반하고 몸매만 쭈욱 빠졌지 뭐 하나 제대로 쓸 만한 건 하나도 없어. 남자들 등골 빼먹는 년들이야, 임마!"

"우헤헤헤, 그게 뭐 어떻습니까? 담당님도 저런 여자들 한번 품고 자보세요. 닳을 대로 닳아서 밑에서 멋지게 흔들어 주지요. 아마 한 번 하고 나면 홍콩 갈 겁니다."

강도상해로 들어온 오진석의 말이었다. 담당은 이제 더 이상 말하고 싶지 않은지 꾹 입을 다물어버렸다. 괜히 심심해서 노닥거리는 놈들하고 이야기를 해봤자 말만 많아지게 마련이었다.

"야가 말이에요, 담당님. 강도질해서 맨날 저런 영계들만 데리고 살다가 돈만 떨어지면 아무 집이나 들어가서 칼 들이대고 강도질해서 멀리 강원도나 조선팔도 돌아다니면서 돈 떨어질 때까지 실컷 빠구리나 하고 돌아다니다가 붙잡혀 온 놈입니다. 그러니 저런 여자들만 보면 밑이 꼴려서 못 참는 거예요. 저런 놈에게 가출옥을 줬다간 금방 또 들어와서는 아는 체를 할 겁니다. 아예 꼽징역을 살려서 만기를 꽉꽉 채워서 나가도록 하십시오, 후후후."

기록을 맡은 홍천이 진석에 대해 낱낱이 말하자 진석은 삽을 잔밥통에다 쿡 처박았다.

"형님, 형님은 뭐 절도 아니랄까봐 남의 죄명만 들어갖고 흉을 보는 거유? 밤에 이슬을 맞으며 문 따고 들어가서 한창 씹을 하고 있는 신혼들 패물이나 몽땅 가지고 나와서는 미아리 술집에 가서 싸구려 여자들이나 끼고 자는 건 또 누굽니까? 뭐 강도나 절도나 한 끗 차이지 뭘 그래요?"

"야야, 우린 너같이 밤에 칼을 들고 들어가지는 않는다. 너처럼 겁이 많아서 칼이나 들고 다니다가 언젠가 한 번은 푹 찔러서 살인이라도 안 저지를 줄 아냐? 그러면 넌 최하가 십 년이고 잘하면 넥타이공장으로 가서 끽 하는 거다. 알겠냐? 임마!"

기록은 자신의 목을 손바닥으로 내리치는 시늉을 지어보이고 있었다. 그건 사형을 뜻하는 것이었다.

"앗따, 형님도. 무슨 악담을 그렇게 하우? 내가 꼭 죽는 걸 봐야 속이 시원하겠수? 아무리 급해도 칼을 함부로 쓰진 않습니다아. 달려들면 옆구리나 허벅지를 찌르는 거지, 누가 목이나 가슴팍에다 꼬누어요?"

"야, 임마. 지랄 마라. 누가 찌르고 싶어서 마음대로 골라서 찌르냐? 소리를 지르면 엉겁결에 아무데나 마구 찌르는 거지. 넌 아직 아무것도 모르는 놈이야. 지금부터라도 나가면 칼은 들고 다니지 마라. 괜히 불신검문에 걸릴 위험도 있고, 잘못하면 사망이야. 너, 탁 하고 치니까 억 하고 죽더라는 말도 못 들었어? 그런데 칼로 찌르면 안 죽고 배겨?"

"아아, 형님. 그만둡시다. 누가 어린앤 줄 압니까?"

진석이 먼저 항복을 하는 눈치다. 손사래를 치며 그만하라는 투로 만류하고 있었다. 담당과 종태는 그 옆에 서서 둘이서 말싸움을 하는 모습을 바라보다가 피식 웃고 말았다.

벌써 잔밥을 다 퍼냈는지 바닥을 긁는 소리가 났다.

출역수들은 잔밥통에서 나와 리어카에다 삽을 꽂고는 손에 낀 장갑을 벗고 있었다. 리어카에는 불룩하게 잔밥이 실려 있었다.

"에이, 씨팔년들. 배때지가 부르니까 짠밥도 처먹지 않고 그냥 내보내는구나. 누구 등골 빼 처먹고 이 안에 들어앉아서 사식이나 시켜먹고 있겠지. 이 안에서 부지런히 냄비 닦고 있다가 나가서 한탕만 하면 돈이 수북이 굴러들어오니 말이야. 우리 같은 놈들은 밤낮으로 담을 타넘어야 겨우 입에 풀칠을 하는데 말야⋯⋯."

누군가 그렇게 말을 하자 또 말들이 이어지기 시작했다. 그들은 심심하면 음담패설이 입에 달라붙어 있을 정도였다.

"남자들은 바늘로 포경수술을 하고 다마를 박는데 여자들은 뭘 하는지 알어?"

이번에는 강식이었다.

"야, 여자들도 포경이 있냐? 뭘 할 게 있어?"

"그런 말 하지 마. 여자들은 말이야, 이 안에서 이쁜이 수술을 하거든."

중구가 한 말은 앞에서 리어카를 끌고 가던 원진이까지도 멈칫거리게 했다. 전부가 귀를 쫑긋하고 있었다. 호기로운 눈들이 모두 강식에게로 쏟아졌다.

여자들도 이 안에서 이쁜이 수술을 하는 거라구. 담당한테 바늘을 달라고 해서 말이야. 낮에 운동을 나갔다가 주워온 유리조각으로 거기 구멍의 밑부분을 찢는 거라구. 그리고는 바늘로 꿰매어버리는데 남자들보다도 더 간단해. 몇 바늘이면 간단하게 끝나니까."

강식은 마치 대단한 것이라도 알고 있는 듯이 어깨를 으쓱거렸다.

"야야, 거기 겉만 꿰매면 뭐해. 안이 더 중요하지."

누군가 이의를 달았다. 그러자 강식은 또다시 설명을 했다.

"야야, 그건 여기서 임시방편으로 하는 수술이고, 겉이라도 어떠냐? 좁아지면 그만이제. 그리고 안이야 여자들이 그거 할 때 항문에 잔뜩 힘만 주면 되잖아? 아무튼 여자들은 이쁜이 수술할 때 무지 아팠을 거야, 그지?"

"그렇지 뭐. 남자들이야 껍질을 잘라내는 거니까 그런대로 참을만하지만, 여자들이야 완전히 생살을 찢어서 꿰매는 거니까 밑뿌리까지 얼얼할 거다."

"그런데 말이야, 여자들은 그거 할 때는 미리 의무과에서 진통제 알약을 얻어와서 보지를 찢고 거기다가 그걸 갈아서 뿌린다는 거야. 그러면 어느 정도 진통효과가 있다는 거지. 정말 여자들도 대단해, 그런 걸 보면."

"그럼, 여자들도 남자들이나 마찬가지네 뭐. 이 안에서 별지랄 다 하는 거구만."

"그리고 말이야, 여자들은 나가서 남자들 그거 하나 멋지게 잡아먹으려고 맨날 방바닥에 드러누워서 근육단련 훈련을 한

다는 거지. 다리를 좌악 벌려서 하는 운동 말이야. 그래야 조가
비가 힘이 세진다는 거야. 남자를 한 번 물면 뚝 끊어질 정도로
매일 훈련을 해서 톱날 같을 거다, 아마."

강식은 이제 화제의 주인공이 되고 있었다. 그가 리어카를
따라가며 말을 하자 다른 이들은 그 둘레를 쫄레쫄레 따라가며
이야기를 듣느라 여념이 없었다.

"거기에도 감방장이 있는데 처음 신입이 들어오면 그것부터
검사를 한다는 거야. 태어나서 이제까지 몇 번이나 했는지, 한
번 할 때 최고 몇 번이나 쌌는지 물어보고, 또 마지막으로 손가
락을 집어넣어서 괄약근의 힘이 센가를 테스트해본다고 해. 정
말 남자들보다 더 짓궂은 게 여자들이야. 그리고 사형수가 있
는 방에선 날마다 자고 나서는 여러 사람들이 하나씩 자기의
음모를 뽑아 사형수에게 건네준다는 거지. 그러면 그 사형수는
그걸로 짚신을 엮어 만드는데 그 짚신이 자기가 죽을 때 신고
갈 짚신이라는 거야. 조그맣게 만든 짚신을 하나 풀면 새카만
음모가 수 천, 아니 수만 개는 되고도 남을 거야."

"우하하하, 그런 짚신 하나 얻으면 얼마나 좋을까. 그거 가지
고 나가면 나는 아마 아무리 범죄를 저질러도 안 잡힐 거다, 우
헤헤."

"하하하하……."

출역수들은 3감시대의 밑을 돌면서 깔깔 웃어제꼈다. 3감시

134

대에서 보초를 서고 있던 경교대가 밑으로 지나가면서 웃어제끼는 내청을 물끄러미 내려다보고 있었다. 경계총을 하고 있는 그의 M16 소총이 햇빛에 반짝 빛나고 있었다. 그쪽은 이미 기울어지기 시작한 해의 그늘이 건물 뒤편으로 길게 퍼져 있었다.

"내가 재미있는 이야기 하나 할까? 내가 옛날에 목욕탕의 보일러실에서 일하고 있을 땐데, 거기서 나는 물소리에 대해서 연구를 많이 했지. 그건 무슨 연군고 하니, 남자가 물에 들어가고 있는지, 여자가 물속으로 들어가고 있는지 물소리를 듣고 다 알 수 있는 방법이 있어. 그게 뭔지 아는 사람?"

이쯤에서 말을 마친 강식이 따르고 있는 옆의 출역수들 얼굴을 둘러보았다. 아는 사람은 하나도 없는 듯했다. 그러자 그는 험 기침을 한 번 해보이고는 말을 하기 시작했다.

"남자가 탕 속으로 들어가면 첨벙, 첨벙, 첨벙하고 세 번 물소리가 나지만 여자는 탕 속으로 들어가면 첨벙, 첨벙, 꼬르륵하고 소리가 나지, 어때?"

강식이 웃자,

"우하하하…… 그래 맞아, 여자들은 꼬르륵이구먼? 하하하하……."

출역수들은 전부 강식이가 자신들을 놀렸다는 것을 알고는 그를 집중타했다. 강식이 매질을 피해 저만치 달아났다.

"짜식, 난 또…… 되게 웃기네."

사람들은 또 한바탕 웃어제꼈다. 종태는 담당과 함께 뒤에 처져서 걸으면서 이런저런 생각에 잠겨 있었다. 불현듯 뚜렷이 떠오르는 은영에 대한 생각이 차츰 조금 전번에 보았던 여사의 살인수에게로 옮아가고 있는 중이었다. 작으면서도 희고 갸름한 얼굴, 가냘픈 몸매의 소녀 같은 이미지가 강하게 부각되어 왔다.

수석으로 졸업한 간호사라고?

종태는 알 수 없는 이끌림으로 그녀에 대한 생각으로 가득 찼다. 그녀가 지은 죄과는 그리 마음에 없었다. 인간의 여러 가지 죄 중에서 살인이라는 것이 가장 큰 죄였고 중형이었지만, 지금 종태에게는 그 죄명보다도 그 여자가 그렇게 하지 않으면 안 되었을 필연적인 상황에 대해서 호의적이었을 뿐이었다. 살인이란 의도적인 것일 경우가 있듯이 극도의 파괴감이나 상실감에서 오는, 자기도 모르는 사이에 오는 미움이나 안타까움에서 저지르는 경우도 허다했다. 그래서 법에서도 정상참작이라는 것이 있었고 극형을 내리지 않는 경우도 있었던 것이다.

종태는 그녀의 가녀린 목덜미에서 흘러내리는 흰 아픔 같은 것을 보았던 것이다. 사랑하는 남자를 제 손으로 죽여야 했던 미움과 고통이 이제는 반성과 후회로 얼룩져 있을 그녀의 목덜미를 먼발치에서 바라보며 알 수 없는 흥분까지 느꼈던 것이다.

종태 자신도 얼마 전까지만 해도 죽음이라는 단어를 머리 가득히 떠올리지 않았던가. 결국 미수에 그쳤던 것이고, 그 사건은 이미 감쪽같이 이 지상에서 멀어져 버린 것이기도 했다. 겨우 세 사람만이 알 뿐이고, 그 사건은 결국 돈이라는 그물에 묶여 지하 저 먼 곳으로 깊숙이 감추어져 버린 뒤끝이었다. 세 사람만이 끝까지 입을 열지 않으면 영원히 미궁으로 들어가 버릴 사건이기도 했다.

지금 종태는 자신이 죽음의 기로에서 벗어난 것에 대해 한숨을 쉬고 있는 것과 같이 그녀의 모습을 그려 보면서도 나직이 한숨 같은 것이 배어 나왔다. 정말 알 수 없는 느낌이었다. 내면의 세계에 깊이 감추어져 왔던 것이 서서히 불거지는 느낌이었다. 그것은 점점 잔잔한 파문을 일으키며 달려가는 잔 돌멩이처럼 고요한 수면 위에서 물살을 만들고 있었다. 종태는 힐끗 담당을 살펴보았다. 담당은 양쪽 호주머니에 손을 넣고 휘적휘적 걷는 데에만 온통 신경을 쓰는 듯했다. 그는 길바닥에 떨어져 있는 잔 돌멩이를 한쪽 옆으로 툭툭 걷어차 내면서 걷고 있는 중이었다.

"담당님, 저어…… 한 가지 물어봐도 되겠습니까?"

얼른 고개를 옆으로 돌렸다.

"뭔데?"

"아까 번에 여사에서 본…… 그 살인이라는 아가씨 있죠?그 여자의 신상에 대해 좀 알고 싶은 게 있는 데요."

"……?"

담당의 눈이 조금 놀란듯했다. 그건 왜 묻느냐는 거였다.

"그럴 아가씨가 아니라는 생각이 들기도 하고…… 왠지 억울할 거라는 생각이 들기도 해서요. 한 번 알아봐 주시겠습니까?"

종태는 중간쯤에서 주춤거리다가 이내 힘을 주어 다 말해버렸다.

"그으래? 나도 좀 아깝다는 생각은 들었어. 저런 젊은 나이에 살인이라니 말이야. 뭘 알고 싶은데? 그 여자의 범죄가 적힌 신분장의 내용? 아니면 누가 면회를 오고, 가족들은 누가 있는가 하는 것?"

담당은 일일이 열거를 하며 종태가 궁금한 게 무어냐는 식으로 여러 가지 사례를 나열하는 친절을 베풀고 있었다. 종태는 슬그머니 웃어 보였다.

"가능하면 신분장도 좀 봐주시고, 면회실의 접견대장도 좀 살펴봐 주십시오. 접견대장에는 누가 면회를 오고 있고 가족들은 누구인지 다 적혀 있잖습니까?"

"그렇지. 그럼 내가 그 여자의 번호를 알아서 신분장과 접견대장을 한 번 살펴보고서 반장한테 이야기를 해주지."

"고맙습니다, 담당님."

종태는 담당의 호의에 감사를 표했다. 비록 허리까진 굽히지 않았지만 진정으로 고마움을 표시했다.

"아니 뭘, 그런 거 알아주는데 뭐 고맙긴…… 앞으로 어려운 거 있으면 나한테 서슴없이 부탁을 해. 나도 도울 수 있으면 최대한으로 도울 테니까."

종태는 고개를 끄덕이기는 했으나 말은 하지 않았다. 마음으로 느끼는 고마움이었다. 남자들끼리의 거래에 있어서 일일이 말로 다 표현하지는 못해도 종태의 가슴에 한 번 표식만 하고 나면 언제나 그 몇 배로 갚을 것들이었다. 그게 종태의 의리였고 평소의 생각이었다.

종태는 다시 출역수들만이 쓰는 사방인 9동으로 배정이 되었다. 낮에 원예에서 사물을 갖고 와서 미리 9동 상의 방에다가 넣어두었던 것이다. 저녁의 깊어가는 바깥을 내다보며 저 멀리 한효아파트의 창문마다 불빛이 점점 늘어나는 것을 내다보고 있었다. 정말 포근하고도 감미로운 밤이라고 생각되었다. 오늘 그는 처음으로 밖을 내다본 사람처럼 멍하니 창밖을 보고 있는 중이었다.

마악 어둠이 내려앉은 어둠 속으로 어렸을 때의 아련한 추억들이 스쳐지나갔다. 멀리 창문을 밝히는 밝은 불빛들이 마치 호롱불처럼 정다웠고 어렴풋이 들리는 사람들의 목소리조차도 마악 저녁밥을 먹으려고 일터에서 돌아오는 농부들의 귀가처럼 아늑하기만 했다.

쇠창살을 통해서 바라보는 어둠 속의 사물들이 모두 정겹게만 느껴졌다.

종태는 어렸을 때 고향에서 냇가에 나가 밤늦은 시간에 더위를 피해 몰려 있던 처녀들과 청년들의 모습들을 천천히 떠올렸다. 남자들은 누가 더 이쁘고 참한 아가씨인가를 두리번거리면서 자기의 짝을 고르느라 정신이 없었고, 처녀들은 처녀들대로 믿음직스런 청년에게 눈길을 주고 있는 것이 어둠 속에서도 느껴지고 있었던 것이다. 종태는 옛날의 추억들이 떠올라 피실 웃었다. 그 누나들은 지금 다 어디로 가버린 걸까? 뿔뿔이 흩어져서, 지금쯤은 어느 남자의 아내가 되었고 아이들의 어머니가 되었을 나이들이다. 그렇게 가슴 설레이며 냇가에서 사랑을 키우던 처녀들도 어느 날 동네를 떠나 도회지로 스며들고는 발길이 뜸해졌던 것이다. 종태도 결국 누나뻘되는 처녀들의 도회지행에 서운함을 느꼈었고 자신도 어느새 도회지로 나가야겠다는 막연한 꿈을 키우기도 했었다. 그리고 막상 종태가 시골을 떠날 때에는 이미 동네의 처녀들도 거의 도회지로 다 떠나고 없는 상태였다. 그리고 처음으로 영등포역에 내렸을 때의 그 서먹함과 생경스러움이 지금 문득 그의 뇌리에 차오른 것이었다.

"아저씨, 하룻밤 자고 가요."

"시골에서 막 올라왔는가분데 내가 잘 해줄게, 응?"

"잠깐이면 돼요. 몸 좀 녹이다가 가지, 오빠."

시골에서 보던 처녀 누나들보다도 몇 배나 더 예쁜 여자들이 영등포역 앞에서 종태를 붙잡았다. 그때도 동정을 잃지 않았던 그가 서서히 영등포에서 자리를 잡아갈 즈음, 조직의 회식이 있고난 뒤에 자신이 끔찍이도 돌보아주며 아끼던 광수 형이 막무가내로 호스티스 하나를 붙여줘서 그는 그날부로 총각의 딱지를 뗀 것이었다.

첫날밤의 그 정사는 잊을 수가 없는 것이었다. 주먹세계에서 잔뼈가 굵은 그가 막상 여자와 단둘이 호텔에 있게 되자, 왜 그렇게 서먹했는지 모른다. 남자라면 한 대 쥐어박고 몸싸움이라도 하겠지만 여자를 처음 대하는 그는 순전히 애송이였던 것이다. 아가씨가 벌거벗고 그의 앞을 이리저리 왔다갔다해도 그는 얼른 손을 댈 줄을 몰랐다.

"오빠, 왜 그래요? 그냥 구경만 하겠다는 거예요?"

"응, 으응…… 좀 있다가……."

"……."

종태는 그날 다시 양주를 시켜서 술에 잔뜩 취하고서 어떻게 일을 치렀는지 모른다. 주먹세계에서 그래도 날렵하기로 소문난 그가 그렇게 애송이였다는 사실은 아무도 몰랐을 것이다.

종태는 지금도 그때의 일을 기억하면서 왠지 얼굴이 뜨뜻해져 왔다. 물론 그는 그 이후로도 여자와는 별로 관심도 없었고 접촉도 없었다. 오로지 싸움의 세계에선 싸움에 대한 긴장의 연속만 늘 있었고 종태는 빈틈없이 그 긴장을 자신의 승리로 이어나가고 있었던 것이다. 그러니 자연 여자에 대한 태연함을 가질 수가 있었다.

그런데 지금 그는 이상했다.

낮에 본 살인수의 그녀가 자꾸만 마음에 걸렸고 이렇게 생각이 떠오르는 것이었다. 파리하도록 하얀 얼굴에 드리워진 우수가 종태의 마음 저 깊숙한 곳을 울리며 튀어나오고 있었다. 은영을 잃어버린 그 뒤로 허망했던 마음이 한순간에 터져 나오는 듯이 그의 마음속에서 어떤 그리움이 번져 나오고 있었다. 종태는 그것이 죽으려고 시도했던 자살사건에서 미수로 그친 나약해진 마음 탓이라고 애써 핑계를 둘러대고 있었지만 어쩔 수 없는 일이었다.

지금 방 안에서는 낮에 본 여사의 광경들을 가지고 음담패설을 섞어놓는 이야기를 하느라 종태의 그러한 태도에는 전혀 관심도 가지지 않고 있었다.

"이야, 참…… 여자들이란 늙은 것, 젊은 것도 없어. 그저 남자만 보면 어떻게 못 잡아먹을까 하고 군침을 삼키는 데 말이야. 담당만 옆에 없다면 땅바닥에다 엎어놓고 그 짓을 한번 신

나게 해주겠더만. 담당이 옆에 떠억 서 있으니 농담을 할 수가
있나, 그렇다고 슬쩍 눈짓이라도 보낼 수가 있나…… 이거 미
치겠더라구. 그래, 오냐, 나가면 쥑이줄게, 하고 속으로만 이를
갈았지 뭐."

"우하하, 내청은 맨날 짠밥을 푸러 여사를 들락거리니까 혹
시 흘린 계집이라도 달려들지 모르니까 잘 좀 해보더라고."

"우하하하……."

방 안은 역시 소란스러웠다. 아직 잠자리에 들려면 멀었을
것이다. 그들은 실컷 욕설이나 음담패설을 퍼붓고 나서야 슬금
슬금 잠자리에 들었다. 한창 이야기가 번질 때쯤이면 성경책을
펴놓은 놈들도 이야기꽃에 휩쓸려 들었으니까.

"여사 담당이 말이야. 벗겨 놓으면 아마 된장통 같을 거야.
뭘 먹고 살은 그렇게 띠룩띠룩 쪘는지. 우리 같으면 그런 거 한
도라꾸 갖다줘도 안하겠더라. 여사의 계집애들이 아양을 떠니
까 제가 잘난 줄로만 알아가지고 우리들 쪽을 힐끔거리는 꼬라
지라곤…… 쯧쯧, 어떤 놈이 남편인지는 몰라도 되게 불쌍해
보이더라."

봉룡이었다. 봉룡이는 미성년자 약취유인으로 들어와서 내
청에 출역하는 젊은 청년이었다.

"임마, 너희들 같으면 그저 몸매나 잘 빠졌으면 전부 헬렐레
하지만 그런 여자도 다 밤에는 한 가닥을 할지 누가 아누? 여

사의 어느 담당은 맨날 밤에 그거 할 때마다 훌쩍거리고 운다고 소문이 났더라. 난 그런 여자를 한 번 품고 잤으면 좋겠어. 밑에서 훌쩍거리고 우는 여자도 정말 귀하거등?"

누군가 희한한 말을 꺼냈다.

"누가 그런 말을 해? 여사 담당이 그런다는 것을 누가 알았을까?"

"아, 그거야 어느 담당이 마침 그 옆집에 살았대. 그래서 잠깐 엿들은 거겠지 뭐. 그 담당님 말로는 그 여자가 색을 굉장히 밝힌다나 뭐래나. 하여튼 그거 할 때 우는 여자들이란 색에 대해 굉장히 밝히는 여자임에는 틀림이 없을 거 같아."

아주 단정적인 말을 하는 거였다.

"오늘 낮에 여사에 들어갔다가 수갑을 찬 여자를 봤는데, 나이는 갓 스물을 넘겼을까말까 했는데 얼굴이 굉장히 예쁘더라구. 혼자서 운동장을 왔다갔다했는데 다른 여자들은 모두 우리들 일하는데 모여들어서 어떻게 하면 농담이라도 더할까 하고 안간힘을 쓰는데 그 여자는 그렇질 않더라구. 그런 여자 같으면 한 번 오입이나 해봤으면 원이 없겠다."

"야, 이 미친놈아. 그런 여자는 아마 살기가 뻗쳐서 남자를 죽이는 뭐가 씌었을 거야. 그런 년하고 오입을 했다간 그거 하나도 남아나지 못할 걸?"

"하하하하."

한바탕 웃음이 쏟아졌다. 종태는 그 말을 듣자 갑자기 인상이 찌푸려졌다. 그래서 그 말의 주인을 찾아 한번 인상을 찌푸렸다. 그러자 그 말을 했던 원진이가 흠칫 고개를 끌어당기고 있었다.

"야, 좀 조용히 해라. 반장이 좀 심각한 거 같으다아."

누군가 종태의 심기를 알아차렸는지 그렇게 말을 했다. 종태는 괜히 인상을 써보였다는 후회감이 들어서 다시 창문 밖으로 시선을 내던지고 있었다.

"하여튼 여자들은 며칠에 한 번씩 냄비를 돌리지 않으면 곰팡이가 스는지 입담이 걸쩍지근하더라구. 밑을 안 쓰니까 정기가 주둥이 있는 위로 뻗치는지 입만 살았더라구."

"뭐, 여자들이라고 남자들 좆 이야기 안 할까? 우리들도 맨날 둘러앉으면 그거 이야기밖에 더 있어? 뭐 좀 재미있는 이야기 좀 없나?"

그들은 누군가 먼저 이야기를 꺼내 재미있게 만들어주기를 기다리는 눈치였다. 매일 저녁 그런 이야기를 했으니 바닥이 날 만했다. 그러나 그들은 끝도 없었다. 해도, 해도 그런 이야기들뿐이었다.

"여자들 말이야. 여름에 너무 더우니까 간부들이 일부러 구경을 하러 여사로 순시를 간다는구만. 우리들도 여름에, 가만 있어도 저절로 등짝에서 땀이 날 지경인데 여사라고 안 덥겠어? 그런데 남자 간부가 여사로 순시를 가면 여직원들이 우선 질겁을 한대. 감방에 있는 여자들이 일부러 그런다는구만, 간부가 순시를 올 것을 미리 짐작하고는 확 팬티까정 벗어버린다는 거야. 그리고 더욱 가관인 것은 홑이불까지 걷어차 버리고는 확 다리를 벌려서 보란 듯이 그런다는 거야. 그래서 여직원들이 제일 난감해 한다는구면. 그런 구경이라도 한 번 했으면 얼마나 좋겠어? 진짜 그건 생비디오지 뭐. 그래서 정문을 지키는 여직원이 미리 남자 간부가 순시를 오면 얼른 문을 열어주지 않고 조금 기다리게 해놓고는 각 사동으로 연락을 해서 여담당들에게 각 방마다 그런 년이 있나 없나를 살핀 후에 이상이 없으면 문을 따준다는 거야. 그런데 하루는 간부가 순시를 가서 마악 방을 돌면서 안을 살피고 있는데 벌떡 벌거벗은 여자가 오줌이 마려운 척하면서 뺑끼통으로 들어가더라는 거야. 일부러 순시 중인 것을 모르는 척하고 일어난 거지. 그러니 간부 뒤에서 순시를 따라가던 여직원이 깜짝 놀랐다는 거야. 그래서 다음날 그년을 밖으로 따내 놓고는, '야, 이년아 너 일부러 그런 거지.'하고 따졌는데 그 여자는 그냥 멀뚱하게 이러더라는 거야. '지가 뭐 순신지 알았습니꺼? 그냥 오줌이 마려워서 뺑끼통으로 간 거지요 뭐.' 하더라나? 그러니 어떻게 나무랄 수가 있겠어. 그리고 여사에서 간혹 새끼 고양이를 잡으면 그 방은 횡재를 하는 거라두만."

"아니, 왜요?"

이번에도 제일 먼저 군침을 삼키는 건 봉룡이었다. 그러자 말을 하던 차돌이 음흉하게 웃었다.

"대가리에 피도 안 마른 녀석이 들으면 오늘밤 잠도 못 잘라. 괜히 뻥끼통으로 가서 밤새도록 그거나 잡고 씨름이나 안 할라나 모르겠네. 맨날 짠밥만 먹고 고단백이나 빼니 색골같이 삐쩍 마르잖아."

"후하하하."

모두들 웃었다. 그러자 봉룡이 얼굴이 벌겋다.

"누가 맨날 뻥끼통에다 허연 것을 싸놔요? 난 그래도 일주일에 두 번, 딱 두 번만 그거 한단 말이예요. 그건 그렇고 그 이야기나 한 번 해봐요."

봉룡이 은근히 졸라댄다.

"여사에서도 창밖으로 먹을 것을 던져놓고선 양말을 푼 실타래로 갈고리를 만들어서 덫을 놓는데 그걸로 새끼 고양이라도 잡으면 그 방은 완전히 축제가 벌어지는데, 그건 뭣 하려고 하는고 하니, 목에다 도망가지 못하게 줄로 묶어놓고 먹이를 줘서 살살 구슬려 놓는 거야. 그리고는 낯이 익어서 사람들을 잘 따르면 밤마다 고양이의 혓바닥으로 애무를 시키는 거라구. 거기에다가 우유 한 방울만 떨어뜨려 놓으면 새끼 고양이가 싹싹 핥아 먹는데 그 쾌감이 정말 죽여준다는 거야. 고양이의 혓바닥이 가늘면서도 까끌거려서 남자가 핥아주는 것보다도 더 기가 막히다는 거야. 이불 속에 넣어갖고 그러고 있으니까 복도에서 여담당이 봐도 모르는 거라구. 새끼 고양이가 있으면 다른 방에서도 그걸 빌리려고 먹을 것들을 마구 건네주기도 하고 통사정을 한다는 거야. 남자들이야 뻥끼통 안에 들어가서 손으로 어떻게 사정을 할 수 있지만 여자들은 또 남자들 하고는 달라서 고양이를 이용하는 게 별천지라는군."

"그러다가 콱 물지는 않는지 모르겠군요?"

"우헤헤헤, 그거 한 번 물어버리면 이건 완전히 끝장이게? 야야, 먹이를 주고 먹을 것을 주는데 물긴 왜 문냐? 누이 좋고 매부 좋은데 왜 물겠어? 아무리 고양이라도 그것이 무엇이라는 것쯤은 대충 알겠지. 이때까정 그거 물어서 의무과에 치료를 받으러 은 여자는 없다드라."

그들은 밤이 깊었는데도 엎드려서 잠을 잘 생각을 안했다. 담당은 의자에 앉아 잠들었는지 아예 조용했다. 소곤거리는 소리만이 방 안의 피곤을 몰아내고 있었는지 모른다. 그들이 눈으로 보고 듣는 것들은 모두 밤에 즐기는 이야깃거리였다. 일단 방으로 돌아오면 낮 동안에 있었던 일들이 다 이야깃거리였고 음담패설들이었다.

"형님, 안 주무십니까?"

이제 밤이 깊을 대로 깊었고 이야기도 어느덧 동이 났는지 누가 그렇게 종태에게 말을 했다. 그제서야 종태는 창문께에서 벗어나 잠자리로 돌아왔다. 벽 쪽으로 편하게 자리를 봐둔 잠자리에 들자, 종태는 지그시 눈을 감고 다시 한 번 낮에 보았던 여자의 생각으로 머리에 꽉 찼다. 내일이면 보리라. 그리고 그 다음날도 또 보리라. 그렇게 마음을 먹었다. 그렇게 생각하자 그의 마음이 가벼워지는 느낌이었다. 내일에 대한 뭉클한 것이 치밀어 오르고 있었다.

종태는 자리에 누워서도 영 잠이 오질 않았다.

지금 그는 막연한 것에 대한 생각으로 멍하니 천장의 불빛만 보고 있었다. 지금 옆에는 같이 내청에 출역하고 있는 원진이가 밤늦게까지 성경책을 보고 있었다. 그가 책장을 넘기는 소리가 사그락거린다. 담당이 빨리 자라고 불빛을 낮춰놨는데도 그는 여전히 성경책을 펴고 있었다. 가끔 입속으로 외는 소리가 낮게 들렸다.

"야, 원진이. 너는 예수를 믿냐?"

종태가 고개를 돌리지도 않은 채 물었다. 원진은 성경을 보다가 말고 고개를 종태에게로 돌렸다.

"그럼요. 그러니까 성경책을 보고 집회에도 참석을 하지요."

원진은 그게 뭐 당연하다는 뜻이었다. 그래도 아직 종태는 고개를 돌리진 않고 또 질문을 던지고 있었다.

"예수가 누군데?"

"······?"

원진의 눈이 똥그래졌다. 종태의 느닷없는 칼날 같은 질문에 무어라 쉽사리 대답은 못하고 눈만 더욱 크게 뜨고 있었다.

"예수가 어떤 사람이냐는 거야. 뭐하는 사람이지?"

"아, 예······ 그야 우리의 죄를 대속해주려고 이 세상에 오신 분이 아닙니까? 하나님의 아들이구요·······."

원진은 성경에 나오는 그대로를 말하고 있었다. 아마 목사에게서 귀가 닳도록 들은 말이었을 것이다.

"넌 어떤 죄를 지었는데?"

"저요? 저야······ 뭐 지은 죄가 너무 많아서 이루 다 헤아릴 수가 없지요. 어렸을 때 지은 죄부터 이야기를 하면······남의 밭에 들어가서 서리를 해먹은 것으로부터······ 이웃집 담 너머로 여름에 목욕을 하던 동네 누나의 벌거벗은 몸을 훔쳐보기도 했구요. 고등학교 다닐 때 몰래 담배를 피웠던 거······ 그리고, 지금은 남의 집에 들어가서 절도를 했던 것까지 모두 합하면 큰 죄인이지요."

"그럼, 예수를 믿으면 그 모든 죄가 다 사해진다는 거야?그럼, 예수를 믿는 사람들은 아무런 잘못도 없겠네?"

"그게 아니지요. 분명히 잘못은 있죠. 단지, 제가 말씀드리는 건 죄를 짓기는 하지만 그 죄를 위해서 기도를 함으로써 용서를 빈다는 거지요. 그리고는 다시는 죄를 짓지 말아야겠다는 거지요. 그러면 하나님은 그 모든 것을 용서해 주겠다는 거지요."

원진은 유창하게 말을 이어 나갔다.

"결국 예수를 믿는 사람은 하나도 죄가 없다는 거 아니냐? 기도를 하면 백 프로 용서를 해준다고 했으니까 결국은 죄가 없어졌다는 거 아냐?"

원진은 말이 없다. 처음엔 몰랐지만 차츰 종태가 종교적인 시비를 걸어오고 있다라고 판단을 했기 때문이었다. 그럴 때엔 일일이 설명을 하는 것보다 묵비권을 행사하는 것이 더 유리하다는 판단에서였다. 종교적인 입씨름에는 끝이 없음을 그는 알고 있었다.

"죄라는 것이 기도 한 번만으로 다 없어진다고 생각해?"

"네, 성경에는 분명히 모든 것을 자복하고 아뢰기만 하면 하나님께서 그 모든, 어떤 죄라도 모두 용서를 해주시겠다고 말씀을 하셨습니다. 미처 내가 깨닫지 못하는 죄가 있을지라도 용서를 해주신다고 약속을 해주셨습니다."

"그럼, 넌 이제부터 죄인이 아니네?"

"네, 아니지요."

원진의 대답은 힘이 들어 있었다. 그러나 종태는 피식 웃었다.

"그럼, 네가 왜 이곳에 와 있지?"

"아, 그야…… 여긴 하나님의 나라가 아니라 세상이니까 세상 법에 의해서 절도에 대한 죗값을 받는 겁니다. 몸은 비록 여기에 갇혀 있지만 마음은 영생을 얻었기 때문에 자유롭습니다. 육신의 고통과 영혼의 고통은 그 차원이 다릅니다."

원진이 그렇게 말하자, 종태는 미간을 찌푸렸다. 그게 도대체 무슨 얼빠진 어려운 말투냐는 찡그림이었다. 원진이 난처해하는 기색도 없이 다시 성경책으로 눈을 돌리고 있었다.

"어떻게 들어왔냐?"

"……."

원진은 말이 없었다. 자신의 죄명을 물음으로써 꼼짝 못하게 만들려는 의도인 것 같은 종태의 질문에 그는 섣불리 말을 하지 못한 것이다. 가장 부끄러운 일이 아닐 수 없었다.

"나도 네 죄명은 알아. 그렇지만 어떻게 들어왔는지는 모르거든……."

종태가 다시 채근하듯이 말을 이어가고 있었다.

"아, 네…… 절도입니다. 남의 집에 담을 넘어 들어갔다가 붙잡혀 버린 겁니다. 정말 그땐 어처구니가 없었지요. 붙잡히자마자 곧바로 혀를 빼물고 자살이라도 해버리려고 그랬는데 그것도 마음대로 되지 않습디다."

"바깥에선 뭐했어?"

종태의 물음이었다.

"학교를 다녔어요. 그때 마침 불쌍한 현아가 임신을 해가지고…… 후우…… 정말 아무것도 못 먹이고 방 안에 둘이서 누워만 있으니까 무슨 짓이라도 해야 할 거라며 밖으로 나갔지요. 그리고는 무작정 걷다가 집이 널찍한 것을 보고 아무 생각 없이 담을 넘어야겠다는 생각을 했어요."

원진이 처량한 눈빛으로 말했다. 그 눈빛은 금방 젖어들 듯했고 누리끼리한 벽면을 향해서 허공을 응시하는 듯도 하였다. 그러나 어조는 분명했다.

"그래서 담을 넘어서 뭘 훔쳤나?"

"별로 훔치지도 못했어요. 들어가서 막상 무언가를 들려고 했을 때 뒤에서 내려치는 것에 맞아서 실신을 했으니까요. 나중에 안 사실이지만 가정부가 내려친 방망이에 정신을 잃은 모양입니다."

"학교는 어디야?"

"방배동에 있는 K신학대학입니다. 아직 한 학년이 남았습니다."

원진은 이 말을 하면서 낯을 약간 붉혔다.

"그럼, 현아라는 여자는 누구지?"

종태의 질문이 날카롭다고 생각했다. 원진은 뒷머리를 긁는 시늉을 하면서 부끄러운 표정이었다. 종태는 의미심장한 눈빛으로 그를 쏘아보고 있었다.

"제가 영등포에 있는 창녀촌으로 전도하러 다니면서 알게 된 여잡니다. 고아원에서 자라서 부모도 없고, 일가친척도 없는 아가씨였는데 고아원에서 고등학교까지 마치고는 처음에 공장에서부터 여공생활을 했었다는데 어찌어찌해서 그곳까지 흘러들어갔는지는 거기서 알게 됐지요. 그런데 마음은 착한 여자예요."

원진은 더 말을 할까 하다가 거기서 그만 말을 끊어버렸다.

"그곳이라면 나도 잘 알지. 그런데 있는 여자치고 착한 애는 없을 텐데?"

"아닙니다. 그렇지 않습니다. 생활이 쪼들려서 그곳에서 몸을 파는 것이지 걔는 절대 스스로 원해서 그런 곳에 있을 여자는 아니었어요. 처음에 나한테 사실대로 고백을 했는데 여공생활을 하면서 공장의 기사들한테나 공장장들한테 많이 시달리면서 몸까지 망가졌는가 봐요. 그래서 결국 다방에도 나가게 되었고 이왕 이렇게 된거 돈을 벌자는 생각에서 그곳으로 흘러간 모양입디다. 저하고 이야기를 하면서도 그 여자는 지금이라도 헤어나고 싶다고 여러 번 말을 했지요. 그 여자도 나의 전도를 받고는 예수를 영접했지요. 그래서 평일에는 그곳에서 몸을 팔지언정 일요일만큼은 절대 그 짓을 안 했어요. 제가 나가고 있는 교회로 와서 예배를 드릴 때에는 마치 천사보다도 더 예뻤을 겁니다. 비록 그런 델 나가지마는 그녀보다 더 깨끗한 여

154

자를 저는 보지 못했으니까요. 전 그녀를 사랑했어요. 그래서 저는 마음속으로 결혼을 하리라 다짐을 하면서 그녀더러 그곳엔 나가지 말라고 했어요. 그녀도 내 말에 순종을 했지요. 내가 아르바이트를 해서 버는 것으로 둘이서 생활을 했지요. 싸구려 월세방에서 찢어지게 가난했지만 둘이 같이 있기만 하면 그렇게 행복할 수가 없었지요. 그러다가 우리들의 아이가 태어났지요. 나는 낮에 밖으로 나가 닥치는 대로 막일을 했지만 시래기국을 끓여 먹을 정도밖에 돈을 벌지 못했습니다. 야간의 신학대학을 다닐 돈도 없어 맨날 걸으면서도 땅바닥에 혹시 지폐라도 한 장 떨어져 있지나 않을까하는 게 나의 바람이었으니까요. 하루는 고향의 동창을 만나 영등포역 앞에서 처음으로 술이란 걸 마셔 보았습니다. 그리고는 그 친구와 헤어져 걸으면서 돈을 벌어야겠다는 생각이 쇠뭉치처럼 뒤통수를 강하게 내려치더군요. 어떻게 걸어갔는지, 그리고 왜 남의 집 담을 뛰어넘었는지 모르겠습니다. 잡히고 나자 얼핏 술이 깨더군요. 그리곤 곧 추운 방 안에 젖먹이랑 누워 있을 현아 생각이 나서 눈물이 주르륵 흘러내리더군요. 돈이 없어서 현아는 지금 다시 영등포에 있는 창녀촌으로 나가고 있습니다. 이제 겨우 백일이 지난 아이는 매일 놀이방에다 맡기고요. 제가 맨 처음 면회를 했을 때 그녀가 울면서 그러데요, 먹을 것이 없어서 젖도 나오지 않는다고…… 그러면서 어디론가 일을 나가는 것 같았는데

155

나한텐 아무 말도 하지 않았지만 아마 제가 생각하기론 전에 있었던 포주의 집으로 일 나가는 모양입디다. 형님은 아마 젊은 여자가 파출부라도 하지, 왜 하필이면 그런 곳이냐 라고 하시겠지만 파출부로도 몇 번 일을 나갔는가 봅디다. 그런데 자꾸 집적거리는 남자들이 있어서 차라리 영등포 뒷골목으로 나가는 모양입니다. 면회를 올 때마다 안 그러려고 해도 그녀의 눈빛을 살피는 게 저의 못된 버릇이 되고 말았습니다. 자꾸만 내 곁에서 떠나버릴 것만 같아서 불안해지는 겁니다. 이 안에서 이런다고 그게 내 마음먹은 대로 될 리는 없겠지만……."

원진은 말을 하면서 중간중간 말을 끊고 여러 번 한숨 같은 것을 내쉬었다.

"……."

종태는 가만히 듣고만 있었다. 원진의 말을 들으면서 그는 아득한 곳으로 떠내려가는 황홀한 느낌이었다. 먼 이웃나라에서나 있을 법한 이야기에 도취하고 있었던 것이다.

"아직 얼마나 남았냐?"

"형기 말입니까?"

원진의 질문에 종태는 그저 고개만 끄덕여 주었다.

"아직 많이 남았지요. 1년도 더 남았습니다. 판사한테 신학생이라고 밝히고 선처를 해달라고 하려다가 그만둬버렸습니다. 괜히 신학생이라는 걸 내세워서 선처를 바라는 것처럼 비쳐질까봐 그랬지요. 지금 생각하면…… 그렇게 해서라도 빨리 나가고도 싶지만…… 이젠 다 끝났으니까 어쩔 수가 없지요. 여기서 출역을 하면서 가출옥이라도 먹으면 단 몇 달이라도 빨리 나갈 수가 있을 겁니다. 후우…….”

원진은 또 한숨 같은 것을 내쉬었다.

“부인이 면회는 언제 오나?”

종태가 물었다. 원진이 눈을 동그랗게 뜨고는 종태를 바라보았다.

“아마 다음 주에나 올 겁니다. 출역을 하니까 한 달에 한 번밖엔 면회가 안 되니까 다음 주에나 오라고 했습니다. 편지는 거의 이틀에 한 번씩 오지요. 그녀가 피곤한 가운데서도 매일 저한테 편지를 쓰는 게 제일 행복하다고 그래요. 편지 한 번 보실래요?”

“……?”

“잠이 안 오시면 한 번 보세요.”

원진은 종태의 대답도 듣지 않고 부스스 일어나 벽면에 매달아 놓은 사물보따리의 아가리를 풀어 편지 다발을 꺼내고는 몽땅 가져왔다. 그간 이때까지 공들여 모아놓은 편지들이었다. 노끈을 풀자 하얀 봉투의 편지들이 수북이 흐트러지고 있었다. 원진은 그 가운데에서 아무거나 손에 잡히는 대로 봉투를 집어 종태에게 권했다. 종태는 얼핏 고개를 들어 정말 봐도 되냐는 식으로 원진을 보았으나 그는 빙긋이 웃기만 할 뿐이었다.

　사랑하는 당신에게

　엄동설한에 그곳 마룻바닥에서 얼마나 고생이 많으시겠어요. 저는 이곳 바깥에 있으면서 당신에게 해드릴 아무것도 없음을 알고 너무너무 가슴이 아팠습니다.

　저번에 면회를 갔다가 오면서 얼마나 울었는지 몰라요. 당신을 거기에 두고 돌아와서 저는 제 방문을 걸어 잠그고 실컷 울었습니다. 그날은 정말 아무 손님도 받고 싶지 않았습니다. 어두컴컴한 방 안에 엎드려 당신만 생각하면서 울다가 문득 우리 베드로가 배가 고파서 울 것을 생각하니 그대로 있을 수가 없어서 겨우 일어나 놀이방으로 달려갔어요.

　베드로가 배가 고팠는지 젖이 아프도록 무는 것을 보면서 또 울었습니다. 같이 울었습니다. 당신이 보면 참 예쁘고 귀여워할 베드로인데 당신은 그곳 차가운 바닥에서 우리 베드로를 볼 수도 없고 만져볼 수도 없잖아요. 그래서 더욱 서럽게 울었습니다. 울어서 눈이 퉁퉁 부은 얼굴로 돌아왔습니다.

　제 방으로 돌아오니 비록 이런 곳이지만 엄마는 저의 그런 기분을 이해했는지 그날은 손님 하나 받지 않았는데도 그냥 넘어가데요.

　사랑하는 당신

언제 우리가 다시 만날 수 있을까요.

겨울이 가고 여름이 가고 또 겨울이 오고, 다시 새 봄이 와야 당신은 그 지겨운 감옥에서 나오실 수 있겠지요. 저는 밤에 잠을 자다가도 문득 비어있는 옆자리를 더듬어 봅니다. 언제나 제가 더듬을 때마다 당신은 성경책을 보고 계셨죠. 그런데, 그런데 당신이 없다고 느껴지자 이 세상이 갑자기 무서워지는 거예요.

예전에 저는 이러지 않았어요. 고아원에서 자랄 때에도 혼자였고, 커서도 줄곧 혼자였던 것이 언제부터 당신을 그리워하고 있었는지 모르겠어요.

저는 지금 하나님께 죄를 짓고 있지만 당신이 건강한 몸으로 돌아올 날만 학수고대하고 기다립니다. 당신만 돌아오신다면 저는 그 어떠한 일도 이를 악물고 헤쳐나갈 수 있을 것만 같아요. 물론 당신에게 죄를 짓는 기분이에요. 제가 고민하는 것을 보고 괴로워하실 당신 때문에 여기에서 하루빨리 벗어나야겠다는 마음을 먹지만 그게 쉽지 않아요.

엄마도 제 사정을 알아서인지 이제 여러 동료들의 옷 빨래만 해주고 있으라는 이야길 해요. 지금도 눈꺼풀이 내려오는 걸 참으면서 당신께 편지를 쓰고 있어요. 이럴 때는 모든 게 행복하게만 느껴져요.

그 안에 있으면서 절대 싸우지 말고 무조건 웃으세요. 물론 당신은 그러리라 믿지만, 나쁜 마음을 먹은 사람이 시비를 걸더라도 꾹 참으시고 기도를 하세요. 저도 어려울 때면 눈을 감고 당신을 생각하며 기도를 드려요. 저번 주일에는 교회에서 쌀을 사먹으라고 10만 원이란 돈을 줘서 얼마나 고마웠는지 몰라요. 지금은 갚을 수 없지만 언젠가 당신이 나오면 다 갚을 수 있으리라고 믿어요.

사랑하는 당신

추운데 혹시 감기라도 들지 않도록 밤에 잠을 잘 땐 꼭 이불을 덮으세요. 우리 베드로가 감기가 들었는지 열이 펄펄 나는 것을 지키면서 밤새도록 한 잠도 자지 못하고 울면서 기도를 했어요. 그랬더니 아침에는 감쪽같이 열이 내려 얼마나 기뻤는지 몰라요.

모레는 면회를 갈 겁니다. 내의를 미리 밖으로 내놓으세요. 그때 새 내의를 넣어드릴게요. 그리고 안에서 돈이 필요하면 말씀을 하세요. 아무래도 남의 것만 얻어먹으면 미움을 받을지도 모르잖아요. 당신이 밖에다 신경을 쓰는 것보다도 제가 안에 있는 당신을 생각하면 더 가슴이 아파요.

여보, 정말 사랑해요.

면회장에서 몇 번이나 이 말을 하고 싶었지만 옆에 있는 간수 아저씨가 있어서 그 말이 차마 입 밖에 나오질 않아요. 당신도 나한테 사랑한다는 말을 하고 있다고 속으로 생각하면 얼마나 가슴이 뿌듯한지 몰라요.

자꾸만 눈꺼풀이 내려앉는군요. 낮에 당신이 내준 옷가지와 베드로의 빨래를 했어요.

이제 이만 줄일게요.

사랑해요, 여보.

당신의 사랑하는 현아가

종태는 천천히 읽어 내려갔다. 그리고는 다시 처음부터 읽기 시작했다. 이번에는 더욱 천천히 읽었다. 편지를 읽으면서 한 여자의 아픔을 보는 것처럼 가슴이 아파왔다. 이렇게 자신을 감동시키는 편지는 없었던 것이다. 엷은 꽃무늬가 그려진 꽃편지지에다 또박또박 눌러 쓴 볼펜 자국이 절실하게 다가왔다. 편지를 다 읽고 난 종태는 한 번 크게 심호흡을 해야만 했다. 그리고서 다음 편지를 또 읽기 시작했다.

사랑하는 당신께.

마악 베드로를 재우고 나서 지금은 밀린 빨래를 할 때입니다. 그런데, 그런데 갑자기 당신에게 무언가 말을 해야 할 것처럼 허겁지겁 편지를 써야겠다는 생각이 앞섭니다.

그저께 넣어 드린 음식물이랑 내의는 잘 받았는지요? 갖고 갔던 돈이 모자라서 대충 싼 것들만 몇 개 넣고 말았는데 방 안의 사람들에게 구박이나 당하지 않았는지 집으로 오면서 내심 걱정이 앞섰습니다.

요즘 운동 삼아 그 안에서도 일을 하고 있으시다니 저도 얼마나 기쁜지 몰라요. 안에서 열심히 일을 하면 빨리 가출옥을 준다니 저는 그 문제를 놓고 기도를 하겠습니다. 우리 베드로도 젖을 많이 먹고요, 벌써 이빨이 나려는지 자꾸만 젖을 깨물어서 아프기도 하지만 한편으론 즐겁습니다. 저는 베드로를 볼 때마다 당신의 눈망울을 바라보는 것 같아서 괜히 눈시울이 시큰거리기도 합니다. 조그마한 주먹을 빨고 있는 모습을 당신께 보여드려야 마땅하나 왠지 그곳엔 데리고 가고 싶지 않아서 망설여집니다. 당신이 나무라면 할 수 없겠지만 저는 우리 베드로를 그곳으로 데리고 가고 싶지는 않습니다.

사랑하는 여보.

당신의 학교에는 어저께 가서 휴학계를 냈어요. 휴학계를 쓰면서 눈물이 핑 돌더군요. 남들처럼 학교 공부도 제대로 못 하고 그곳에 있다고 생각하니 미칠 것만 같았어요.

차라리 제가 나서서 돈이라도 벌었더라면 당신은 아마 그곳에 가 있지는 않았을 거라고 생각하니 눈물만 자꾸 나는 걸 어떻게 해요?

어제는 고아원에서부터 단짝이었던 혜영이가 와서 우리 베드로에게 옷도 사주고 돈도 조금 주고 갔어요. 정말 미안했지만

162

나중에 갚는다고 생각하면서 받았어요. 혜영이도 다음 달이면 국제결혼을 해서 미국으로 간다는 말을 했어요. 정말 좋은 친구였는데 막상 떠난다고 하니 슬퍼져서 둘이 한참 울었어요. 양공주의 최대 행복이 국제결혼이라는데 우리는 왜 울었는지 몰라요. 혜영이가 당신한테 면회를 가지 못해서 매우 미안하다고 말좀 전해달래요. 당신은 아마 이해할 거라고 제가 대신 얘길 해줬어요.

저도 지금 제 통장에 조금씩 불어나고 있는 돈을 꺼내보며 얼마나 마음이 부자인지 몰라요. 당신이 나오면 방이라도 한칸 얻을 돈은 될 것 같아요. 그동안 안 먹고 안 쓴 걸로 악착같이 모았지만 남들이 보면 코딱지 같은 거지요. 우리 베드로가 한번씩 아파서 병원비가 들어가고 나면 얼마나 속이 상한지 몰라요.

당신은 제 맘 이해하시겠죠?

이 편지가 들어가고 나면 다음날쯤 제가 면회를 갈 거예요. 그럼 추운 날씨에 몸 건강하길 빌면서 이만 줄일게요.

당신의 사랑하는 현아 드림

종태는 편지를 다 읽고 나서 슬그머니 원진을 바라보았다. 원진은 종태가 편지를 읽는 동안에도 그랬지만 베개에다 턱을 눕히고는 마룻바닥에다 손톱으로 무언가를 부지런히 쓰고 있었다. 그러다가 그는 다시 손톱으로 긁는 시늉을 하고 있었다. 마치 자신이 편지를 읽고 있는 것처럼 착잡함이 그대로 다 드러나 보이고 있었던 것이다.

종태는 그러는 그를 바라보기만 했다. 원진의 옆얼굴엔 측은함이 잔뜩 배어 있었다.

"너, 이 여자를 사랑하고 있구나?"

"……."

원진은 베개에 올려놓은 턱을 꼼짝도 하지 않은 채 손가락만 부지런히 놀리고 있었다. 종태는 그윽한 눈길이 되어 좀 더 그에게로 눈길을 바싹 당겨갔다. 원진의 눈엔 이슬 같은 게 고이기 시작하고 있었다.

하나, 둘…….

눈물방울 같은 것이 쭈르륵 그의 얼굴을 타고 흘렀다. 그 방울들은 금세 얼굴을 타고 흘러서 베개로 떨어졌다. 물기는 떨어지자마자 베개 속으로 스며들어버리고 없었다. 그 대신 얼룩만 번져 놓았다.

"너, 사랑하고 있구나…… 남자새끼가 그만한 걸로 울다니 …… 그럼, 여기 들어오고 나서부턴 아이를 못 봤겠구나?"

"……예."

"……."

종태는 원진을 바라보며 아무 말도 하지 않았다. 어쩌면 잘

못 질문을 던졌다가는 금방 울음을 터뜨릴 것 같은 원진이었다. 종태는 한 번 호흡을 가다듬기를 기다리고 있었다. 그리고는 다시 말을 이어나갔다.

"좋은 여자인 거 같다. 원래 그런데 있는 여자라면 아예 그렇게 보질 않았는데 말이다…… 언제 또 면회를 오나?"

"다음 주예요."

원진은 손등으로 쓰윽 눈물을 씻은 뒤 천천히 편지들을 간추리고 있었다. 그리고 그것들을 다시 노끈으로 정성스럽게 묶고 있었다.

"나도 사랑이라는 걸 한 번 해본 적이 있었지. 그런데 이렇게까진 못했어. 이미 죽어버려서 이 세상에 남아 있진 않지만…… 넌 정말 뜨거운 사랑을 하고 있구나 하는 것을 느꼈어. 돈이란 건 정말 필요한 거구나 하는 것을 알았지. 너처럼 배고픈 사랑에 내가 다 마음이 아파오니 정말 이상하군. 너, 나가면 다시 신학을 해라. 그리고 꼭 목사가 되어라. 그게 너를 위하고 그 여자를 위하는 길일 거다. 여기는 남자라면 한 번쯤 들어올 만한 데라고 생각을 하고. 아마 나중에 목사가 되더라도 이런 데에 있는 우리 같은 사람들을 이해하는 데엔 꼭 필요한 수업이라고 생각을 하면 여기도 그냥 썩어서 나갈 데는 아닌 거지. 나도 가끔 원예에 출역을 하면서 교회당엘 올라가봤다. 목사들이 설교를 하러 오지만 진짜 이곳의 생활에 대해선 아무것도 모르는 것 같더라. 난 그렇게 생각해, 이곳에 설교를 하러 오려면 진짜 이곳의 생활에 대해서 알고 모르는 게 당연하다고 말야. 그러면 더 실감이 나는 설교를 할 수 있을 거라는 생각을 했어. 네가 나중에 목사가 되면 이곳에 설교를 하러 와야 할 사람인지도 몰라. 배가 고프고 어렵더라도 넌 꼭 신학을 마쳐서 목사가 되어야 해. 남자새끼가 굳게 마음만 먹으면 못할 것이 뭐 있어? 나도 맨주먹 하나로 시골에서 올라와 숱한 고생을 한 뒤에 얻은 우두머리 자리가 아니냐? 지금은 한낱 꿈이었는지도 모르지만……."

그 말을 마친 종태는 알 수 없는 깊은 회의에 빠져들었다. 이야기를 하면서 점점 진지해지는 그런 얼굴이었다. 둘은 서로의 시선이 맞부딪치지 않으면서 마룻바닥을 내려다보고 있었다. 다시 종태가 먼저 말을 이었다.

"꼭 신학을 하라는 것이 내 말뜻이다. 여긴 한번 들어오고 나면 습관처럼 들어오게 되어 있다는 것을 너도 알겠지? 열 명 중에 아홉은 빵잡이가 되어서 맨날 들락거리면서 법무부 자식이 되어버리는 것이고, 너 같은 놈은 나가서 정신을 바짝 차리면 다신 이런 곳에 안 들어올 거다. 열 명 중에 한 놈만이 제대로 정신이 박혀서 나가는 곳이 바로 교도소라는 곳이다. 나는 그동안 우두머리가 되기 위해 일부러 사서 전과를 만들었지. 우리들하고 너는 달라…… 너, …… 네 여자 주소를 알고 있겠지? 옷이랑 밖으로 내보내려면 주소도 적어야 하니까……

"……예."

"그럼 내가 내일 담당님한테 보고전을 써서 네 여자 주소로 돈을 보낼 테니까 다음에 면회를 오면 도장을 갖고 와서 영치계에서 돈을 찾아가라고 일러라."

"반장니임!……"

"다른 말은 필요 없고. 나는 중학밖에 못 나온 놈이다. 그 대신 돈은 좀 있다. 그걸 좀 빌려주는 거니까 나중에 네가 목사가 되면 나라는 놈을 기억만 해주면 된다. 나라는 인간은 밖에 나가면 언제 죽을지 모르는 사람이다. 아예 갚을 생각은 하지도 말고 형이 주는 돈이라고 생각하고 써라. 나도 죽었다가 다시 살아난 것쯤으로 치고 너한테 선심을 쓰는 것이다."

"형니임 …… 그런 거 받아도 되는지 …… 정말 고맙습니다…… 나중에 이 은혜를 꼭 갚겠습니다. 그리고 형님이 말한 대로 꼭 목사가 되겠습니다, 형님. 어차피 나가면 우리 부부 둘이서 리어카를 끌더라도 신학은 마치리라고 면회장에서 이야기 나눕니다. 그러면 그 여자는 웃었으니까요. 그게 그 여자의 꿈입니다."

원진은 목이 메었다. 당장이라도 와락 달려들어 종태의 가슴을 붙잡고 울고 싶었다.

"나도 이곳에 있으면서 쓸데없는데다가 많은 돈을 처박았다.

다 내 자신의 안일을 위해 돈을 썼었지. 거기에 비하면 아무것도 아니다. 나도 내가 왜 이러는지 잘 모르겠다. 내가 어렸을 때 내 밑으로 남동생이 하나 있었다. 그 동생은 정말 용감했었지. 산에 소꼴을 먹이러 가면 내 동생이 항상 대장을 할 정도로 전쟁놀이에서 아꼈던 애였는데 그만 하루는 소나무에 묶어놓은 소고삐에 칭칭 동여매여서 죽어버렸지. 그래서 동네에서는 내 동생을 죽인 소라고 해서 죽였는데 어렸던 나도 칼을 들고 소의 간을 찔렀던 기억이 있다. 그리고는 동네 사람들이 시키는 대로 소의 간을 잘라서 우리 온 식구들이 다 씹어 먹었었다. 그때부터 나는 막연하게나마 하루라도 빨리 대처로 나가고 싶었는지 모른다. 대처로 나가면 사나이 가슴에 큰 뜻을 품은 내게 큰일이라도 주어질 것만 같아서 중학밖엔 나오지 못한 채로 이 서울로 올라왔던 것이다. 그때부터 나는 죽음을 무릅쓰고 충성을 했고 칼을 쓰는 데에 귀신같았다. 주먹세계란 위로 올라가면 자연히 돈이 생기게 되어 있었다. 그러나 이젠 돈이라는 것도 다 싫어지는 게…… 자꾸만 거추장스러운 생각도 들 때가 있었다. 그러니 너무 부담 갖지 말고 네 앞날을 위해서 써라. 알았냐?"

"……예."

"이제 밤도 왜 깊었는 모양이다. 그만 자자."

종태가 먼저 누웠고 이불을 끌어당겼다. 그러나 원진은 슬그머니 일어나서 이불 속에서 무릎을 꿇고는 두 손을 모아쥐고 있었다. 그리고는 마음속으로 기도를 하고 있었다.

하나님 아버지,

불쌍한 저희들을 오늘도 용서해주시는 하나님 아버지.

비록 이곳으로 보내어 주셨으나 상한 갈대도 꺾지 아니하시는 주님께서 이렇게 무지한 죄인에게 사람을 통하여 역사를 하여 주심을 감사하나이다.

선하신 주님,

이 죄인의 기도를 들어주사, 같은 수인의 손을 통하여 역사하심을 감사드립니다.

이제 주님 앞에 약속드린 대로 꼭 신학을 마칠 수 있게 하옵시며, 같이 출역하고 있는 차종태라는 사람에게도 은총을 내리시옵소서.

그가 마음을 고쳐먹고 회개하게 하시고, 빛된 삶을 살 수 있게 하옵소서.

우리를 구원하신 주 예수님의 이름으로 기도드립니다, 아멘.

원진은 기도를 마치자마자 눈가에 눈물이 맺혀 있었다. 종태를 힐끗 보았으나 희미한 불빛 아래서 종태는 반듯하게 누워서 눈을 감고 있었다. 그의 눈은 단호하게 감겨 있어서 어떤 말을 하지 못하게 하는 그런 분위기를 발산하고 있었다. 원진은 조용히 이불을 들치고 이불 안으로 들어갔다. 그리고는 누워서 또 기도를 하기 시작했다.

하나님 아버지.
밖에 있는 현아에게도 용기를 주옵시고 이 기쁜 소식을 알게 하옵소서.
그리하여 이제는 용기를 잃지 말고 꿋꿋이 살아가게 하옵소서.
그리고 우리의 사랑으로 잉태케 하신, 아들 베드로에게 건강을 허락하여 주사 건강하게 자라도록 지켜 주옵소서.
예수님의 이름으로 감사기도 드리옵나이다. 아멘

원진은 나직하게 기도를 마치고 비로소 잠이 들었다. 그의 머리맡엔 까만 성경이 놓여 있었고 고른 숨소리를 내고 있는 재소자들의 잠투정이 간간이 튀어나왔다. 간혹 어떤 재소자는 낮에 있었던 일로 꿈을 꾸는지, 갑자기 버럭 고함을 지르기도 했고 엉엉 울다가 후다닥 깨어나기도 했다. 깨어나 보면 쇠창살밖엔 담당이 우뚝 서 있기도 했다. 담당이 의자에서 졸다가 흐느끼는 소리를 듣고 기겁을 해서 달려온 터일 것이다.
"왜 그래?"
"꿈을 꿨나 봅니다."

170

잠에서 깬 재소자는 뒷머리를 벅벅 긁으며 아직도 허황된 표정이다.

"무슨 꿈인데 그렇게 꿈속에서도 우냐?"

담당은 이제 히죽 웃어보이고 있다. 무료함에서 마악 갠 듯하다.

"모르겠어요. 마누라가 막 보따리를 싸들고 어디론가 달아나는 꿈이었는데…… 내가 울었어요?"

"그래, 임마. 기분 나쁘게 우는 소리가 나서 나도 벌떡 잠이 깼잖아? 이런 날 밖에 비라도 온다면 얼마나 기분 나쁜지 알아? 마치 귀신이 우는 소리 같잖아?"

"미안합니다, 담당님……

재소자는 다시 가려운 머리를 벅벅 긁어댄다.

"알았어, 그만 자라구!"

담당은 이 말을 남긴 채 저벅저벅 저쪽으로 가버린다. 그는 다시 의자에 앉아 졸리운 잠을 잘 터이고 방 안의 재소자들은 아무것도 모른 채 곤히 잠을 자고 있을 것이었다. 지금 밖에는 낮 동안에 나돌아다니지 못했던 고양이들이 살금거리며 어둠 속을 거닐었고, 잔밥을 먹어 살이 통통히 찐 쥐나 처마 위에서 잠을 자던 비둘기를 낚아채서 야금야금 살점을 씹어먹을 시간 이었다. 그래서 아침이면 피에 묻은 깃털이 수북이 떨어져 있었다. 밤 동안에 일어나는 것들은 모두 아무도 모르게 일어나

171

고 있었고, 어둠이 걷히기 시작하면 태연하게 일상생활로 이어지고 있었다.

뺑끼통.

밤 사이에 누가 뺑끼통에 걸터앉아 자위행위를 했는지, 혹은 누군가 뺑끼통에서 죽어버릴 결심을 수없이 하다가 결국 한 가닥 살아야겠다는 나약한 의지에 밀려 그만두었는지, 혹은 자신이 칼을 들이댄 피해자에게 진정으로 미안했노라고 마음속으로 사과했었는지…… 아니라면 다시 한 번 세상에 나가기만 하면 감쪽같이 한탕 크게 일을 저질러서 멀리 외국이나 시골로 내려가 버릴 것을 수도 없이 결심하다가 항문의 똥을 닦으면서 그만 잊어버렸는지는 알 수 없었다. 하여튼간에 혼자만의 가장 고독한 시간을 가질 수 있는 곳이 바로 뺑끼통이었다.

징역에서 뺑끼통보다도 더 조용한 곳은 없었다.

일단 바지를 까내리고 구멍만 나 있는 뺑끼통에 걸터앉으면 모든 잡념이 사라졌고 오직 자신의 앞날에 대한 생각만이 간절해지는 곳이기도 했다. 또 다른 범죄를 구상해서 혼자 히히덕거리기도 했고, 자신이 저지른 죄과에 대한 약간의 참회가 일어나는 곳도 그곳이었다. 그러나 대개 열 중에 아홉은 또 다른 범죄를 구상했을 터이고 나머지 하나만이 그래도 나가선 똑바로 살아보겠다는 염려를 했을 것이다. 그러나 그 하나라는 것도 뺑끼통 안에서만 그랬지 일단 항문을 닦고 방으로 돌아와서 잡다한 범죄의 유형을 듣고 시시덕거리는 동안 삥끼통에서의 결심도 어느덧 무너지고 자신도 모르게 범죄에 대한 꿈틀거림이 일어나곤 했다. 새로운 것에 대한 유혹은 어떠한 학습이나 교육보다도 절실했으면 했지 덜하지는 않았다.

지금 찬 마룻바닥에 담요를 여러 겹이나 깔고 이불을 덮어 순전히 방 안의 사람들의 체온만으로 겨울의 추위를 버티는 그들은 일단 이러한 고생을 면하는 길은 나가서 한탕 크게 하는 것밖엔 아무런 도리가 없는 것처럼 여겼다. 밖에 나가봐야 반겨줄 사람이라곤 하나도 없었으며, 심지어는 가족들까지도 슬금슬금 피하는데 마누라라고 나갈 때까지 얌전히 있을 턱이 없었다. 그러니 자연 악밖에 남는 것이 없었고, 느는 건 범죄수법이었다.

완전범죄.

그들이 염원하는 것은 오로지 그것이었다. 그리해서 남들처럼 펑펑거리고 한 번 살아보겠다는 허황된 꿈만 잔뜩 불어나고 있었다.

범죄의 종합대학 같은 이곳.

각종 범죄의 기상천외한 범법자들이 한 방에 기거하면서 나누는 대화에는 자연 모방심리도 끼여 있었다. 인간이란 남의 떡이 더 커 보이듯이 동료가 멋지게 해치운 범죄를 듣고는 그대로 모방하려는 본능에 우선 능했을 것이다. 하여튼 이곳에서는 입만 뻥긋하면 다 거짓말이요, 자기 집에 금송아지 한 마리 정도 없는 놈이 없었고, 재수가 되게 없어서 마치 실수를 한 것처럼 붙잡혀 와 있는 셈이었다.

이유 없는 악의.

그것이 또한 문제였다. 이곳에 들어와 있는 사람들은 바깥에 있는 사람들 모두가 다 적이었고 더 큰 도둑놈들이었다. 심지어 예비군 훈련을 안 받으려고 해도 돈이 들었고, 차를 몰고가다가 교통경찰에게 걸려도 돈만 집어주면 스티커를 발부받지 않아도 되었다. 그리고 세금을 덜 내려고 한다면 세무원에게 돈만 조금 집어주면 그 몇 배의 세금을 떼먹을 수가 있었고, 싸움을 해서 경찰서에 붙잡혀 가더라도 돈만 두둑이 있으면 빠져나올 수가 있다고 믿었으니 돈의 씨 뿌리도 없는 그들에겐 그러한 것들이 모두 적의를 품게 만드는 독약이 되기도 했다. 그래서 그들은 사물을 보더라도 똑바로 보질 않았고 언제나 비뚤어지게 바라보는 연습만 하다가 그 안에서 나오게 되는 것이었다. 일단 그러한 눈으로 보게 되면 이 세상의 모든 것들이 다 그렇게 보여졌고, 또 세상의 일들은 흔히 그러한 쪽으로 굴러가고 있었으니까.

약한 자는 항상 강한 자의 밥이었고, 더구나 전과자라면 이 사회는 절대 그들을 용납하려 들지 않았다.

심지어는 교회에서마저도 갓 등록한 신입등록 교인에게 몰래 돈을 거머쥐어 주면서 교회에서 멀리 떨어진 곳으로 떠나가기를 희망했고, 전과자가 교회 안에 남아 있기를 두려워했다. 이미 복음조차도 뒤틀려 있었으니 이 사회는 이제 영영 구제받을 수 없는 소돔과 고모라의 성이나 다름없었다.

그들은 미리 눈치를 보고서도 다 알아챘기 때문에 상대방이 자신을 어떻게 생각하고 있는가를 알고 있었다. 그래서 그들은 늘 혼자이기를 바랐고, 같은 전과자끼리 둘만 모이면 또 다른 범죄를 꿈꾸었다. 어쩌면 살아남기 위해서, 우리가 숨을 쉬듯, 그들은 범죄를 하지 않고는 살 수 없다는 식으로 안간힘을 쓰고 있었는지 모른다.

사흘을 굶으면 도둑질을 어찌 안 할 수가 있겠는가. 그것이 그들의 논리였고 정의였다.

비록 이곳이 차가운 마룻바닥이요, 짐승의 우리처럼 쇠창살로 꽁꽁 갇혀 있었지만 언젠가 한번은 완전범죄에 성공하여 남들 부럽지 않게 잘 살 수 있을 거라는 기대는 그들에게 위안이 되어주고 있었다. 그러한 것이 애초에 없었더라면 아마 그들은 붙잡혀 들어오던 첫날밤에 뺑끼통에다 목줄을 걸고 대롱대롱 자살을 해버렸을지도 모르리라.

그들은 꿈에서도 한탕주의를 기도하고 있었는지 모른다.

언젠가 한번은 잘 살 수 있으리라는 기대감 때문에 그들은 그곳의 차디찬 감방에서 뼈가 굳어지도록 견뎌내는 것이지 애초에 처음부터 다시 시작하겠다는 생각은 없었다.

하루가 시작되는 아침은 가장 신선하다고 할 수 있었다. 마악 잠자리에서 일어난 부스스한 얼굴들에는 간밤에 꿈을 꾼 듯아직 순진무구한 여운이 남아 있기도 했다. 그리고 일어나자마자 험악한 인상을 짓는 놈은 없었으니까. 그래서 징역 안에서는 잠자리에서 처음 일어났을 때가 가장 순수해 보이는 시간이었다.

그러나 차츰 시간이 지나면서 입에 욕설이 발리고, 인상이점점 굳어지거나 험악해져 갔고, 주먹질이 오가기도 해서 도대체 인간이란 선과 악의 경계선을 넘나드는 것처럼 보여지기도했다.

"앉으면서 번호!"

출역수를 관장하는 관구부장이 점검판을 들고서 소리쳤다. 아직 날은 희끄무레해서 얼굴이 선명치는 않았으나 어둠의 뭉치들이 둘씩 짝지어 같이 앉으면서 번호를 복창하고 있었다.

"하낫!"

"두울!"

번호를 복창하게 해서 출역장의 출역수들의 인원 확인이 끝나면 곧바로 해산을 시켰는데, 출역수들은 다시 출역장을 맡는본부담당의 인솔을 받으며 각자의 일터인 공장으로 갔다. 재소자들은 어디를 가든지 간에 꼭 담당이 따라붙어야만 겨우 움직일 수 있게 되어 있었다. 그것이 구치소의 법이었다. 만일 혼자 독단적으로 행동을 했다가 발각이 되기라도 한다면 애꿎게도 본부담당이 그에 대한 책임을 지고 시말서를 써야 했다.

점검을 마치고 내청 막사로 오자 곧바로 아침밥을 타러 가는 사람들이 있었고, 남은 사람들은 양치질을 하기 시작했다. 그래야만 밥이 도착하면 곧바로 아침식사가 시작되었고, 설거지를 끝내고 나면 잠시 쉬었다가 그동안 사방에서 아침밥을 먹고 남은 찌꺼기인 잔밥을 회수하러 나가야 하기 때문이었다. 남사의 잔밥은 그 즉시 회수를 해와야 했지만, 여사의 잔밥은 매일 오후 고정된 시간에 여사로 들어가서 회수를 하는 게 통례였다. 오후에 사동 간 청소를 하고 지나가면서 여사 쪽으로 가서 쪽문을 열고 들어가서 잔밥을 퍼오는 것으로 하루가 마무리되는 거였다.

종태는 낮 동안에 맨홀 안의 오물을 퍼내는 작업을 지켜보면서 담당과 이야기를 나누고 있었다. 동료들은 서로 둘씩 짝을 지어서 마대를 들고 아가리를 벌리는 사람이 있었고, 쇠갈고리로 맨홀의 뚜껑을 들어내는 이가 있었으며, 그러면 삽으로 시커먼 물속에 고인 찌꺼기의 오물을 퍼서 마대에 담는 이가 있었다. 종태와 담당은 담벼락의 기울어진 그늘에 서서 그들이 하는 작업을 지켜보고 있었다.

"반장이 말했던 그 여자 말이야, 알아봤는데 명적과의 신분

177

장에는 이렇게 적혀 있었어. 나이는 올해 스물셋이고, 간호대학을 나왔고, 사귀던 남자가 변심을 하자 같이 여관에 투숙해서 1회 성교를 가진 뒤, 자신이 미리 가지고 갔던 마취제의 주사를 과다하게 투입하여 남자를 치사했으며, 자신도 면도날로 동맥을 끊어 자살을 했던 자라고 말야. 그리고 말이야, 면회실의 접견대장에는 가족이라곤 시골에 있는 할머니만 다녀간 걸로 돼 있었어. 아마 다른 가족은 없는 거 같애. 앞에 써 있는 가족란에도 조모 이름만 적혀 있는 걸로 봐서 부모도 가족도 없는 애인가봐. 접견대장에 면회를 기록한 내용을 봐도 가족 이야기는 전혀 없는 걸로 봐서도 그렇고……."

담당은 종태가 저번에 부탁한 그 여자에 대한 신상내용을 자세히 이야기하고 있었다.

"그럼, 그 할머니밖엔 면회를 오는 사람이 없습니까?"

종태가 물었다.

"그런가 봐. 접견대장에는 분명히 그 할머니하고 동료라고 해서 어떤 여자가 다녀갔는데 면회자의 주소를 보니 인세병원이라고 씌어 있더군. 그것밖엔 없어. 할머니라서 그런지 접견대장에는 맨날 와서 밥은 잘 먹고 있느냐, 몸은 어디 불편하지 않느냐, 재판은 언제냐, 이 할미는 걱정마라, 대강 이런 것들만 적혀 있었어. 그리고 그 여잔 이곳은 아무 걱정 마라, 잘 있다, 할머니가 더 걱정이다, 시골에서 한 번 올라오는 데 너무 힘드

시니까 이젠 오지 마세요, 나중에 재판이 끝나면 편지를 드릴
게요, 제가 경찰서에서 건네드린 저금통장에서 필요한 돈을 꺼
내 쓰세요, 뭐 대충 이런 대화만 적혀 있었어."

"할머니는 어디서 산답디까?"

"⋯⋯?"

종태의 질문에 담당은 의아한 눈빛이었다. 그런 건 왜 묻느
냐는 투였다. 종태는 빙긋이 웃었다.

"그저 알고 싶어서 그럽니다. 뭐 별다른 뜻은 없구요⋯⋯ 담
당님이 염려하실 것은 없습니다. 이 안에서 뭐 연애를 하겠습
니까? 그저 관심이 있어서 한 번 물어보는 겁니다."

"하하, 그래? 아마 할머니는 충청도의 서천이던가, 광천이던
가?

대충 봤는데 아마 그쪽인 것 같애. 그러니 한 번 면회를 오려
면 힘들겠지. 그래서 자꾸 힘들게 면회를 오지 말라고 그러는
것 같아."

"예에⋯⋯."

종태는 잠시 생각에 잠겼다. 언제부터 자신의 가슴속에 그녀
의 환영이 가득 차 있었는지는 모를 일이었다. 불과 몇 시간밖
에 되지 않았는데도 아득하게만 느껴져서 언제부터 그녀에 대
한 생각을 가졌는지를 알 수 없게 만들었다. 시차의 공간이 없
어져 버린 것만 같았다. 아까부터, 어쩌면 기상을 했을 때부터

줄곧 다른 행동을 하면서도 그녀에 대한 생각으로 가득 차서 헛말이 튀어나오려는 것을 참고 있었던 터였다. 조금만 더 방심을 한다면 실제로 엉뚱한 말이 불쑥 튀어나왔을지도 모를 일이다.

"내 말 안 들려?"

담당이 어깨를 툭 쳐서야 종태는 깜짝 놀랐다. 담당은 이상하다는 듯이 종태의 얼굴을 빤히 들여다보고 있었다.

"뭘 말입니까, 담당님……?"

"어허, 이거 반장이 완전히 넋이 나갔구먼. 앞으로 여사엔 데리곤 들어가질 못하겠구만 그래, 하하하."

"담당님, 누가 여사 때문에 그럽니까? 그저 그런 예쁜 아가씨가 왜 그렇게까지 사람을 죽이고, 자신도 죽으려고 그랬을까 하고 좀 생각을 해봤죠. 뭐 다른 남자도 천지일 텐데 말입니다."

종태는 얼렁뚱땅 이렇게 말을 둘러댔다. 그의 목덜미가 발갛게 물들어 있었다. 그러나 담당은 그걸 눈치채지 못했다.

"이런…… 그걸 누가 몰라서 그래? 그러니 자고로 여자란 한번 사랑에 빠지면 못 헤어난다고 하지 않나? 더구나 처녀였을 테니까 이미 줄 건 다 줬을 터이고, 그런데다가 배신을 당했으니 눈에 뵈는 게 뭐 있겠어? 에라, 니 죽고 나 죽자는 식으로 병원에서 몰래 마취제를 훔쳐 나왔겠지 뭐. 그래서 남자랑 마지막으로 사랑을 하고는 남자가 잠든 틈에 마취제 주사를 놓고 자신도 그 주사기로 같이 따라 죽으려고 했는데 남자한테 마취제를 다 놓아버려서 자신은 정작 마취제가 없어서 동맥을 끊었겠지. 뭐 우리야 척하면 삼척이 아닌가? 쿵 하면 또 호박이 떨어지는 소리인 거고…… 그런 여잔 인물이 아깝지 뭐. 겉보기로는 아주 순박해 뵈던데 말이야."

담당은 끌끌 혀를 차는 소리를 냈다. 뭔가 그리 아깝다는 표정 같기도 하고 젊고 새파란 아가씨가 안 되어 보인다는 표정이었다.

"사랑에 한 번 빠져보지 않은 나로선 정말 이해할 수가 없네요. 우리야 의리 하나 때문에도 목숨을 버릴 때가 있지만 요즘 같은 세상에 한 번 채였다고 그렇게 쉽게 목숨을 끊어버리려고 하다니 말입니다."

"나도 그런 생각이 들긴 들어. 여기 있으면 별의별 사람들이 다 있지."

하긴 그랬다. 여기 들어온 사람치고 기구한 운명이 아닌 사람은 하나도 없었을 것이다. 다 이유가 없는 사람이 없었고 그 내막을 들어보면 하나같이 동정이 가지 않을 사람이 누가 있단 말인가? 그러나 법은 냉정했다. 너무나 냉정하다보니까 이젠 도리어 죄 없는 사람에게까지 누명을 씌우는 경우도 없지 않았다. 그리고 동정의 여지가 있음에도 불구하고 관용을 전혀 베

풀지 못하는 경우가 허다했다. 하여튼 법은 한번 풀어지고 나면 영영 되돌릴 수 없는 것이라도 되고마는 성역인 것처럼, 얼음처럼 차가웠다. 그러나 돈으로 변호사를 산 사람들의 경우는 또 달랐다. 돈이란 그런 경우에 재소자의 입처럼 쉽게 일을 풀어나갔고 판사의 동정의 여지를 이끌어내는데 한몫하는 거였다. 돈이 없으면 꼼짝없이 누명을 뒤집어쓰는 경우가 어디 한두 번이었던가? 진범이 잡히기 전에는 아예 누명을 벗겨주려고 신경이라도 써보는 사람이 누가 있었겠는가 말이다. 안에 갇혀 있는 사람은 쇠창살에 의해 꼼짝달싹도 못했고 뒤에서 일을 봐주는 사람이 없으면 그야말로 법무부 고아나 다름없었다.

그래서 빈털터리 재소자들은 스스로를 가리켜 법무부 자식이라고 일컫던가, 아니면 스스로를 칭하는 말로 '법자(法子)'라고 불렀다.

국민이 내는 세금으로 운영하는 구치소에서 나라에서 주는 밥을 먹으니 분명히 '법무부 고아'인 셈이었다. 옷도, 이불도, 심지어는 약도 모두 공짜로 얻어먹으니 고아라는 말도 일리가 있는 말이었다.

작업이 끝나고 막사로 돌아오면 으레 배가 출출할 때였다. 무언가로 다시 배를 채워야만 또 여사로 가는 작업이 순조로울 터였다. 재소자들은 하여튼 하루종일 먹어조지고, 입으로 조지고, 몸뚱이로 조진다는 말이 있었다. 심심하면 가죽이라도 씹

182

고 있어야 되고, 입으로 걸쭉한 음담패설을 늘어놓아야 직성
일 풀렸으며, 몸뚱이로 무언가를 만들거나 만지작거려야만 심
심하지 않을 터였다. 하다못해 손으로 뺑끼통에 들어앉아 딸딸
이라도 쳐야 직성이 풀리는 거였다. 좁은 방 안에 갇혀 있다는
것이 괜히 사람을 그렇게 조급증나게 만들었던 것이다. 그들은
그저 가만있으면 불안해서 못 견디겠다는 듯이 굴었다.

"어이, 사식당으로 가서 튀김이나 먹을 것 좀 사갖고 와라."

종태는 이제 그들의 젖줄이나 마찬가지였다. 한 달에 한 번
면회를 오는 출역수들인지라 영치금카드에는 말갛게 칸이 비
어 있는 개털들이 더 많았고, 돈이 조금 있어봐야 여러 사람들
이 다 같이 나눠먹기에는 부족한 액수만 남아있었다. 그래서
종태는 아예 배식반장에게 그렇게 시켜버리는 거였다. 어차피
담당에게 먹을 것을 수발하려면 어쩔 수가 없었다.

"반장님, 뭘로 사올까요?"

배식반장이 얼른 다가와서 코를 벌름거리며 묻는다. 마치 종
태가 했던 말을 번복이라도 하면 어떡허나 하는 조바심이었다.

"아무거나 사와! 담당님이 드실 거도 같이 사 오고!"

종태는 카드를 꺼내 배식반장에게 준다. 배식반장이 부리나
케 고무통을 들고 뛰쳐나가자 출역수들은 이제 곧 먹을 것이
생긴다는 자신감에 얼굴마저 부풀어 오른다. 화색이 돌기 시작
했다.

"자, 먹을 게 오기 전에 내 말 잘 들어. 오늘 작업을 하는 걸 보니까 작업을 하는 도중에 슬금슬금 사방으로 가서 방 사람들에게 괜히 먹을 것을 얻어오려고 애를 쓰는데, 제발 그러지 마라. 그게 어디 남자 새끼가 할 짓이냐? 뭐 그리 배가 고프다고 아직 미결수들한테 굽신거려가며 어디 먹을 거라도 좀 얻으려고 하는 것을 보니 너무 비참한 생각이 든다. 그리고 혹시 그러다가 간부들 눈에 띄기라도 한다면 우선 담당님의 입장이 난처해지게 된다. 괜히 통방을 하고 있다고 의심을 받을 필요까진 없다는 얘기다. 앞으로 작업을 나갈 때마다 배식반장이 먹을 것을 챙기도록 할 테니까 여러분들은 그냥 가만있으면 된다. 내가 돈이 있어서라기보다는 여러분들은 여기서 맨날 그러다가 밖으로 나가면 또 얻어먹는 신세밖엔 되지 않는 것이다. 그게 습관이 되면 안 그러고 싶어도 어쩔 수 없이 그렇게 되고마는 것이니까, 앞으로는 절대 그러지 마라. 혹시 바깥에서 아는 놈이 있어서 주는 것이라면 몰라도 생판 모르는 놈한테서 받지 말라는 거다. 그리고 구정물을 좀 만졌다고 옷을 구질구질하게 입지 말라는 거다. 좀 깨끗하게 빨아 입고 그래. 여사에 들어가면 여자들이 볼 적엔 거지밖에 더 취급을 하겠느냔 말이다. 내가 세탁반장한테 미리 손을 써놓을 테니깐 옷이 조금이라도 더러워지면 무조건 세탁반장한테 가서 깨끗한 옷으로 바꿔달라고 그래라.

184

그리고 마지막으로 당부하고 싶은 건 절대로 사방하고는 범
치기를 하지 마라. 나중에 일이 터져서 독방으로 가게 되면 그
건 알아서 해라, 이상!"

종태가 말을 마치고나자 사람들은 어두컴컴한 막사의 그늘
에서 눈만 빛내고 있었다. 말로만 듣던 영등포의 보스답구나
하는 뿌듯함에서였을 것이다. 그리고 그의 막강한 돈 때문이었
으리라. 어디선가 참았던 숨을 내쉬며 안도의 한숨이 새어나오
고 있었다. 종태가 말을 마치고나자 옆 책상에 앉아 있던 담당
의 얼굴에 화색이 돌았다. 담당이 할 말을 종태가 해버렸기 때
문이었으리라. 담당은 빙긋이 웃어보였다간 다시 돌아앉았다.
그건 종태에게 신뢰감을 보이는 처사이기도 했다. 출역수들은
그게 무엇을 말하고 있는지 다 알고 있었다. 이번에는 담당과
종태의 얼굴을 번갈아가며 쳐다보는 거였다.

배식반장이 고무통에 먹을 것들을 수북이 들고 들어오자 그
들은 빙 둘러앉아 먹기 시작했다. 고등어의 머리까지 아삭아
삭 씹어 먹는 것이 마치 걸신들린 사람 같았다. 하나라도 더 먹
으려고 하는 것은 아이들이 서로 먹을 것을 탐하는 것과 마찬
가지였다. 먼저 입 안에 집어넣는 놈이 임자였다. 목이 메면 마
실 것을 벌떡벌떡 삼켰고 다시 고등어에 손들이 갔다. 그리고
빵들을 집어갔다. 칼이 없으니 사과는 그냥 바짓가랑이에 쓰윽
문질러서 껍질까지 우적우적 씹어먹었다. 원진이는 느릿느릿

185

하게 집어먹는 바람에 몇 개 못 먹어서 벌써 바닥이 드러났다.

"이거 너 먹어."

종태가 불쑥 탐스런 사과 한 알을 내밀었다. 그러자 원진은 물끄러미 종태를 바라보았다. 그 눈빛이 형을 바라보는 것처럼 아늑했다. 원진이 얼른 받질 않자 종태는 얼른 받으라는 투로 재촉을 하고 있었다.

"이거 받어!"

그때서야 원진이 머뭇거리며 받았다.

"자, 이제 다 먹었으면 여사로 잔밥을 가지러 갈 준비들을 해라!"

종태의 이 한 마디가 떨어지자 출역수들은 일사불란하게 움직이기 시작했다. 연장을 넣어둔 곳간에서 연장을 꺼냈고 장화를 신는 놈은 장화를 꺼내 신었고, 면장갑을 손에 끼고 있었으며, 모자를 눌러쓰고 있었다. 먹을 것을 먹고 난 뒤의 즐거움이 그렇게 동작들을 빠르게 하고 있었다.

밖으로 나오자 이미 리어카를 책임진 놈은 리어카를 묶어놓았던 체인을 풀어 리어카를 끌고 갈 준비를 다 갖췄다. 마지막으로 담당이 자리에서 일어서자 그들은 어슬렁거리며 움직이기 시작했다. 담당은 항상 출역수들의 뒤를 따르면서 계호를 하는 게 원칙이었다.

"반장은 역시 보스다운 데가 있군. 사람들을 다루는 것이 어쩐지 틀려."

종태는 웃어 보였다. 담당이 그의 어깨를 툭 쳤다. 그것은 어쩌면 너를 신뢰한다는 뜻이었다.

"모든 일은 반장이 알아서 처리를 해. 나는 뒤에서 가만 보고만 있을 테니까. 그리고 내가 모르는 문제가 있으면 그 즉시 이야기를 하라고."

"예, 알겠습니다. 뭐 별다른 문제야 있겠습니까?"

종태의 말에 담당은 히죽 웃는다.

의무과와 붙어 있는 병동을 돌아 사동이 있는 곳으로 가면서 빗자루질을 하는 출역수들은 이제 종태가 한 말이 있어서인지 사방쪽으로 바싹 다가가지는 않았다. 다만 창문께에 떨어진 쓰레기들을 청소하기 위해서 가는 것뿐이었다.

종태는 청소를 하면서 나아가는 동료들의 뒤를 따르면서 곰곰이 생각했다.

"오늘도 어쩌면 그녀가 운동을 나와 있을지도 모른다!"

희고 갸름한 얼굴이 떠오르자 그는 좀처럼 느낄 수 없었던 희열 같은 것이 느껴졌다. 마치 첫사랑을 할 때처럼 가벼운 흥분마저 느껴지는 것이었다. 꽁꽁 얼어붙은 구치소 안에서도 남녀의 이성이란 그렇게도 종태의 마음을 뒤흔들어 놓고 있었다.

'여사 담당 몰래 한 번 말이라도 붙여볼 순 없을까?'

종태는 나직하게 그런 생각을 품어 보았다. 종태는 옆에서 걷고 있는 담당을 바라봤다. 내청 담당이야 남자니까 모든 걸 이해한다고 치더라도 여사의 여담당은 아무래도 힘들 것 같았다. 여자들이란 의외로 질투심이 강한 동물이라고 생각한다면 그건 일종의 모험이었다. 까딱 잘못했다간 보안과로 보고를 해 버릴지도 모르는 일인 것이고 그러면 괜히 일이 시끄러워질 수도 있는 일이었다. 구치소 안에서의 남녀의 사랑이란 도대체가 있을 수 없는 일이었다. 연민의 눈길조차도 있을 수가 없었다. 그만큼 엄격한 곳이었다.

그런데 종태는 자꾸만 그녀와의 사랑에 눈이 멀어지고 있었다.

그 가련함. 희고 둥그스름한 얼굴이 자꾸만 뇌리에 와 박혔다. 그리고 감출 듯이 옷소매 속으로 자꾸만 밀어넣던 손목의 수갑이 떠올랐다. 종태는 아직 그녀의 이름을 모른다는 것이 커다란 잘못인 것처럼 여겨졌다.

'내가 왜 담당님한테 그 여자의 이름부터 묻지 않았을까?'

종태는 갑자기 후회를 하면서 옆에서 걷고 있는 담당의 옆얼굴을 바라보았다. 그때 담당의 눈과 마주쳤다. 담당이 먼저 눈빛에 웃음을 머금고 있었다.

"왜?"

"아, 혹시 그 여자 말입니다. 이름은 모릅니까?"

"알지. 조희자라고 하더군. 내가 여사의 직원에게 물어봤더니 그렇게 대답을 하더라구. 번호는 묻지 않았어. 번호까지 묻는다는 건 괜히 의심을 살지 모르니까 이름만 듣고는 색인부를 들춰서 번호를 색인해서 죄명이 살인인가를 확인한 거지. 그러니 이름은 정확해. 왜 그래, 반장?"

"모르겠습니다. 자꾸만 여동생 같은 기분이 드는 게 이상해지네요. 여사의 담당만 없으면 둘이 이야기라도 한 번 해봤으면 싶습니다."

"……?"

담당의 눈이 똥그래졌다. 그 눈빛은 마치 초점이 멈춰버린 그런 모습이 떴다. 감히 재소자끼리 이야기를 나눈다는 것이 얼토당토않은 이야기라는 뜻이기도 했다.

"뭐 여기서 갇혀 있으면서 연애를 하겠습니까? 뽀뽀라도 하겠습니까? 그저 말이라도 한 번 해봤으면 하는 심정입니다. 그 여자가 왜 그랬는지도 알고 싶구요……."

종태는 이미 뱉아버린 말이어서인지 남자답게 술술 말을 해버렸다. 지금이라도 마치 농담인 것처럼 말머리를 돌릴 수도 있는 것이었기 때문에 그렇게 말을 했다.

"큰일 날 소리…… 잘못하면 내가 모가지야. 나보다도 여사의 직원이 더 방방 뜰 건데. 여자 재소자들이 남자들한테 농담을 거는 것은 가만있으면서도, 남자인 반장이 말을 걸면 가만 있지 않을 텐데. 당장 보안과로 보고를 해서 무슨 큰 건이라도 잡은 것처럼 떠벌릴 거야. 더구나 그 여잔 살인수가 아닌가 말이야. 하여튼 그런 여잔 여사에서도 요시찰이니까 일단 문제가 생기면 일이 더 커지는 거지."

"……."

"조심해야 돼…… 반장이 저엉 그렇다면 내가 중간에서 어떻게 해볼 테니까 무슨 일이라도 나한테 미리 얘기를 하라구. 아무래도 내가 나서는 게 더 좋을 거 같구만. 그렇다고 반장이 이 안에서 어떻게 할 리는 없을 테고……."

담당은 아예 다리가 되어주겠다는 제의였다. 아무려면 재소자들끼리의 거래는 못 미더운 모양이었다. 그래서 자신이 적극적으로 돕겠다는 의사표시였다.

"저야 뭐 사고를 치겠습니까? 그저 같은 도둑년놈끼리 눈이라도 맞추고 마음이라도 전할 수만 있다면 그걸로 족한 거지요. 별다른 의도는 없습니다."

그럴 것이다. 종태가 말한 대로 남녀의 재소자가 은밀하게 눈이나 맞추고 먼발치서 바라보고만 있는 것으로도 만족할 것이다. 운 좋게도 말이라도 한 마디 던질 수 있다면 그건 커다란 행운일 터였다.

4감시대의 바로 밑에 곧장 여사로 들어가는 쪽문이 나 있었다. 그 쪽문을 열려면 쪽문의 위쪽에 있는 비상벨을 눌러서 그 비상벨 소리를 듣고 여사의 직원이 나오는 것이었다. 그리고는 그 쪽문의 손바닥만한 시찰구를 통해 바깥의 용무를 물은 다음 다시 확인을 하고서 문을 열었던 것이다.

"내청입니다. 짠밥 거두러왔다 아입니꺼!"

담당과 종태는 아직 뒤에 서 있는데 미리 선수를 친 홍천이 벨을 눌러 소리치고 있었다. 출역수들은 그랬다. 여사에 도착하면 서로 먼저 벨을 누르려고 했는데 그것은 다름 아닌, 여사의 담당이 손바닥만한 시찰구를 통해 얼굴을 디밀었을 때 불쑥 자신의 얼굴을 디밀어 거의 맞닿을락 말락 할 정도로 해서 놀라게 해줄 양으로 그러는 것이었고, 한편으로는 여자에 굶주린 남자들이 가장 가까이서 여자의 얼굴을 대한다는 것을 자랑삼고 싶어서였을 것이다.

정말 어떤 날은 여직원이 무심코 시찰구의 덮개를 들치고 얼굴을 갖다 댔다가 난데없이 불쑥 남자의 얼굴이 닿을락 말락 할 정도로 닿게 되자 하얗게 비명을 지른 일도 있었다. 여직원이 너무 놀란 나머지 그 자리에 풀썩 주저앉아서 울음을 터뜨렸는데 그렇다고 남자 재소자가 잘못한 것은 아니었다. 물론 의도적으로 놀래키려고 그런 것인 줄은 알지만 그걸 가지고 뭘 그렇게 놀라느냐는 식이었다. 다만 놀라는 쪽이 더 우스운 사건이 되고 말았는데 그걸 갖고 출역수들은 한참 떠들어대고 있었다.

"여사에 홍 담당이라는 여잔 말야. 정말 아다라시 같아. 남자의 얼굴을 보고 그렇게 놀래니 안 그렇겠어?"

"흐흐, 그런 여자 한 번 먹어볼 수 없나? 재소자가 여담당을 먹었다면 이건 완전히 해외 토픽감인데 말야."

"그 담당, 이름이 뭐지? 내가 나가서 한번 꼬셔볼 테니까."

별의별 말들이 다 돌아다녔다. 일단 남자들의 세계인 출역 수들에게 꼬리가 잡히고 나면 며칠 동안 진국이 다 우러나도록 끓이고 끓여서 재탕을 하는 법이었다.

그런데 오늘은 여사의 담당이 시찰구를 꼼꼼히 열고는 멀찌 감치 밖을 내다본다.

"아, 좀 빨랑 열어주소 마. 맨날 짠밥 푸러 오는데 뭘 그리. 살피고 그래쌌소?"

그제서야 여담당은 시찰구를 닫고는 덜컹 문을 열었다. 홍천 이 좀 장난을 치려는 의도가 완전히 빗나가버린 것이었다. 홍 천이 희멀겋게 웃으며 안으로 풀썩 발을 들여놓았고 다른 출역 수들도 안으로 꾸역꾸역 들어가고 있었다.

"담당은 어디 있어요?"

"앗따, 우리만 어떻게 나돌아다니능교? 담당이 없을까봐 그 리 겁이 나능교. 뭐 우리가 사람잡아먹는 식인종인 줄 아나?"

"……."

이번에는 절도만 3범인 차돌이 버럭 소리를 질렀다. 그러자 여사 담당은 고개를 밖으로 길게 빼서 정말 남자 직원이 밖에

있는지를 확인하고 있었다. 그때 마악 담당과 종태도 안으로
들어가려고 발을 옮기고 있는 중이었다.

"아, 여기 있습니다."

담당이 확인을 시키듯이 말했다. 여직원은 담당을 보자 겨우
안심의 표정을 지었다.

"안녕하세요? 난 또…… 남직원이 보이질 않아서……."

여직원은 스르르 귓불이 붉어질 정도로 어색해 했다. 그리고
는 후딱 종태에게로 눈길을 돌리는 그녀였다. 종태가 보기에는
아직 신참 직원인 모양이었다. 재소자가 보는 눈에도 그 여직
원의 얼굴은 낯설었고 하는 행동거지가 어색했다. 대개 오래된
여직원은 남자 재소자를 바라보는 눈길이 경멸에 차 있거나 경
시하는 쪽이었는데 그 여직원은 그렇지 않았다. 모든 게 새로
운 듯 눈빛을 맑게 빛내고 있었다. 그래서 모든 게 근육질인 것
처럼 단단하게 생겼었고 더구나 담당 옆에 떠억 서 있는 종태
에게서 예사롭지 않은 기미를 느끼는 모양이었다.

"담당님, 처음 보는 얼굴입니다."

종태는 담당의 귀에다 대고 귀엣말을 했다. 담당이 빙글거리
며 웃었다.

"그래, 그저께 새로 온 신입 직원이지. 이번에 갓 대학을 졸
업한 학사 직원이야."

여직원은 벌써 저만치 달아나고 없었다. 아마도 수많은 남자

들의 욕망어린 눈총에 찔리듯이 달아났을 것이다.

"아, 고년 새파랗게 생겼네. 아직. 젖비린내가 살살 나겠는데."

"하하하, 담당님한테 그게 무슨 말버릇이야. 담당님이 너무 새파랗게 생겼네, 그래야지?"

"우하하하. 그렇게 말할까? 근데 여자한테 어떻게 담당님이라고 말하냐? 여자면 그냥 여자지."

"아마 신참 직원인가 보지? 전혀 못 보던 얼굴인데? 그러니까 저렇게 달아나는 거지."

"으응, 그렇구마. 그럼 아다라시 아냐?"

그들은 마치 길거리에서 핫팬티의 여자를 보고 농을 하듯 그렇게 까발렸다. 그러면서 삽질을 했고 웃어가면서 건들거리고 있었다. 햇살이 닳고 닳은 삽날에 부딪쳐서 쨍하는 맑은 소리를 낼 것 같았다. 커다란 삽에 떠져서 리어카로 실리는 잔밥은 벌겋게 고추장물이 배어 온통 붉었다. 잔밥 속에는 여사에서 반찬으로 사먹고 비닐봉지나 스티로폴 등이 꾸역꾸역 튀어나왔고 누가 일부러 그랬는지 하얀 생리대가 툭 튀어나오기도 했다.

"이야, 이거 봐라! 이거…… 여자 그거 아냐?"

"으흥, 어떤 씨팔년이 여기다가 그걸 처넣었냐. 이거 우리들한테 한 번 농을 걸어보겠다는 거야, 뭐? 아마 밑이 근질거리

194

는 모양인데?"

진석이 씨부렁거렸다. 그리고는 삽으로 휘휘 뒤적거려서는 생리대를 꺼내서 따로 땅바닥에다 던져놓았다. 핏물이 짙붉게 번진 그것은 흉칙스러웠다.

"우리가 잔밥을 퍼가는 것을 알고는 일부러 그러는 거라구. 누군지 알면 한 번 되게 박아주고 싶네 그래."

"하하, 누군지 알면 네가 어떻게 박아준단 말이야. 여기가뭐 네 안방이라도 되는 줄 알어. 하하하."

"말이 그렇다는 얘기지. 뭐 내가 그렇게 말을 하면 형님은 꼭 그렇게 곧이곧대로 해석을 하쇼?"

"후훗, 그래. 아마 너같이 젊은 놈한테 히야까시를 하는가부다. 미친년들."

그들은 그랬다. 삽질을 하면서도 계속 지껄여대야만 했고 그런 이야깃거리라도 있어야 직성이 풀렸다. 담당과 종태는 멀찍이서 그들의 작업을 지켜보며 쪼그려 앉아서 땅바닥에다 무언가를 쓰기도 하고 이야기하고 있었다. 가끔 4감시대에서 아래쪽을 바라보는 것이 조금 눈에 거슬렸지만 그들은 개의치 않았다. 4감시대는 여사의 주벽과 맞닿아 있는 곳에 우뚝 서 있어서 여사의 마당이 훤히 다 보일 지경이었다. 그러니 작업을 하는 출역수들이나 쪼그려 앉아 있는 사람까지도 다 보였다.

가끔 마당으로 운동을 나온 여자들이 4감시대의 경비교도대원을 골려줄 양으로 덥다는 듯이 웃옷을 훌렁 벗어서는 젖통이 다보일 듯이 하고 운동을 하는 경우가 있었다. 그러면 4감시대의 경교대원은 그걸 보느라 다른 곳은 전혀 신경 쓰지 않다가 마침 순찰을 도는 중대장을 발견하지 못하고 보고를 빠뜨렸다가 근무태만으로 완전 군장에 구보를 하면서 '근무 철저, 복창 불량!'이라는 구호를 외치며 구치소의 담벼락을 따라 돌기도 했다. 그러면 여사의 여자들은 방 안에 가만히 앉아서도 그 구호 소리를 들으면서 히죽거리는 거였다.

"거, 머리에 피도 안 마른 놈이 속세에 좆 베인 것처럼 누나들 젖통이나 훔쳐보다가 저 기합이라니…… 하루종일 땀 뻘뻘 흘리며 돌아라."

"내일은 또 어떤 놈 하나 건드려서 또 기합을 받게 만들지……?"

"호호호……."

여자들은 의도적으로 그랬다. 마치 위의 망루에서 경교대원이 보초를 서고 있다는 것을 잊어버리기라도 하듯, 옷을 벗거나 괜히 바지를 흘러내려 빠알간 팬티자락이 보이도록 해서 군침을 흘리도록 만들고는 저희들끼리 히히덕거리며 웃었다. 자연스레 연기를 하는 여자는 절대 위를 쳐다보지 않았으며 다른 여자들이 군침을 질질 흘리는 군인을 보며 숨넘어가도록 까르륵거렸다. 여담당이 마침 인터폰을 받으러 가거나, 소변이 마려워서 잠깐 자리를 비웠을 때엔 그야말로 난장판이 되고 말았다.

웃통을 벗어 완전히 나체가 되도록 해서 옷을 터는 여자가 있는가 하면, 자신의 커다란 젖통을 보여야만 직성이 풀리는 것처럼 두 손으로 젖통을 감싸쥐고 마구 흔들어대는 년이 있었고, 바지를 내려 자신이 지금 입고 있는 팬티의 색깔을 보이는 여자도 있었다.

아슬아슬한 망사 팬티의 속으로 꺼뭇한 거웃이 다 드러나보이는 게 마치 말려서 죽일 듯이 장난을 쳐대는 거였다. 그렇다고 감시대의 경교대가 보안과로 보고를 할 것이라는 생각은 절대로 하지 않았다. 여자들은 이미 남자들의 심리를 꿰뚫고 있어서 경교대가 혼자 은밀하게 즐기고 있다는 것을 쉽게 눈치를 챈다.

더 심한 경우는 자신의 아슬아슬한 팬티를 내보이다가 그것도 모자라서, 아니면 다른 동료들을 더 실감나게 웃겨줄 요량으로 팬티를 조금 밑으로 내려서는 순진한 군인이 미치도록 만들기도 했다. 그리고 손주먹을 쥐어서 엄지손가락을 인지와 중지로 밀어넣어, 흔히 남자들이 욕을 할 때 그러하듯이 '니기미, 씹이다' 하는 표시를 해보였는데도 여전히 경교대는 웃고만 있었다. 그러다가 여담당이 오면 누군가 저쪽에서 신호를 보냈고, 그러면 모두 후닥닥 얼른 제자리로 돌아가 운동을 하는 척

했다. 물론 감시대의 경교대도 얼른 웃음기를 싹 씻어버리고는 태연한 척 눈알을 이리저리 굴리며 감시자로서의 근엄한 표정을 취하기도 했다.

여자들은 그렇게 스트레스를 푸는지 모른다. 자신의 은밀한 곳을 보임으로써 성적인 카타르시스를 풀어보려는 것이 역력했다.

이곳에서는 자살을 방지하기 위해 끈이 될 만한 어떤 것이라도 모두 압수를 했는데 물론 여자들의 가슴을 가리는 브라자를 빼앗아 갔으므로 날씨가 더운 날의 운동이란 런닝만 입은 상태에서 뜀박질을 했으므로 자연 젖무덤이 출렁거렸고 돌기한 부분까지 선명하게 드러나고 있었다. 아무튼 남자들보다 여자들의 장난이 더 짓궂었던 것이다. 이곳의 여자들이란 젊고 늙음의 문제가 아니었다. 그저 남자를 골리는 데에는 아무런 나이 차이가 없을 정도였다.

종태는 지금 담당과 이야기를 나누면서도 줄곧 생각은 딴 데에 가 있었다. 저번에 본 그녀가 혹시 이 시간이면 운동을 나오지 않을까 하는 조바심에서 자꾸만 헛기침이 터져 나오고 있었다. 그리고 간간히 사동의 모퉁이 쪽으로 자꾸만 눈길이 가는 것이었다. 종태의 눈길은 자연스레 일을 하고 있는 출역수에게로 갔다가 획 돌아오면서 모퉁이께를 살폈다. 그러나 그곳은 여전히 그늘뿐이었다.

적막한 공기가 서늘하게 식어 있을 뿐이었다. 그리고 그쪽의 화단에 심어진 나무의 잎사귀들이 나른하게 흔들리고 있는 것도 보였다.

"담당님, 오늘은 여사에서 아직 운동이 없는가 보지요?"

종태는 견디다 못해 그렇게 물었을 것이다.

"왜 그 살인수라는 아가씨가 궁금해서? 그녀가 나오면 내가 반장이 당신을 좋아한다고 말할까?"

담당은 그 말을 꺼내놓고 소리 없이 웃고 있었다. 밝은 햇살이 그의 커다란 입속으로 마구 들어가고 있었다.

"담당님도, 참…… 누구 잡을 일이 있습니까? 괜히 입장 난처하게 하지 마십시오."

"왜, 안 그런가? 내가 보기에는 반장이 그 여자 쪽으로 관심이 많은 것 같은데?"

여전히 담당은 물고 늘어졌다.

"아, 좋습니다. 남자가 뭐 겁날 것이 있습니까? 한번 이야기라도 했으면 좋겠습니다. 갑갑한 징역에서 이야기라도 할 수 있다면 얼마나 좋겠습니까?"

종태는 드디어 참았던 것을 그대로 뱉아버렸다. 담당의 눈이 휘둥그레졌다.

"정말 그래?…… 그럼 내가 슬쩍 이야기를 해보지. 이야, 이거 재미있는 일이 벌어지겠구만."

담당은 활짝 웃었다. 그리고 다시 말을 덧붙였다.

"그럼 내가 중매쟁이가 아닌가? 하하…… 일이 잘 성사가 되면 뚜쟁이한테 뭐 국물이라도 있는가? 하하."

담당은 어디까지나 농담으로 하는 말이었다. 그러나 그 농담속에 진담도 들어 있었던 것이다. 말 속에 뼈가 있었던 것이다.

"아, 그럼요. 제가 가만있겠습니까? 담당님은 중간에서 다리나 튼튼하게 잘 놓으십시오. 하하."

"알았어. 그럼 내가 한번 뚜쟁이 노릇을 톡톡히 해보지 뭐."

이번에는 종태가 흡족하게 웃어 보였다. 담당이 같이 따라 웃다가 그만 뚝 웃음을 거두었다.

"이크, 온다! 호랑이도 제말 하면 온다더니 정말 나오는군."

담당이 말하는 것을 듣고 종태는 얼른 고개를 뒤로 돌렸다. 사동의 그늘진 모퉁이를 돌아 한 떼의 여자들이 재잘거리며 운동을 나오는 모습이 보였다. 그 가운데쯤에 그녀도 섞여 있었다. 그녀는 여전히 앞쪽으로 수갑을 찬 손목을 가지런히 모아 쥐고 있었다.

여자들이 운동을 하러 나오자 제일 즐거워하는 이들은 작업을 하고 있는 내청 사람들이었다. 갑자기 일을 하고 있는 그들의 얼굴에 희색이 면면했고 일손이 굼뜨기 시작한 것이다. 그리고 눈알의 움직임이 빨라졌다. 단숨에 모든 여자들의 얼굴을 좌악 훑어버리려는 듯이 눈알이 바삐 움직였다. 그들은 정말 휘파람이라도 불고 싶은 심정이었다. 그것도 그냥 휘파람이 아닌, 삼류극장에서 필름이 끊어졌을 때나 부는 그런 휘파람을 불고 싶었을 것이다.

"너희들, 저쪽으로 가면 안 돼! 남자들은 다 늑대라고 생각하면 돼!"

여직원이 일부러 그렇게 농담을 섞어 단단히 주의를 주고 있었다. 그런데 그게 통할 리 없었다. 여자들이 대뜸 대들었다.

"아이구, 선생님. 우리도 다 같은 사람인데 눈을 갖고 있으면서 보지도 못하게 해요. 그저 보는 거야 뭐 어떨라구요. 선생님이야 매일 남자들 구경이라도 하지만 우리는 어디 남자들 구경이나 하남요. 너무 그러지 마세요, 선생니임."

누군가 코맹맹이 소리를 내며 애교를 떤다.

"아이구, 이년이 남자에 환장을 했구나. 너는 이제부터 요시찰이야, 요시찰! 남자들 곁에 가기만 해봐라. 다리 몽둥이를 분질러놓을 텐데."

"그럼 선생님도 남자들 쪽으로 눈길을 주지 마세요. 그러면 우리도 그러지 않을게요. 호홋."

"아이구, 나 못살아. 그래도 주둥이만 살아 가지고!"

"호호홋."

"까르륵……."

여자들이 저마다 웃음기를 자아내며 남자들 쪽으로 눈길을 주고 있었다. 여자들은 제자리에서 뜀박질을 하거나 몸을 이리 저리 흔들면서 운동을 하는 것처럼 하면서도 남자들께로 눈길을 던지고 있었다. 그러면서 점점 남자들께로 좁혀져 왔다.

"이년들아, 저리 못 가!"

여담당이 소릴 쳤다. 그러나 그들은 눈 하나 깜짝하지 않았다. 그녀들은 히죽히죽 웃고만 있었다. 여담당도 이젠 질렸는지 가만있었다. 그저 눈으로 감시자의 역할만 하고 있었다.

종태는 뒤쪽에서 따로 떨어져서 혼자 왔다갔다하는 그녀를 바라보았다. 그녀와의 거리래야 불과 5, 6미터에 불과했다. 나지막이 불러도 알아들을 수 있는 거리였다. 종태의 손바닥에 땀이 다 고였다. 종태는 마른침을 삼키며 담당을 바라보았다.

"내가 한 번 여직원에게 양해를 구해볼까?"

담당의 그 말에 종태는 그만 아득해짐을 느꼈다. 미열 같은 것이 돋아날 판이었다. 종태는 침을 꿀꺽 삼키고는 겨우 말을 했다.

"그러다가 저 담당이 보안과로 보고나 하지 않을까요? 그러면……."

"아, 문제없어. 뭐 직원끼리 하는 얘긴데 그걸 갖고 보고야 할라고. 밖에서 조금 아는 사이라고 얘길 하지 뭐. 그러면 될 거야. 내가 이야기를 하는 동안 슬쩍 말을 건네보라고, 반장."

종태는 고개를 끄덕였다. 담당이 씨익 웃어보이고는 슬금슬금 여직원에게로 다가갔다. 그리고는 무언가 말을 하는 것이었고 여직원은 종태를 잠깐 보았다가 다시 담당에게로 눈길을 주고 있었다.

이번에는 담당이 종태에게로 고개를 돌려 눈웃음을 보내오고 있었다. 종태는 직감적으로 되었구나 하는 생각이 들었다. 종태는 그녀가 있는 쪽으로 두 발짝 가량을 내디뎠고 침을 꿀꺽 삼키고는 어렵게 말을 꺼냈다.

"저…… 말 좀 묻겠습니다."

"……?"

여자는 힐끗 종태를 바라보다가 고개를 확 제껴버렸다. 그녀의 목덜미가 온통 붉게 물들어 있었다. 그러나 달아나지는 않고 있었다.

"저…… 내청 반장입니다. 같이 징역을 살고 있으면서 통성명이라도 하고 싶어서…… 그럽니다. 별다른 뜻은 없습니다. 저도 범단 조직으로 들어왔구요…… 이름은 차종태라고 합니다…… 한 4년은 살아야 나갈 겁니다…… 앞으로 종종 이야기라도 나누고 싶습니다……."

"……."

종태가 더듬거리며 어렵게 말을 했는데도 그녀는 고개를 숙인 채 그대로 듣고만 있었다. 듣는 건지 안 듣는 건지 모를만치 애매한 표정이었다. 종태는 더욱 가슴이 답답해졌다.

"제 말 들으셨습니까? 서로 도움이라도 되었으면 좋겠습니다. 저는 매일 여사로 들어오니까…… 서로 보기라도 한다면 좋겠습니다. 저는…… 그렇게 나쁜 놈은 아닐 겁니다. 주먹세계의 사나이로 살았다고 자부를 하고 있습니다. 저야…… 아가씨의 이름 정도는 이미 알고 있습니다…… 가능하다면 서로 대화라도 나누고 싶군요……"

"……"

이번에도 그녀 쪽에선 아무런 반응이 없었다. 다만 고갤 들어서 한번 종태를 힐끗 바라봤을 뿐이었다. 그녀의 눈빛이 무척 맑다고 생각되어졌다. 이목구비가 또렷하게 박혀 있었다. 창백한 얼굴빛이 마치 잘 빚어놓은 조각 같았다. 특히 새카만 눈썹이 또렷하게 각인되어 왔다.

"미안합니다. 너무 주접스럽게 굴었다면 용서를 하십시오. 저번부터 마음속으로 생각하고 있었던 모양입니다…… 아가씨를 본 다음부터 밤에 잠을 못 잘 정도로 자꾸만 떠오릅디다. 저도 얼마 전에 죽어버리려고 그런 적도 있었습니다…… 어떤 이야기라도 했으면 좋겠는데……."

종태의 말끝이 흐려졌다. 너무 혼자만 이야기를 하고 있다는 게 우스꽝스러워서 그만 뚝 말이 끊어져 버렸다. 그러자 이번에는 그녀가 고개를 쳐들었다. 아아, 그녀의 눈빛…… 그 눈빛이 마치 종태의 뇌리를 쏘는 듯했다. 아찔한 현기증이 돌았다.

종태는 자신도 모르게 '아! 하는 탄식이 튀어나올 정도였다.

"저어…… 조희자라고 해요……."

그녀는 모기소리만하게 겨우 입 밖으로 말을 내밀고 있었다. 그것도 부끄러운지 말을 마치고는 얼른 고개를 돌려 버렸다. 거기서 둘 사이의 대화는 끊어졌던 것이다. 그때 누군가가 소리 쳤던 것이었다.

"야야, 저거 봐라. 저거 뭐하는 거니?"

"호호호, 쟤, 연애를 하는가 봐? 우와, 저 남잔 뻔뻔하게 스리 우리 희자한테 바짝 붙어서서 뭘 하고 있지?"

"호호홋, 손목이라도 잡으려고 그러나봐. 우리 희자가 어디 그럴 앤가 이쪽이 더 구경거리가 되겠는 걸 호호호……."

여자들이 슬금슬금 이쪽으로 눈길을 돌리자, 종태는 후닥닥 놀라 멀찌감치 떨어져 버렸다. 잔밥을 푸고 있는 내청 출역수들 쪽으로 다가왔다.

"애, 희자야. 저 남자 뭐라고 하디. 순진한 애한테 호박씨 깐 거 아냐? 너, 남자 때문에 신세 조지고 또 이런 데서 잘못되면 큰일 난다. 저 남자 뭐라고 하디?"

"……."

희자는 말이 없다. 종태는 멀찍이서 그녀를 바라보면서 그녀의 입술 쪽만 열심히 살피고 있었다. 그녀는 도대체 말이 없었다. 그러자 여자들도 별 것 아닌 양, 다시 눈길들을 내청 출역수들 쪽으로 던지고 있었다. 내청의 출역수들이 이마에 구슬땀을 흘리며 웃통을 벗어제치고 런닝 바람으로 잔밥을 푸는데 근육의 힘줄이 돋아나 있었다. 여자들이 그런 모습에 눈길을 빼앗기고 있었다.

담당은 아직도 저만치에서 여사 담당과 이야기를 하느라 정신이 없었다. 간간이 여담당이 이쪽으로 눈길을 주며 무슨 일이라도 일어나지 않나 살피고 있었지만 내청 담당은 뭐가 그리 신나는지 계속 떠들어대고 있었고 여직원은 가끔 쿡 웃는 모양이었다. 여직원이 눈길을 종태에게로 향하는 적도 있었는데 아마 담당이 종태의 이야기를 하는 게 분명했다. 종태는 그저 담담하게 서 있었고 그게 어색하다 싶으면 다시 눈길을 돌려 그녀 쪽으로 찾아갔다.

그녀는 여전히 혼자 고개를 수그리고 걷고 있었다. 가냘픈 몸에 걸친 수의가 헐렁거렸다. 잿빛 옷 사이로 목덜미와 발목만이 유난히 희게 보여졌다.

"담당님, 잔밥을 다 폈는데요!"

"어, 그래! 알았어!"

담당은 그제서야 여직원과의 대화를 중단하고 돌아섰다. 그리고는 성큼성큼 걸어왔다.

"수고했어, 그럼 가자구!"

담당은 그렇게 말을 하면서도 눈길은 종태에게로 향하고 있었다. 종태가 빙긋이 웃어 주었다.

이야기가 잘 된 모양이구나.

담당은 그렇게 생각했다. 내청의 출역수들이 물러나고 다시 철문이 철커덕 잠기는 소리가 들렸다. 둔탁하기 만한 그 소리를 들으면서 또다시 아련한 슬픔 같은 것이 몰려드는 것은 다름 아닌 종태뿐이었다. 그것은 자신의 슬픔이 아니라 그녀의 슬픔일 터였다. 그런데도 그것이 마치 자신의 슬픔인 것처럼 여겨졌다. 하루의 일과가 다 끝나버린 뒤의 허전함이 엄습해오고 있었다.

"반장, 어때? 이야기 좀 해봤나?"

"예……."

"어떻디?"

담당은 나지막이 웃고 있었다.

"차암 예쁘다는 생각이 들었습니다. 특히 눈매가 그리 고울 수가 없었습니다. 내가 계속 이야기를 했더니 나중에는 그 여자도 자신의 이름을 가르쳐주더군요. 종종 이야기나 나누자고 그랬습니다."

"흐흠, 그래? 그럼 어떻게 하지? 내가 뭐 더 도울 게 없나?"

"…… 담당님, 제가 편지를 쓸 테니까 그걸 전해주면 안 될까요?"

"뭐?……"

담당의 눈이 휘둥그레졌다. 순간적으로 어렵다는 직감이 들었다.

"그건 안 돼! 그러다 편지를 들키는 날엔 내가 뭐가 되겠어? 여사에도 기동대가 검방을 할 텐데."

그렇다. 여사에도 매일 한 번씩 검방을 할 텐데 혹시 편지가 발각되는 날엔 문제가 커질 건 뻔했다. 종태는 곰곰이 생각을 정리하고 있었다. 어떻게든 그녀에게 편지를 써서 전해주고 싶은 마음뿐이었다. 그때 종태의 머리에 번뜩 스쳐지나가는 것이 있었다.

"담당님, 그럼 내가 편지를 쓸 테니까 좀 부쳐주십시오. 겉봉에다 담당님의 집 주소를 쓸 테니까 일반 봉투에다 넣어 부쳐주시면 여사로 들어갈 거 아닙니까? 그러면 그 여자는 다시 그 안에서 답장을 쓸 땐 그 주소인 담당님의 집으로 보낼 테고…… 그러면 담당님이 출근을 하실 때마다 좀 갖다 주시면……."

종태는 거기까지 말을 하다가 멈춰버렸다. 너무나 일방적인 제의였기 때문이었다.

"그런 방법도 있군. 그게 좀 더 안전한 방법이긴 한데……."

담당은 그렇게 말을 해놓고도 안심이 안 되는 모양이었다. 어디까지나 자신이 깊숙이 개입이 되지 않으면 안 되는 일이었기 때문이었다. 그래서 결국 머뭇거리는 거였다.

"담당님, 한 번 다리를 놓아 주십시오. 그 보답은 하겠습니다."

종태의 눈빛이 잠시 단호했다. 담당이 종태를 바라보다가 풀썩 웃었다.

"그럼…… 알았어. 대신 종태가 실수를 하면 안 돼. 물론 그 여자에게도 확실하게 얘기를 해서 편지 내용 중에 절대로 이 안에서 일어나는 일에 대해선 쓰지 말도록 이야길 하라구."

"알았습니다, 담당님. 그건 염려 마십시오. 제가 다 알아서 할 것입니다. 담당님, 정말 고맙습니다."

종태는 너무 고마워서 담당의 손목이라도 잡고 싶었지만 그럴 수는 없었다. 자신의 신분이 신분인 만큼 직원의 손을 잡는다는 건 있을 수 없는 일이었다. 눈빛만으로 고마움을 표시하고 있었다.

24

편지

이슥한 밤은 마치 첩첩산중에 홀로 남은 것처럼 괴괴하기만 했다.

방 안에 있는 많은 출역수들이 서로 엉겨서 다리를 포개거나 서로 끌어안으면서 잠들어 있었지만 일단 잠이 들어 조용해지면 홀로 남은 것처럼 생각되었다. 모두가 남남인 사람들이 낯선 얼굴을 하고 잠들어 있었다.

좀 전까지만 해도 그들은 입에 음담패설을 달고 여자들의 알몸을 난도질하다가 입심이 달리기 시작하면 슬며시 잠자리에 곤두박질을 쳐대는 것이었다. 한 마디로 말해 불알 잡고 탱자탱자하다가 그것도 지치면 그때서야 겨우 잠이 드는 버릇이 있었다.

"요즘 여사에는 말야, 검방을 해서 비둘기의 깃털을 뽑아내느라 야단들이라는구먼."

누군가 그렇게 말을 했다. 그러자 금방 봉룡이 토를 달았다.

"왜?"

"뭐 왜긴 왜야? 여자들이 그걸로 거기를 살금살금 문지르면 그게 사람을 쥑여주는 모양이야. 여자들이야 따로 애무를 할 게 있어야지. 그러니까 운동을 나와서 주운 비둘기 깃털을 갖고 들어가는데 전부 다 하나씩 갖고 있을 정도라나 원. 밤마다 괴상한 신음소리를 내니까 여자담당들이 그걸 빼앗는 모양이야. 밤에 잠도 안 자고 이불 밑에서 벌거벗고 그걸로 문지르질 않나, 뺑끼통으로 들어가서 아예 홀딱 벗고 그러지를 않나, 여기저기서 괴상한 신음소리를 내지르니 여자담당들이 가만있겠어? 뭐, 말로는 깃털을 거기에 다 밀어넣으면 또 쥑여준대. 보드라운 것이 들어가면 환장을 하는 모양이야. 그러니까 방마다 검방을 해서 깃털을 빼앗아내는데 얼마나 많이 나왔던지 입이 딱 벌어지더래. 그걸 또 미친년들이 보안과에 있는 남자직원들에게 보여줬다나 뭐래나. 여직원들도 전부 미친년들이지 뭐야."

은수가 말을 마치자마자 이번에는 강식이가 거들었다.

"앗따, 뭐 그런 걸 가지고 뺏고 그래쌌노. 여자들도 다 사람 아이가? 그런다고 나쁠 것도 없제. 이 안에서 스트레스를 받아가지고 서로 머리채를 뜯고 싸우는 것보단 낫겠다. 남자고 여자고 간에 풀 건 풀어야 하는 기라. 안 그러면 그걸로 스트레스를 받아서 괜히 싸움질이나 하는 거지 뭐. 안 그러나?

강식은 불법 비디오테이프를 제작해서 배포하다가 들어온 사람이었다. 음란물 배포였다.

"그걸 뺏는다고 여자들이 그 짓 안 하겠나? 다른 것을 또 만들어서 그 짓을 할 거다, 아마. 하하하…… 여자들도 정말 근질근질할 거다. 이 안에서 맨날 냄비를 못 써먹고 있으니 얼마나 환장을 하겠노? 그런 것쯤은 눈감아 줄 수도 있는 긴데."

이건 동정인지 아니면 즐기자는 건지 알 수 없는 편견이었다. 여자들의 그런 짓거리를 두둔하면서 은근히 즐기자는 심보였다.

"저번에 어느 방에선 비둘기를 잡아 키웠는데 여자들이 매일 밥알을 주니까 비둘기가 사람을 잘 따르는 짐승인 거라. 그래서 방 안에서 키우면 낮에는 밖에도 날아갔다가 밥때가 되면 다시 방으로 돌아오고, 심심하면 밖으로 나갔다가 다시 방으로 돌아오는 비둘기라는 거야. 어렸을 때부터 잡아서 방에서 키웠다는데 사람들 말을 잘 듣는 모양이었어. 그런데, 여자들이 슬슬 장난을 치기 시작하는 거야."

"어떻게 장난을 치는데?"

이번에도 봉룡이 말을 끊고 성급하게 되물었다.

"야, 임마. 내가 말을 하려는데 네가 왜 자꾸 중간에서 끊냐.

가만 좀 있어라. 그러면 중간이나 가지. 그런데 여자들이 서로 밤에 잘 때는 비둘기하고 같이 자겠다고 싸우는 거야. 비둘기 한 마리로 싸우니까 그것도 순번을 정해서 교대로 데리고 자는 거야. 왜 그런고 하니, 비둘기라는 놈을 자신들의 팬티 속에 집어넣으면 그게 또 꼼지락거리면서 꾸룩꾸룩거리는게 아주 죽여준다는 거야. 묵직하게 얹혀지는 느낌도 들고 보드라운 깃털이 있어서 그렇게 재미가 있다는 거지."

"근데 부리로 거길 쪼지는 않나. 그럴지도 모르잖아?"

"우하하하. 야, 이 맹추야, 부리로 건드리면 더 좋지 뭘 그래? 그러라고 그러는 것 아냐? 하하하. 야, 그거 정말 기발한 아이디어다. 역시 여자들이란 한 군데도 빈틈이 없단 말이야."

"모든 게 성적인 도구가 될 수 있다는 거구먼, 한 마디로⋯⋯."

"그래, 징역이니까 그런 거지 뭐. 바깥이라면 뭐 그럴 거 있어? 밖에만 나가면 모두 남자고 여자니까 굳이 그럴 필요까진 없겠지. 하하하, 정말 재미있는 이야기네."

효선이 오랜만에 들떠서 소릴 질렀다. 그러자 방 안의 사람들은 더욱 크게 웃었다.

"그러니까 비둘기란 놈은 정말 횡재를 한 셈이군. 이 여자 저 여자 사타구니를 전부 핥고 지나다녔으니 얼마나 행복했을꼬 말이야. 이럴 땐 그런 비둘기라도 되는 건데 말이야. 괜히 징역을 깨느라 이 고생이니…… 나 원 참…… 그 포근한 곳에서 잠이나 한 번 잤으면 더 이상 원이 없겠다.”

진석이 입맛을 쩝쩝 다셨다. 다른 사람들도 전부 키들거리며 웃고 있었다.

“여자들도 지금쯤 전부 우리들 같이 남자들 얘기나 하고 있을 거야. 그거 보나마나 남자들 자지 이야기 빼면 아무것도 없을 걸?”

이야기의 흐름이 다시 엉뚱한 데로 흐른다. 그러면 그들은 또 얼른 그쪽으로 귀를 종긋하고 달려갔다.

“내가 전번에 사창가에 갔을 때, 이곳에서 살았던 여자가 하나 있었는데 이야기를 하다가 그러더군. 여자들도 맨날 둘러앉으면 남자들 그거 이야기 빼면 시체래. 어떻게 생긴 남자는 밤에 어떻고, 어떻게 생긴 놈은 또 어떻다는 둥, 별의별 얘기를 다 하더라고. 올라가서 1분도 안 돼서 픽 싸버리는 놈을 보고 뭐라는 줄 알아? 여자들이 그러더라고. 좆도 좆같지 않은 걸 가지고 풀만 잔뜩 먹인다고 그래.”

“우하하하.”

사람들이 웃었다. 종태는 아까부터 커다란 웃음소리가 귀에 거슬렸지만 묵묵히 창가에 서서 바깥만 내다보고 있었다. 밖의 어둠이 그리도 좋았던 것이다.

어쩌면 그녀도 지금쯤 창살을 붙잡고 서 있을지도 모른다는 생각이 들었다. 그 가녀린 손목의 수갑이 애처러울 지경이었다. 종태는 나직이 불러보았다. 조희자, 조희자 씨……왠지 어색한 말이었고 더구나 씨자를 붙인다는 게 더욱 그러했다. 종태는 쇠창살을 붙잡고 있는 힘을 다해 앞으로 당겨 보았다. 그렇게라도 해야 가슴의 어눌함이 다 풀릴 것만 같았다.

"그리고 여자들이란 다 그래. 그저 부지런히 구멍이나 닦아주고 오래 해주는 게 제일인 거야. 돈이고 뭐고 다 필요 없어. 오직 그것밖엔 더 있겠어? 그거 땜에 자식새끼도 버리고 달아나는 판국인데 말이야. 그러니까 제비들이 성기에다 다마를 박고 실리콘을 쏘는 거 아니겠어? 그런 물건에다가 오래 하는 비법만 있으면 이건 한 마디로 왔다지. 돈 많은 과부나 하나 물어서 평생 팔자를 고칠 거야, 그런 놈은. 형님들도 그냥 있지 말고 칫솔로 부지런히 그거나 닦으쇼. 그러면 나가서 카바레에서 만난 여자들 냄비나 한 번 멋지게 닦아주면 또 누가 압니까? 일확천금이 굴러들어올지."

"야야, 임마. 나는 그런 거 안 하고도 내 마음대로 다 조절할 수 있어. 한 번 붙었다 하면 개가 하는 거 봤지? 작대기로 아무리 떼려고 해도 안 떨어지는 거. 쥐여주는 비법이 있지. 그게 뭐고 하니, 하기 전에 밑뿌리에 고무줄로 피가 안 통하게 꽁꽁 묶는 거야. 그러면 절대 사정을 안 한다, 알겠어? 남자는 사정을 안 하면 오래 가는 거야."

"에이, 뭐 그런 방법이야 누가 모르겠수. 그런 원시적인 방법 말고 정말 기발한 방법이라야 재미가 있는 거지, 안 그래요?"

은수의 말에 공감을 하면서도 사람들은 쉽게 떠벌리지를 못한다. 정말 비법이란 게 있을까? 그런 궁금증에 빠져들고 있었다.

"그러지 말고, 우리 중국무협 소설에 나오는 대로 맨날 그걸 꺼내서 뜨거운 물에 담궜다가 또 한 번은 찬 물에 담궜다가 하면서 그렇게 반복을 하면 단련이 안 될까? 아니면 바윗돌 위에 올려놓고 매일 작대기로 패대면서 김일 선수가 마빡을 단련시키듯이 감각이 무디어지게 하면 아마 최고의 명기가 될지도 모르지."

"하하하, 별의별 이야기가 다 나오네. 니가 한 번 그래봐라. 뻥끼통에 들어가서 맨날 몽둥이로 패대면 아마 도사가 되어 나올 거다. 하하."

"그래, 그게 뭐 무쇠냐? 맨날 내려치기라도 하면 단련이 되게? 사창가에 들어갈 땐 미리 화장실에 들어가서 자위를 해서 사정해버리고 가면 오래도록 하지. 나도 젊었을 땐 그랬지. 남자란 다 거의 대동소이해. 길게 한다고 좋으냐? 여자가 끽 하도록만 해주면 그만이지, 안 그래? 그러니까 미리 애무를 많이 하라구. 귓밥도 핥아주고, 배꼽도 핥아 주구, 사타구니 같은 델 핥아 주구 말이야, 항문도 핥아주면 그게 천당가는 거라구. 그러다가 여자가 눈꺼풀이 다 풀어졌을 때에 비로소 삽입을 하는 거야. 섹스에 도사가 되려면 그런 것쯤은 알아야지."

전부가 그쪽 방면에서 도사들이고, 일가견이 있는 사람들뿐이었다. 결코 지지 않겠다는 사람들이었다. 한 번 입씨름이 붙으면 끝이 없었다. 그들이 잠들려면 결국 이야기의 소재가 다 떨어지고 나서야 겨우 마른 오줌을 누고서 잠이 드는 거였다.

종태는 지금 엎드려서 다 잠든 고요 속에서 편지를 쓰고 있었다. 볼펜이 없으니 만능노트에다 일단 글을 적어두었다가 내일 출역을 해서 다시 정식으로 편지를 쓸 생각이었다. 그러나 아무리 머리를 짜내어도 가방끈이 짧은 자기로서는 멋진 글을 쓸 수가 없었다. 몇 자 적다가 보면 이내 마음에 들지 않아 북 그어 버렸고, 다시 또 머리를 짜내기를 반복하고 있었다. 그러다보니 시간이 얼마나 흘러갔는지도 몰랐다. 온통 세상이 다 가라앉아버린 것처럼 적막감만 들었다.

창틀 위에서 밤새도록 꾸룩거리는 비둘기의 뒤척이는 소리만 계속 들려올 뿐이었다. 그리고 아득하게 교회의 찬송소리가 들려오고 있었다. 아마도 새벽 5시였을 것이다. 종태는 교인들의 새벽기도가 시작되었으므로 5시가 되었다는 것을 알 수 있었다.

그때 부스럭거리면서 원진이 잠에서 막 깨어나고 있었다. 그는 이불 속에서 살그머니 빠져나와 무릎을 꿇고 마악 기도를 할 참이었다. 그러다가 얼핏 아직 자지 않고 있는 종태를 발견

했다.

"반장님, 아직 한숨도 안 주무셨습니까?"

그가 아직도 졸음이 배인 목소리로 뜨악하게 물었다.

"으응, 뭘 좀 쓰느라고 그랬어. 기도하려고?"

"예. 뭘 쓰시는 데요?"

원진은 이미 두 손을 모은 채로 묻고 있었다. 단정히 무릎을 꿇은 모습이었다.

"편진데. 그게 마음대로 나오질 않는군. 밤새도록 끙끙 앓았는데 한 줄도 나오질 않아 미치겠구만."

종태의 목소리가 안으로 잔뜩 잠겨 있었다. 원진이 풀썩 웃었다가 다시 말을 했다.

"반장님, 같이 기도나 해요. 하나님께선 기도를 하면 다 들어주시거든요. 지혜를 달라고 기도를 하세요. 그리고 잘은 못 쓰지만 제가 써 드릴게요."

"그래 주겠어?"

종태의 얼굴이 단번에 펴졌다. 밤사이의 끙끙대던 모습이 온데 간 데 없어졌다.

"예. 우리 기도를 해요, 반장님. 제가 기도를 할게요. 그저 눈만 감고 속으로 기도를 하십시요."

그리고는 원진이 먼저 나지막이 기도를 하기 시작했다.

하늘에 계셔서 이 불쌍한 죄인을 굽어 살펴주시는 하나님 아버지.

어제 하루를 온전히 지켜주시고 보살펴주심을 감사하나이다. 새로 밝은 오늘도 주 안에서 복되게 하옵시며, 비록 이 안에서 바라보는 것들이 모두 어둡고 고통스러운 것일지라도 주님 안에서 기쁨을 맛볼 수 있게 하여 주시옵소서.

지금 같이 기도를 올리고 있는 반장님에게도 믿음을 더하여 주사, 성령의 충만함을 맛볼 수 있게 하옵시며 기쁨이 넘치는 복된 생활로 인도하여 주옵소서.

그의 사정은 알 수 없사오나 우리 주님께서는 머리카락 하나까지 만흘히 여기지 아니하시오니, 그의 간절한 기도를 들어주사 곧 이루어지게 하여 주시옵소서.

그에게 지혜를 칠갑절이나 더하여 주셔서 그의 간절한 소원을 이루어 주시옵소서.

그리고 이곳에서 반장이라는 중대한 직책도 맡고 있사오니 사람을 통솔하는 데 조금도 어려움이 없게 하옵소서.

우리 주 예수님의 거룩하신 이름으로 감사기도 드리옵나이다. 아멘.

원진이 기도를 마치면서 '아멘'이라는 소리를 하자, 종태는 자신도 모르게 '아멘'이라는 소리가 터져 나왔다. 그리고 알 수 없는 뿌듯함이 가슴 저 밑바닥으로부터 번져 나오고 있었다.

원진이 기도를 하는 동안, 종태는 귀로 그의 기도소리를 듣고 있으면서 마음속으로 자신의 기도를 하고 있었다. 대개 두서없는 기도였으나 내용은 그저 자신이 편지를 잘 쓸 수 있게 해달라는 것과, 여사에 있는 조희자라는 여자의 재판이 잘 이루어져서 형량이 낮아지게 해달라는 기도였고, 그녀와 깊은 대화를 나눌 수 있도록 해달라는 간절함이었다. 마구 순서 없이 머리에서 떠오르는 대로 기도라고 생각하면서 속으로 되뇌인 것이었다. 기도를 마치고 나자 원진이 다가왔다.

"반장님, 반장님이 기도를 할 줄은 정말 몰랐습니다."

원진의 말뜻은 의미심장했다. 영등포의 주먹세계에 있었던 그가 자신의 말 한 마디에 끌려서 기도를 할 줄은 미처 생각지 못했던 것이다. 그저 별 뜻이 없이 했던 말이었는데도 종태는 묵묵히 고개를 숙였고 기도하는 자세를 취해 주었던 거였다. 원진의 눈시울이 뜨뜻해져 있었다.

"기도란 게 뭐 있나? 그저 눈만 감고 있다는 거뿐이지. 가끔 교회당으로 올라가보는데 기도하는 형식만 배운 거지 뭐."

"반장님, 제가 잘 쓰는 건 아니지만 편지를 대신 써 드리겠습니다."

"그럴래? 그럼 이 만능노트에다 대충 초안만 적어봐. 내용은 내가 처음 본 여자한테 쓰는 것인데 내가 본 순간, 너무너무 애처로우면서도 마음이 자꾸만 끌리는 거야. 한참 동안 미뤄놨던 것인데 지금에서야 겨우 쓰는 거라고 쓰면 돼. 다른 내용은 네가 알아서 쓰고."

종태는 그렇게 말했다. 그 대상이 구체적으로 누구란 건 아예 밝히지 않았을 뿐만 아니라 그 근처에도 가지 않았다.

"이름은 뭐라고 하죠?"

원진이 물었을 때, 종태는 갑자기 뒤통수를 얻어맞은 느낌이었다. 그렇다. 편지를 쓰려면 아무래도 처음부터 이름자는 들어가는 게 자연스러운 일일 것이었다. 그런데 종태는 섣불리 이름을 밝힐 수가 없다.

조희자.

조희자라는 여자. 그녀의 이름이었다. 그러나 그 이름을 밝혔다간 나중에 혹시 원진에게 들킬지도 모른다는 생각이 퍼뜩 들었던 것이다. 매일 여사로 작업을 들어가는데 혹시라도 여담당이 그녀를 부르는 수도 없지 않았으므로 그때 원진이 들으면 분명히 그 편지의 당사자는 다름 아닌 그녀라는 사실을 눈치챌지도 모르는 일이었다. 일은 정말 우습게도 전혀 엉뚱한 곳에서부터 터지는 것이었다.

종태는 가만히 생각에 잠겼다가 입을 열었다.

"바깥에 있을 때 몇 번 본 여자인데 이름이 맞는지 몰라. 기억에 가물거리는데 혹시 틀릴지도 모르니까 그냥 '보고 싶은 그대에게'라고만 써. 아니면 그냥 '희'라고 쓰던지."

그렇다, 그냥 '희'라고만 쓴다면 의심의 여지는 없을 것이다. 원진은 종태의 말에 그냥 편지를 써 나갔다. 만능노트에 달린 플라스틱 연필이 눌러질 때마다 작은 글자들이 새카맣게 만들어지고 있었다. 종태는 그걸 한참 동안 바라보다가 일어나서 창가로 갔다. 밖은 아직 희무끄레한 여명이 마악 벗어지려는 순간처럼, 마치 여인이 옷을 벗는 나신의 모습이었다. 건물의 윤곽이 꺼멓게 드러나기 시작했고 저 멀리 하늘 끝에서 밝음이 터져 나오고 있는 중이었다.

종태는 구치소의 이 끝과 저 끝에 떨어져 있는, 자신이 있는 9동과 그녀가 있는 여사의 거리를 가늠하기 시작했다. 비록 끝과 끝이긴 했지만 마음만은 그렇지 않다고 생각하고 있었다. 종태는 눈을 들어 여사가 있는 쪽을 바라봤다. 어둠 속에서 건물로 가려진 그곳은 비록 보이진 않았지만 마음은 온통 그곳으로 가 있었다.

시간은 끝도 없이 고요히 흐르고 있었다. 어둠은 안개처럼 서서히 벗겨지고 있었고 동쪽에서부터 여명이 다가오고 있는 게 보였다. 종태는 가슴을 열어 시원한 공기를 폐부 깊숙이 받아들였다. 이 도시에서, 그것도 징역이라는 감방에서 맡아보는 신선한 공기였다. 공기 속에는 어떤 풋풋한 내음이 배어 있는 듯했고 아직 더러워지지 않은 냉기가 스며 있었다.

"반장님, 편지 다 썼는데요."

종태는 꿈에서 깨어난 듯 천천히 몸을 돌려 원진의 곁으로 다가갔다.

"……."

"잘 썼는지 모르겠습니다. 최대한 정성을 다해서 쓰긴 썼는데……."

원진이 계면쩍은 듯 뒷머리를 긁어댄다. 종태는 한 번 씨익 웃고는 만능노트를 받아 들었다.

보고 싶은 희에게.

지금은 만물이 소생하려는 새벽 찬 기운을 들이마시며 그대에게 글월을 띄웁니다.

저의 편지를 받고 무척 당황하시리라 믿습니다만, 우선 제가 희라는 그대에게 편지를 드리지 않을 수 없음을 고백 드립니다.

당신께선 저를 잘 기억하시지 못 할 거지만 저는 오래 전부터 당신을 기억하고 있었습니다. 그리하여 지금은 도저히 견딜 수 없는 그리움으로 이렇게 편지를 띄웁니다.

아무리 멀리 떨어져 있어도 그립다는 감정이야 숨길 수가 없었습니다. 지금 저는 이 세상에서 가장 어렵고도 추한 곳에 있지만 열심히 살아가고 있습니다.

제가 그대를 처음 본 순간, 가장 감명이 깊었던 것은 당신의 맑고도 여린 눈동자였습니다.

제가 남자로 태어나서 처음으로 느껴보는 순수한 감정이었음을 고백합니다.

희.

저의 이 무례한 편지를 받으시고 조금은 놀라셨으리라 믿습니다. 그러나 저의 당신을 향한 마음은 변치 않을 것입니다. 당신이 답장을 보내지 않으신다고 하여도 저는 그것에 개의치 않을 생각입니다.

다만 나의 생각과 뜻만 전해질 수만 있다면 더없이 좋겠습니다. 처음 보내는 편지에서 너무 일방적인 제 생각만 적은 것 같아서 대단히 죄송합니다.

혹시라도 제 이름을 기억하신다면 답신을 부탁드려 보겠습니다. 그럼 내내 건강하시길.

1994년 어느 새벽에
차종태 드림

편지를 읽고 나자 종태는 픽, 하고 웃어버렸다. 그걸 보고서 원진이 의아한 눈치다. 뭐가 잘못되지나 않았나 하는 눈초리였다.

"뭐가 잘못됐습니까?"

원진이 조심스럽게 물었다. 종태는 여전히 소리 없이 웃었다.

"아냐, 편지는 잘 썼는데…… 내 이름은 밝히지를 못 하거든. 그래서 말이야, 이름을 고치고, 내용에서 '제 이름을 기억하신다면'을 다르게 고쳐야 할 것 같아서 그래."

종태가 일일이 설명을 하진 못했지만 자신의 이름을 그대로 쓸 수는 없었다. 편지를 띄우면 그녀에게 전달되기 전에 구치소 측에서 서신 검열을 할 것이란 생각에서였다. 만일 차종태라는 본명을 썼다가 혹시 자신의 이름을 기억하고 있는 직원에 의해 발각이 될 위험이 있는 일이었다.

"알겠습니다. 그럼, 이름을 지우고 다르게 쓰고, 내용도 조금 고치겠습니다."

"그래, 이름을 뭘로 할까?…… 음…… 이름을…… 김종태라고 하지."

완진은 종태가 이야기하는 대로 이름을 고쳐서 썼고 끝부분의 내용도 조금 수정했다. 종태는 모든 게 흡족했다. 이제 출역장으로 나가서 그대로 보고 베껴쓰기만 하면 되었다.

날이 밝음과 동시에 그동안 서러운 잠을 자던 출역수들도 하나 둘 눈을 뜨기 시작했고, 그들은 간밤에 종태가 한숨도 자지 못하고 뜬눈으로 지새웠다는 것을 알지 못했다. 기상나팔소리가 귀청 떨어지게 울려 퍼졌고 그들은 또 먼지 더께가 풀썩거리는 이불을 개면서 또 지겨운 하루가 시작되는구나, 하고 생각했을 것이다.

출역을 한 후, 종태는 아침밥을 먹자마자 곧바로 편지를 썼다.

담당이 갖다 준 편지지에다 글만 써서 다시 마지막으로 훑어보고 난 후에 담당에게 건넸다.

"어젯밤에 쓴 겁니다."

종태가 내민 편지를 담당은 읽고 있었다. 보고 싶은 희에게로 시작된 편지의 내용은 제법 그럴싸했다. 그리고 맨 마지막의 김종태라는 곳에 이르러서 그는 빙긋이 웃기 시작했다.

"아예 철두철미하게 이름까지 바꿨구먼. 음, 이만하면 됐어. 그럼 내가 오늘 퇴근을 하면서 봉투를 써서 부쳐주지. 이제 우리 마누라한테도 교육을 시켜야겠군. 김종태라는 사람의 우편물이 들어오면 받아두라고 말야, 하하하."

"고맙습니다, 담당님."

종태도 따라 웃었다. 지금 다른 출역수들은 운동장으로 나가 한창 운동을 하느라 여념이 없었다. 좁은 마당에서 다른 출역장의 출역수들과 발야구를 하는 그들은 아예 막사로 돌아올 기색이 없었다. 구슬땀을 흘리며 내기 발야구를 하는 데엔 원진도 끼어 있었다.

"반장, 그저께 원진이 부인한테 돈을 내보내려고 보고전을 써달라고 그랬는데 원진이한테 무슨 빚이라도 있는 거야?"

담당은 종태가 부탁한 영치금의 반환 청구서 보고전의 이야기를 꺼내고 있었다.

"아, 예. 가만히 보니까 무척 가난하게 신학을 했더구만요. 여자가 애를 가져서 먹을 것이 없을 정도에서 남의 집 담을 넘어갔던 모양이던데 이야기를 들어보니까 너무 불쌍한 놈이라는 생각이 들어서 그럽니다. 아직 죄가 무엇인지도 모르는 상태에서 이런 델 들어왔으니 좀 도와주고 싶었습니다. 마누라가 아직 나이도 어리고 힘든가 봅니다."

종태의 설명은 장황했다. 원진의 딱한 사정을 들은 대로 다 이야기를 못 하는 것이 안타까울 정도였다.

"그래서 얼마나 내보내겠다는 거지?"

담당은 책상 서랍에서 보고전의 용지를 꺼내 책상 위에 올려놓고 있었다.

"한 5천만 원이라고 쓰십시오. 쟤는 마치 어릴 때 죽어버린 제 동생 같은 생각이 듭니다."

"뭐? 5천만 원이나? 그렇게 많이……?"

담당의 눈이 휘둥그레졌다. 그리고는 입이 조금 벌어지고 있었다. 도무지 알 수 없다는 표정이다.

"뭐 저도 이 안에서 좋은 일 하나 해보려고 그럽니다. 수령자와의 관계는 외사촌 여동생이라고 써 주십시오."

"……?"

담당은 아직 벌어진 입을 채 다물지 않고 있었다. 종태를 바라보는 눈빛이 떨리고 있었다. 아무리 그렇기로서니 결코 적은 액수가 아니라는 표시였다.

담당은 내청 출역수들의 번호와 죄명, 형기가 적힌 표지판을 끌어당겨 맨 위쪽에 적힌 종태의 이름께로 눈길이 갔다.

차종태. 범단 조직 및 폭력. 전과 6범. 형기 5년.

그는 보고전의 위쪽에 이름과 수번 등을 적었고, 제목은 영치금 차하 신청서라고 쓰고 있었다. 그리고는 종태가 말한 대로 외사촌의 생활비로 바깥으로 영치금의 일부를 내보낸다는 내용의 요지를 적고 있었다. 그리고 맨 나중에 날짜를 적었고, 담당의 직위와 이름을 쓰고 있었다. 그리고는 아직 비어 있는 칸을 들여다보며 말을 건넸다.

"차하인의 주소를 알아야겠는데. 원진이 밖에 나갔나."

"예, 제가 불러오지요."

종태는 얼른 밖으로 나왔다. 보고전의 양식엔 돈을 수령해갈 사람의 주소가 정확히 기입되어 있어야 했다. 그래야만 비로소 본인에게 돈이 불출되는 거였다.

종태는 마당에서 공을 차고 있는 원진을 향해 소리쳤다.

"어이, 원진이. 너 이리와 봐!"

원진이 공을 차다가 말고 땀방울이 묻은 얼굴로 달려왔다.

"담당님이 지금 보고전을 쓰는 데 네 마누라 주소를 몰라서 그러니까 주소를 불러줘."

"알았습니다."

원진은 종태의 뒤를 따라서 막사로 들어갔다. 담당은 보고전을 앞에 두고 담배를 피워 물고 있었다.

"응, 왔군. 너 집사람 주소를 대봐. 이번에 반장이 큰 선심을 썼군.

"예, 서울시 영등포구 문래4가 158의 4번지 14통 1반입니다. 이름은 김향숙입니다."

담당은 볼펜을 눌러가며 재빠르게 받아 적었다. 그리고는 종태에게 인주를 내밀어서 이름 밑에다가 손도장을 꾹 눌러 찍게 했다.

"이제 됐어. 아마 모레쯤이면 접견영치과를 통해 밖으로 나갈 거야. 원진인 마누라가 오면 도장을 가지고 가서 돈을 수령해 가라고 일러. 그리고 접견실에서 괜히 다른 직원들의 오해를 사지 않도록 잘 이야기를 해서 반장이 돈을 내보내고서도 괜한 말썽이 생기지 않도록 하고!"

"예, 잘 알겠습니다, 담당님."

원진은 담당과 종태를 마주 번갈아보며 꾸벅 절을 했다. 고마움의 표시였다.

"너 앞으로 반장한테 잘 해. 그만한 돈이면 적은 액수가 아냐. 반장이 이번에 큰일을 했어."

담당이 그렇게 말했으나 원진은 멀뚱하게 서서 머쓱한 기분이었다가 뒷머리를 벅벅 긁어대었다. 담당이 지금 액수가 크다는 말에서 그는 조금 멀뚱한 표정이었다. 그러자 담당은 원진의 그러한 표정을 읽었는지 다시 말을 잇고 있었다.

"반장이 5천만 원이나 내보냈어, 임마. 아마 네 마누라가 보면 뒤로 발랑 나자빠질 거다. 우리 같은 공무원들이 한 20년은 모아야 할 퇴직금이야, 알겠어?"

"아니?, 그렇게 많이…… 반장님…….″

원진은 그제서야 눈에 눈물이 피잉 돌았다. 그의 눈이 갑자기 뿌옇게 흐려지고 있었다.

"됐어, 됐다구. 뭐 그렇게 남자 새끼가 눈물을 질질 짜고 그래."

"반장님, 정말 고맙습니다. 이 은혜는 정말 잊지 않을 겁니다."

종태의 말에 원진은 그래도 복받치는 울음을 그치질 못했다. 운동을 하느라 웃통을 벗어젖힌 원진의 가냘픈 몸이 들썩한다. 종태는 그 울음이 쉽게 그치질 않을 거라는 생각이 들어 훌쩍 밖으로 나가버렸다. 어쩌면 자신의 마음도 울적해져서 그 자리에서 피하려는 몸짓이었는지 모른다.

종태는 밖으로 나와 수돗가에서 저 멀리 떠가는 구름떼들을 바라보았다. 커다란 구름떼가 한 무더기 떠가고 그 뒤를 이어 아기 구름 떼들이 줄을 잇고 있었다. 시리도록 파란 하늘에 하얀 구름들이 한가로이 어디론가 떠가고 있는 게 보였다. 종태는 문득 이 구치소의 담을 뛰어넘어 훌훌 다 털어버리고 저 구름과 같이 어디론가 정처 없이 떠다니고만 싶었다. 갑자기 하늘이 부러워졌고 구름떼들의 유랑이 부러워지기 시작했다.

막사로 돌아오니 어느새 원진이 책을 보고 있다가 고개를 들어 종태를 바라보고 있었다. 담당은 책상에 엎드려 졸리운 잠을 자는 것인지 조용하기만 했다.

"형님, 정말 고맙습니다. 그렇게 많은 돈을 주시다니……

"됐어. 이제 그 이야긴 그만 하고. 앞으로 편지나 자주 써줘라. 나도 징역만 살았지 뭐 좋은 일 한번 해본 적이 있었겠냐. 내가 이야기했던 대로 넌 나가서 나중에라도 하던 공불마저 마쳐라. 그리고 멋있게 한 번 살아봐. 사는 것이 뭔지를 모르는 사람들이 여기에 얼마나 많다는 것을 알면 넌 배부른 목사가 되면 안 돼. 목사가 되려면 똑바른 목사가 되어야지 어설프게 목사가 되어 가지고 교인들한테 사기나 치고, 자기 배때기나 불리려는 거짓 목사는 되지 마라. 그게 내 부탁이다, 알았냐?"

"예."

원진은 낮게 대답을 했다. 그리고 종태의 얼굴을 다시 한 번 쳐다보았다. 거기에는 종태가 씨익 웃고 서 있었다. 원진이 자기도 모르게 웃었다. 그러다가 찔끔 눈물 같은 것이 비죽이 새어 나오고 있었다. 참으로 고마움의 눈물이었다. 밖에 있는 현아가 들었다면 얼마나 놀랄 것인가. 원진은 또다시 뭉클한 것이 복받쳐 올라오는 것을 지그시 입술을 깨물며 참았다.

"이제 작업을 나갈 시간이지? 전부 다 들어와서 작업준비를 하라고 그래."

종태의 말이 떨어지자, 원진은 밖으로 나갔고 곧 출역수들이 들어와 와자지껄해졌다. 그 통에 잠이 들었던 담당이 불쑥 일어날 정도였다. 그리고는 그는 얼른 손목시계를 들어서 올려다봤다.

"어, 벌써 시간이 이렇게 됐나? 이제 슬슬 작업준비나 하지."

"벌써 준비를 하고 있습니다. 애들이 씻기만 하면 됩니다."

종태가 그렇게 대답하자, 담당은 고개를 좌우로 흔들면서 잠을 떨쳐버리려는 듯했다. 사람들은 수건과 비누통을 들고 밖으로 나가면서 저마다 오늘의 승부에 대해 이야기들을 하고 있었다.

"에이, 오늘은 다 이겼는데 시간이 없어서 그냥 들어왔잖아. 다음번엔 세탁을 확 눌러줘야지."

아마 내청과 세탁에 출역하는 사람들의 시합이었던 모양이다. 그것도 이미 시합에 거의 다 이겼을 때쯤 원진이 작업을 나

232

갈 시간이라고 소리를 쳤던 모양이다. 그러니 그들은 내기 시합에서 다 이긴 상태에서 그냥 들어와서 조금은 억울한 표정들이었다.

오후의 따가운 햇볕에 그들은 수도가 박힌 바깥에서 벌거벗고 샤워를 하고 있었다. 마당이나 마찬가지였는데도 그들은 그러한 것을 아랑곳하지 않았다. 누가 보면 어떠랴 하는 식이었다. 남자들의 구릿빛 몸뚱이가 벌거벗은 채 물을 떠서 통째로 쏟아붓고 있었다.

그 물은 지하수를 뽑아 올린 물이어서 여간 차갑지 않았는데도 그들에겐 달뜬 몸의 열기를 식히기에는 아직 미진한 물이었을 것이다.

"어허, 시원타. 운동을 하고 나서 물이라도 뒤집어쓰고 나면 기분이 제일이지."

물을 끼얹은 중구가 말을 했고,

"저 봐라. 저쪽 아파트에서 여자들이 내다보고 있어?

누군가 그렇게 소릴 쳤다.

"어디? 에구, 미친년들. 낮에 할일이 없으니까 그저 냄비가 심심해서 남자들 몸뚱이나 공짜로 구경하겠다는 거야, 뭐야? 이리 오라고 해. 한 번 박아줄 테니까."

남자들이 벌거벗은 채로, 그들이 목물을 하고 있는 데서 약 500미터 떨어진 고층 아파트를 올려다보며 히죽 웃고 있거나,

더러는 손을 들어 아예 오라는 투로 손짓을 하고 있거나, 주먹을 쥐어 다른 손바닥을 미끄러뜨리며 욕을 하는 장면을 만들어 보이기도 했다. 그리고 더욱 볼썽사나운 것은 아예 몸의 중앙을 틀어서 아파트의 여자들이 잘 볼 수 있도록 시커먼 데를 그쪽으로 향한 채 손으로 물건을 잡아 흔들고 있는 것이었다.

"어허, 저 미친년 보게. 저년은 아예 쌍안경을 들고서 보고 있네. 실컷 보라지 뭐. 지가 좆이 꼴려서 뒈지나 내가 뒈지나."

"와하하하. 아마 저년은 오늘밤 남편을 못 살게 굴 거다. 우리들 거보다 큰 거 있으면 나와 보라고 그래. 우리들 바셀린을 넣은 좆을 보고 아마 남편한테서 실망할지도 몰라."

"우하하하, 형님 자지야 끝내주는 거 아뉴. 저 여자가 보면 침이 꼴깍꼴깍 넘어갈 기다. 아랫도리에 바짝바짝 땡기는 뭐가 있을걸?"

강식이 중구의 성기를 보며 그렇게 말을 하는 거였다. 중구의 성기는 마치 얻어맞은 것 마냥 바셀린을 잔뜩 넣어서 평소에도 주먹만 하게 크게 보였다.

"이거 한 번 맛을 봬줘야 저런 년은 아가리를 짝 벌리지. 안 그래?"

중구는 누구랄 것도 없이 그렇게 말을 했다. 그들은 자꾸만 거기에만 비누칠을 해서 여러 번 문지르고 있었다. 여전히 눈은 아파트의 여자들에게 가 있으면서 손동작만 부지런히 하고 있었다.

"저 년들은 꼭 우리들이 목욕을 하는 시간에만 우르르 복도로 몰려나와 구경을 한다니까. 남자들이 출근하고 없으니까 눈요기라도 하겠다는 거지 뭐. 실컷 눈요기나 하고 밤에 쿵덕쿵거리지나 말지 말이야. 하하하."

"야, 차돌아. 출소하면 저런 데나 가서 한탕 털어뿌러라. 저런 년들은 오지게 털려봐야 정신을 차리는 기라. 할 일 없으면 뒤비져서 낮잠이나 잘 것이지 괜히 남의 물건이나 보려고 저 아우성이니⋯⋯ 야, 니들은 현모양처가 되긴 다 틀렸다."

이번에는 아예 조금 큰 소리로 아파트의 여자들이 들으라는 듯이 소릴 쳤지만 거기까지 들릴 리는 없었다. 단지 흉내만 그렇게 냈을 뿐이다. 그러자 다른 사람들이 킬킬거리며 웃었다.

"앗따, 니는 거기 그만 문질러라. 눈깔은 아파트 쪽으로 고정시켜 놓고 부지런히 거기만 문지르고 있으니 벌겋잖아. 하하하."

별의별 농담이 다 흘러나왔다. 그들은 몸에 물을 끼얹을 생각은 않고서 계속 비누칠만 해대고 서 있었다. 여자들이 내려다보고 있다는 사실에 고무된 듯 도무지 목욕을 끝낼 기미가 없다. 그들은 이제 벌겋게 솟은 물건을 잡고 아파트의 여자들에게 총을 겨누듯이 하고 서서 자위를 하는 모습까지 하고 있었다.

"야, 빨리 해라. 무슨 목욕을 그렇게 오래 하냐?"

"반장님, 글쎄 여자들이 쌍안경을 들고 내려다보고 있다니까요. 저걸 보십시오."

은수가 손가락으로 가리키는 쪽으로 눈을 돌리자 정말 담 너머 아파트에서 여자들이 서 있는 게 보였다. 복도에 여럿이 서서 무슨 이야기를 하듯 그렇게 꼭 있었다. 종태도 피식 웃으면서 말했다.

"야, 그런다고 세월아 네월아 하고 목욕만 하고 있을 거야? 빨리 해!"

"알았어요."

그제서야 그들은 후닥닥 물을 끼얹기 시작한다. 그러면서도 그들은 곁눈질로 다시 아파트를 바라보는 것은 여전했다. 남자들만의 세계란 그렇게 가식이 없었다. 돈은 없고 배경이 없어서 비록 이곳으로 잡혀와 있는 것이었지만 오직 몸뚱어리만 가지고는 아무런 가식이나 감출 것이 없는 그들이었다. 그들이 최대의 든든한 무기로 삼는 것이 있다면 바로 제멋대로 생겨먹은 성기 하나뿐이었던 것이다. 그들은 아주 어려서부터 이런 못된 곳으로 가야 할 운명임을 알았던지, 성에 대해 너무 일찍 눈을 떴었는지는 모르겠으나 하여튼 벗어놓으면 전부가 수말의 그것처럼 무식하게 컸고 시커멓고 단단하게 생겨 먹었다. 내세울 거라곤 정말 그것밖엔 없는 그들이었다.

목욕을 끝낸 출역수들이 각자의 역할로서 연장을 챙기고, 모자를 쓰고, 리어카를 끌어냈다. 이제 작업을 하러 나갈 시간이었다. 그저 놀 때에는 논다고 생기가 돌았고, 또 이때처럼 일을 하러 나갈 때에는 또 일을 하러 나가는 재미에 들떠 서두르는 그들이었다.

오후의 고정된 작업이란 여사로 들어가 잔밥을 퍼내어오는 것이었고 저녁에는 남사의 잔밥을 수거해와서 시멘트로 커다랗게 만들어 놓은 잔밥 처리장에다 버리는 것으로 하루의 모든 일과가 끝나게 되어 있었다. 남사야 끼니 때마다 잔밥을 수거했지만 여사는 하루에 한 번밖에 들어가지 않았던 것이다. 한 번 들어가면 하루치의 잔밥을 수거해오는 거였다.

지금 여사로 가는 그들의 발걸음은 왠지 출렁거리는 걸음걸이들이었다. 이 안에서 그래도 남들보다도 더 자유롭게 여자들을 볼 수 있다는 것에 희열을 가지는 그들이었다. 그래서 그들은 여사로 가는 시간이면, 모자의 챙을 더욱 오그려서 멋스럽게 보이려고 애를 썼고 비록 죄수복이지만 깨끗한 걸로 입고 들어가기 위해 은근히 추리는 거였다. 이성 간의 만남이란 어차피 어쩔 수가 없는 모양이었다. 아무리 담이 높은 징역 속이라지만 남자가 여자에게 느끼는 감정과, 여자가 남자들에게서 느끼는 야릇한 감정의 깊이까지는 담으로 막을 수는 없었다.

이곳에 들어온 사람들은 최하가 절도요, 도둑이었기 때문에 척하면 삼척인 줄을 알았고, 쿵하면 담 넘는 소리라는 것을 알았다. 그래서 그들은 여간 눈치가 빠르지 않았다. 눈치 하나로 빌어먹고 사는 인생이 바로 징역 속의 그들이었다.

그들은 마당 청소를 하다가도 사방에서 하얀 휴지를 밖으로 툭 내던져도 그게 무슨 뜻인 줄을 알고 있었다. 저건 나를 부르는 것이다, 아니면 저건 나한테 시비를 거는 것이다, 그냥 무심코 휴지를 바깥으로 버린 것이다 라는 것을 재빨리 알아차렸다. 구치소의 삶이란 것이 그들을 그토록 눈치 빠르게 만들었고 그것은 곧 바깥 사회에 나가서도 여전히 적용이 되었던 것이다. 가령 누군가가 그냥 그들에게 대하는 태도를 보고 그들은 곧 그것이 무슨 뜻이라는 것을 알고는 스스로 미리 자괴감이 들기도 했으며, 스스로를 파괴시키기도 했다. 전과자라는 것은 이 사회의 쓰레기더미와도 같이, 모든 사람들이 눈곱만큼도 거들떠보지도 않았을 뿐만 아니라, 심지어는 하나님의 말씀을 전하면서 사랑을 외치는 교회에서마저 그들을 거부해왔던 것이다. 그것은 어느 정도냐 하면, 옛날 육이오가 끝나 전쟁터에서 나라를 되찾겠다고 육탄으로 인민군을 저지하다가 팔과 다리를 잃고 퇴역한 상이군인들이 육신의 절름발이로서 구걸을 하다시피 하면서 살아갈 때에 그 부인들이 삶의 고통을 이기지 못하여 가출을 해버리고, 아이들은 고아들이나 다름없이 자랐던 적도 있었다. 팔 다리를 잃고 실의에 빠진 상이군인들이 파탄에 빠져 허우적거리다가 술과 아편에 중독이 되어갔고, 목발을 짚거나 손에 갈고리나 의수를 단 채 강압적으로 물건을 강매하면서 생계를 유지해 나갈 때도 사람들은 그들을 피해다니기만 했던 것이다. 나라를 지키겠다고 전쟁터에 나갔다가 병신이 된 사람들에게 늘 그랬을 터인데 범죄를 저지르고 교도소에서 나온 전과자들이란 정말 이 사회의 아무 쓸모없는 쓰레기에나 비유되어도 오히려 모자랄 지경이었을 것이다. 그래서 범죄의 악순환은 끝이 없게 되어 있었다. 그들이 손을 씻고 새 사람이 되지 않는 한, 사람이 살아남기 위해 일상의 먹을 것과 입을 것 그리고 쓸 것들을 위해 그들은 또 다른 범죄를 저지르게 되어 있었다. 이 사회의 제도란 그들이 발을 못 붙이도록만 되어 있었지 그들을 갱생할 준비는 하지 않았다. 벼랑 끝에 몰린 사람이 할 짓이란 눈에 보이는 것이 없게 마련이었다. 그들은 돈을 위해서라면, 남들처럼 살아남기 위해서라면 서슴없이 모험을 하려고 대들었다. 감쪽같이 사람을 죽여 없애버릴 수만 있다면 그들은 그 방법을 선택하게 되었다. 그래서 돈이 생긴다면, 돈과 여자와 멋진 인생이 보장이 되기만 한다면 무엇 그리 두려울 게 있었겠는가. 한 번 정조를 빼앗긴 여자가 두 번 정조를 빼앗겨도 별로 슬퍼할 겨를이 없듯이, 그들은 그렇게 자포자기에 빠져 자신을 학대하고 있었는지 모른다. 또 그들은 자신을 학대하고 자포자기하다가 불쑥 강한 유혹에의 충동에 못 이겨 칼을 들고 남의 집을 털면 강도가 되고, 들켜서 증거인 멸을 위해 없애버렸을 때에는 강도살인이라는 어마어마한 죄가 되기도 했다. 그들은 자신들이 마음만 먹으면 절도가 되고, 강도가 되고, 강도살인이 되었고, 청부살인자가 될 수도 있었다.

그렇다고 법무부에서 그들을 종신형으로 감옥에만 가둬둘 수도 없는 노릇이었다. 그들에게도 최소한의 인간적인 배려로써 또 한 번의 사회복귀라는 출소의 기회를 주었지만 그들을 수용하기엔 너무나 먼 우리 사회였다. 그들이 있는 곳이란 마치 시한폭탄을 옆에 두는 것이나 다름없었다. 그들은 언제, 어떻게 폭발할지 모르는 시한폭탄이었다. 단지 이 안에 있는 순간만이 그들에겐 더 이상 죄를 짓지 않는 구원의 방주 역할을 했다. 그들이 지금 푸른 수의를 걸치고 열심히 빗자루질을 하는 것도 결국은 하루라도 빨리 사회로 복귀하여 또 다른 범죄, 그야말로 완벽한 범죄를 해서 돈을 거머쥘 궁리에 빠져 있는 순간이기도 했다. 지금 묵묵히 빗자루로 땅을 쓸고 있는 그들의 모습이 그렇게 온순해 보일 수가 없다.

종태는 담당과 같이 그들을 뒤따르며 그들이 청소를 해서 깨끗한 마당을 바라보고 있기도 했다. 간혹 그들은 담당과 종태가 모르게 사방에서 건네주는 먹을 것들을 눈 깜짝할 사이에 품속으로 집어넣는 모습도 눈에 띄었지만 모른 체했다. 일단 종태는 그러한 것들을 봐두었다가 나중에 필요성이 느껴질 때에 이야기를 하는 것이지 수시로 그때마다 지적을 하는 것은 남자답지 못하다고 생각하고 있었다. 더구나 자신은 반장이 아닌가? 그러한 사람들을 통솔하는 데엔 보스다운 기질이 철저히 요구되고 있었다.

어느덧 여사에 이르자 누군가 재빨리 쪽문 위의 벨을 눌렀다. 그 벨을 누르는 일도 서로 먼저 자기가 누르려고 안간힘을 쓰듯 눈에 보이지 않는 경쟁심이 일고 있었다. 남자에게 있어서 여자란 그렇게도 이상한 존재였다.

벨이 울렸는지 한참 만에 쪽문의 시찰구가 들려지고 여직원의 얼굴이 중간쯤에서 동그랗게 뻥 뚫려 보였다. 그러자 불쑥 장난을 치듯이 누군가가 얼굴을 확 들이밀며 소릴 쳤다.

"짠밥 푸러 왔어요!"

"아이구머니나! 무슨 소리가 그렇게 커욧."

여직원은 깜짝 놀랐는지 기겁을 하면서 저만치 물러나는 기색이다. 출역수들이 여담당을 골려줬다는 생각에서 킬킬거리며 웃는다. 늙은 놈이나 젊은 놈이나 모두 허연 이를 드러내며 웃고 있다.

덜컹, 문이 열리고 여직원은 화들짝 물러선다. 남자들은 언제나 우연인 것처럼 불쑥 뛰어들어가며 혹시라도 여직원의 몸에 접촉하기를 기대하지만 여직원은 재빠르게 피하고 만다. 그러한 것은 의도적인지, 아니면 정말 우연인지를 분간하기에 애매하게 이루어지기 때문에 여직원이나 담당도 어떻게 말할 계제가 못된다. 그들은 그렇게 짓궂은 장난을 쳤고 여사에만 들어가면 눈요기에 정신이 없는 것이다.

마침 그들이 들어갔을 때엔 여자들이 마당에서 뜀뛰기를 하거나, 걷거나 하면서, 또는 가벼운 장난을 치면서 노는 운동 시간이었다. 내청의 출역수들이 들어가자 여자들이 슬금슬금 다가와서 남자들의 주위로 몰려들며 둥그런 원을 그리고 있었다.

"야, 이년들아. 하라는 운동은 안 하고 뭣들 하는 거야! 뭐, 남자들만 오면 저렇게 오금을 못 펴니 원, 쯧쯧…… 날샜다, 날샜어! 어여, 운동이나 혀!"

여담당이 소릴 질렀지만 으레 그러려니 하고 서 있는 게 여자들이었다. 여담당의 눈초리가 조금 사나워졌다 싶으면 그 자리에서 몇 번 뜀뛰기를 하는 척하다간 이내 그것도 그만두어 버렸다. 남자들은 그런 여자들이 보는 앞에선 떠억 벌어진 가슴을 열며 웃옷을 벗어 땅바닥에 척 던져두고는 손바닥에 퉤침을 바르고는 삽을 곧추 쥐었다. 삽이 푸욱 잔밥통에서 한 삽 퍼올려 져서 리어카로 던져졌다.

종태는 여자들의 뒤쪽에서 여전히 걷기 운동만 부지런히 하고 있는 그녀를 발견했다. 이번엔 그녀도 어떻게 웃옷을 벗었는지 하얀 옷을 걸치고 있었는데 햇빛을 받아 그것은 새하얗게 빛나고 있었다. 그녀가 왔다갔다하는 것만 바라보는 종태의 눈이 이리저리 움직였다. 이번에도 담당은 한켠에서 여직원을 붙들고 무슨 이야기를 나누는지 서로 웃고 있었다.

그녀가 의식적으로 손목의 수갑을 감추려고 애쓰는 모습이 역력했다. 그것은 그녀가 느슨하게 팔짱을 껴서 운동을 하는 것으로 알 수 있었다. 종태는 그녀의 그러한 모습에도 스스로 감동하는 것이었다.

여자들이 잔밥을 푸는 출역수들에게 한눈을 파는 사이 종태는 천천히 그녀에게로 다가갔다. 그녀의 시선은 이제 다가오고 있는 종태에게서 떠나지 않았고 그러면서도 계속 제자리에서 운동을 하고 있었다.

"저어, 차종탭니다. 마침 운동을 나와 있었군요."

종태는 조심스럽게 말을 꺼내면서 조금 웃어 보였다.

"……"

여자도 이젠 안면이 생겨서인지 그저 웃어보이기만 하고는 별로 의심하는 기색이 없다. 종태가 빙긋이 웃자 그녀도 따라 웃는다.

그녀의 하얀 치아가 햇빛에 부서질 듯이 곱게 드러났다.

"편지를 보냈습니다. 받으면 답장을 해주십시오. 이 안에서 서로 조그마한 도움이라도 되었으면 좋겠습니다. 저는 아직 4년이란 기간이 남았구요…… 그러나 그것도 잠깐이리라 생각

243

합니다.”

“……?”

여자는 갑자기 웃음을 거둔 채 종태를 말끄러미 바라보기 시작했다. 그 눈빛이 너무 초롱하여서 금방이라도 물기가 번질 것만 같았다. 종태는 그 눈을 한참 동안 바라보았다.

“초면에 실례인 줄 압니다. 그러나 저의 간절한 생각은…… 희자 씨의 어떤 말이라도 듣고 싶군요. 너무 남자들 세계에서만 살아와서인지 제가 생각하기에도 딱딱한 줄 압니다…….”

종태의 목소리는 점점 기어들어가고 있었다.

“그게 아니예요. 저는…… 사람을…… 죽였어요. 그래서…… 수갑을 차고 있는 걸요. 얼마나 받을 지도 몰라요…….”

“다 압니다. 희자 씨가 굳이 말을 않더라도 저는 이미 모든 걸 알고 있습니다. 그게 뭐가 상관이 있겠습니까? 이 안에 있는 동안 서로 의지하고 무언가를 나눌 수만 있다면 그걸로 족합니다. 더 이상은 아무 필요 없을 겁니다. 편지를 받으면 꼭 답장을 하십시오. 내가 생각하는 모든 걸 적어 보내겠습니다.”

“……예.”

그녀의 낮은 대답이 들렸다. 종태는 눈물이 시큼 돋아날 지경이었다. 그녀의 눈을 똑바로 쳐다보며 무척 맑다는 것과 아무런 동요도 없었다는 생각이 동시에 들었을 것이다. 그녀의 가지런한 머리칼에 떨어지고 있는 오후의 햇빛이 찬란하게 부서지고 있는 것 같았다. 종태는 그때 아아, 하고 타잔의 흉내라도 내고 싶은 심정이었다. 소리를 질러 이 순간의 기쁨을 모든 이들에게 알리고만 싶었다. 그래야만 가슴에 가득 찬 사랑의 멀미들이 한꺼번에 빠져나갈 것 같았다.

"야야, 쟤 봐라. 쟤 또 남자랑 얘기하고 있잖아?"

어떤 여자의 소리가 있자 운동을 나온 여자들이 모두 이쪽으로 시선을 돌렸다. 종태에게로 모아지는 시선이 무척 따가웠다고 생각되었다. 종태는 일부러 딴전을 피기 시작했다.

"아, 옛날에 거기서 봤군요. 난 또 아무래도 안면이 있는 것 같아서. 하여튼 반갑습니다."

종태는 일부러라도 크게 소리를 질러서 마치 바깥에서 알았던 사람인 것처럼 꾸며대서 말을 하고 있었다. 그녀는 종태의 갑작스런 말에 어리둥절한 채로 서서 얼굴마저 붉게 변하고 있었다.

"이런 데서 이렇게 만나다니 정말 반갑습니다. 우리야 매일 잔밥을 푸러 오니까 맨날 만날 수 있겠습니다. 하하."

"……."

꾸며대는 말에 그녀는 그저 고개만 숙이고 종태가 일방적으로 말을 하고 있었다. 그러자 여자들의 의심스런 눈초리가 어느새 호기심으로 바뀌고 있었다. 이런 데서 아는 사람을 만나다니. 정말 좁은 세상이군. 대개 이런 눈초리를 담고 그들을 바라보고 있는 중이었다.

"그럼, 다음에도 종종 여사엘 들어오면 이야기라도 나누죠."

종태가 인사말을 하고 물러나자 이번에는 여자들이 우르르 몰려들었다. 무언가 재미있는 일이라도 생길 것 같은 호기심이 잔뜩 묻어 있었다.

"얘, 희자야. 너 저 남자 아는 사람이니? 어쩐지 저번에도 자꾸 널 보고 있드라."

한 여자가 재빠르게 지껄였고,

"이야, 너 이런 데서 아는 사람을 다 만나다니. 그것 차암 묘한 인연이다, 얘."

"저 남잔 아마도 반장인가 보다. 맨날 일은 안 하고 서 있기만 하는 것을 보니 말이야. 제법 주먹깨나 쓰는 사람인 거 같은데……."

여자들은 이제 희자에게로 모여들어서 나름대로 추측을 펴고 있었다. 그러나 희자는 아무런 말도 않고 서 있었다. 이번에는 어떤 여자가 다그치듯 물었다.

"너, 저 남자 옛날 애인 아니니? 떡대 봐라, 힘깨나 쓰게 생겼는걸, 저런 남자가 내 애인이라면 얼마나 좋겠어."

그러자 그녀의 주위에 몰려 서 있던 여자들이 한꺼번에 웃음을 터뜨렸다. 그 소리에 담당들도 흠칫 뒤를 돌아보았지만 여자들만의 장난이라 별로 의심하는 기색이 없이 다시 이야기에 몰두하고 있는 모습이었다.

"너, 저 남자 나한테 소개 좀 시켜줘라. 나가서 연애 좀 하게, 저런 남자라면 간통으로 다시 들어와도 원이 없겠네."

"호호호. 야, 너 미쳤냐? 징역살이도 지겹지 않냐? 아무리 그거도 좋지만 또 어떻게 여길 들어오니? 아예 우리 방에다 신방이라도 차리지. 안 그래?"

"아하하하. 그렇게 되면 얼마나 좋을라고. 그럼 우리도 좀 나눠 주겠지 뭐, 안 그러냐? 누이 좋고 매부 좋고, 얼씨구 좋구나야. 남자만 넣어주면 여기서 백날이라도 살겠네. 호호호."

"어머, 저 남자 가슴에 난 털 하고, 문신 좀 봐. 우와, 정말 박력 있게 생겼다 얘. 떠억 벌어진 어깨에 깔려서 한번 색이나 실컷 썼으면 좋겠다. 이거 증말 미치겠네."

파마기의 여자가 한숨이 섞인 듯한 말로 지껄여댔다. 그러자 여자들은 남자들 쪽으로 일제히 눈길을 주며 서로 히히덕거리기 시작했다. 이번에는 남자들도 삽질을 멈춘 채 여자들과 눈빛으로 분탕질을 해대고 있는 중이었다. 남자와 여자. 하여튼 이성이란 그렇게도 서로 눈빛만 마주치면 불똥이 튀는 거였고 온몸이 근질거렸을 지경이었다. 나른한 햇빛이 마치 사타구니에 기어들어 물고기의 입질처럼 간들간들 물어뜯을 듯이 간지럽히게도 하다가, 뻐근하게도 하다가, 불끈거리게도 했다. 사정을 미루다가 기어코 사정을 하려는 찰나의 격정처럼 화악 안으로, 불길처럼 타들어오는 욕정이었다. 그 불은 그냥 나무불이 아닌, 기름불이거나 화약불이었을 것이다. 사타구니의 어디쯤에서 타들어오는 건지 알 수 없는 불이었다.

여자들의 교태가 남자들의 은근한 심지에 불을 당겼고, 그 불을 맞은 남자들의 뻐근한 곳에서 한 바탕 전쟁이 일어날 것처럼 화끈거렸다. 남자들은 히이, 여자들을 바라보다가 여담당의 눈초리를 의식하고는 퉤 하고 손바닥에다 침을 바르고는 다시 삽날을 고쳐잡고 잔밥을 퍼대기 시작했다.

"에이, 여사만 들어오면 괜히 좆만 꼴리게 하니, 원…… 이거 말려 죽겠네. 한 코 주진 않고 약만 올리니 이거…… 하도 속아서 이젠 좆도 안 서네."

차돌이 투덜거리는 투로 말하자, 이번에는 은수가 받았다.

"쟤들은 그저 입으로 하라면 다 하는 여자들이지요. 형님, 뭐 그런다고 꼴리는 거 자꾸 죽이지 마십쇼. 그러다간 진짜 고자가 되어버립니다."

"하하하, 그래? 여기서 세워봤자, 창피지 뭐. 여자들에게 구경거리 만들어줄 건 뭐 있냐?"

"에이, 형님두…… 하하하."

은수와 차돌이 번갈아가며 삽질을 해대면서 사이사이 이야기를 주고받고 있는 걸 종태는 그저 가만히 듣고만 있었다. 은수와 차돌이가 나지막하게 지껄이는 이야기를 알아들은 여자들 몇이 쿡쿡거리고 웃고 있었다.

"아저씨들, 한 코 주려고 해도 징역이라서 줄 수가 있어야지. 담당들이 시퍼렇게 두 눈을 뜨고 감시를 하는 데 무슨 수로 줘요? 이 안에서 한 번 준들 밖에 있는 남편이 뭐 알겠어요? 한강에 배 지나간 셈이지 뭐. 담당들만 없으면 어디 가서 벽치기라도 해서 수고하시는 아저씨들한테 한 코 주겠는데, 이거 미치겠네. 안 그러냐? 너희들?"

길게 머리를 늘어뜨린 여자가 그렇게 씨부렁거리면서 괜히 옆에 있는 여자들에게 동조를 구하고 있었다.

"암요. 우리들은 뭐 사람들이 아닌가? 뭐 남자들만 꼴리는 모양인가요. 우리, 여자들도 마찬가지요. 어떻게 하룻밤만 남자들 방에 가서 잘 수 없나? 호홋."

여자들의 농지거리에 남자들의 입심도 점점 거칠어지고 있었다. 담당과 여담당은 그늘 쪽의 계단에 앉아서 이야기를 하면서 눈으로만 계호를 하고 있었다. 여자들과 남자들이 서로 가까이만 가지 않도록 경계의 눈빛을 보냈고 남녀 간의 농담에 대해서는 별로 간섭을 하지 않았다. 그들도 은근히 귀를 즐기는 모양이었다.

"뭐, 남자들은 화딱지가 나면 뼁끼통으로 들어가서 딸딸이를 친다면서요?"

어떤 여자가 대뜸 물었다. 그러자 여자들이 까르륵 웃었다.

그러자 먼저 말했던 여자가 다시 힘을 얻어 말을 계속하고 있었다.

"비싼 밥 먹고 뻥끼통에서 그냥 뽑아내는 거라면 차라리 우리한테 주지. 남자들은 왜 그렇게 쓸데없이 함부로 마구 버리는지 모르겠어. 한 번에 수억 명의 고아들을 뻥끼통으로 쏟아 부으니 구치소가 자꾸 넘치고, 뻥끼통이 자꾸 넘치지, 호호호."

"얘, 남자들은 부랄에 고이면 자꾸 뽑아내야지 안 그러면 스트레스를 받아서 방 안에서 자꾸 싸운대잖아. 너, 저번에 황 선생님이 말씀하시는 거 못 들었어? 히히힛."

여자가 지금 말하는 황 선생님이란 여사의 여담당을 말하는 모양이었다. 여자들은 한 번 말꼬리를 물면 끝도 없었다.

"아저씨들도 바셀린을 집어넣었는지 모르겠네, 거기에다가 다마까지 박았다면 끝내준다는데…… 아저씨, 그거 했어요?"

이번에도 파마기가 있는 여자였다. 그 여자가 질문을 하자 다른 여자들이 눈을 동그랗게 뜨고는 호기롭게 웃음을 흘리고 있었다.

은수와 차돌이 삽질을 하다말고 우뚝 섰다가 흐흐 하고 웃고 있었다. 그들의 이마엔 땀방울이 송글송글 맺혀 있었다.

"한 번 보여드릴까요? 얘는 닭벼슬처럼 쩌억 벌어졌고, 나는 이만하지요. 아직 한 번도 사용을 못 해봤는데 들어가기나 할는지 모르겠네."

"하하하…… 이 형님 건 말이예요. 얼마나 크게 키웠는지 대한민국에서 형님한테 맞는 그건 없을 거예요. 이만해요."

앞에서 닭벼슬처럼 생겨 먹었다는 것은 포경수술을 하면서 표피를 여러 갈래로 찢어서 그 갈래마다의 끝부분에다 일일이 다마를 박았다는 거였고, 뒤의 주먹을 들어 이만하다고 했던 것은 바셀린을 집어넣어 성기를 크게 만들었는데 마치 평상시에도 주먹만 하다는 것이었다. 그러니 한번 발기를 하면 아마 대한민국에서 맞는 것이 없을 거라는 말뜻이었다. 그러자 여자들이 더욱 바짝 긴장을 하는 눈치였다.

"호호훗, 그래요. 한 번 봤으면 쓰겠다. 얼마나 큰가."

역시 파마기의 여자였다. 가만히 보면 갸름한 얼굴에 화장을 하지 않아 기미가 조금은 있었지만 전체적으로 야한 분위기의 여자였다. 아마 간통으로 들어온 여자일 것이었다.

"여기서 보여줄 수는 없고…… 아마 쉽게 생각해서 댁의 입에다 못 들어갈 정도라고만 생각하슈. 보아하니 댁네도 입으로 하는 걸 안 해 봤을 리는 없구. 나중에 생각이 있거든 나가서 면회나 오슈. 그러면 나중에 출소를 하면 한번 맛을 뵈드리리다. 이곳에 있을 동안 칫솔로 문질러서 거북이 등가죽처럼 뻣뻣하게 만들어놓을 팅게."

"호호훗, 내가 키운 제비는 이제 차버리고 남자를 확 갈아부릴까보다. 걔는 요만해 가지고 위에서 깔짝깔짝거리다가 픽 싸

251

고는 나동그라지는데 이참에 확 가는 게 백 번 낫겠다. 아저씨, 저 나가면 면회를 올게요. 이름이 뭐죠?"

여자들이 또 재미있다는 듯이 웃는다. 은수와 차돌이 입맛을 쩍쩍 다시다가 손바닥에 침을 또 뱉었다. 그리고는 다시 삽날을 고쳐잡았다.

"이제 그만 합시다. 맨날 좆 꼴리는 이야기만 하다가 다 늙어버리겠수. 말이야 고맙지만 뭐 면회를 오겠수? 하여튼 밖에 나가서 봅시다. 나도 가출옥만 먹으면 두 번 겨울을 안 넘기고 나가요."

차돌은 이제 미련이 없다는 듯이 다시 삽질을 하고 있었다. 은수가 다시 삽을 잔밥통에다 푹 처박고 있었다. 그들이 한 번씩 허리를 펼 때마다 벌건 고추장 물이 밴 잔밥이 떠져서 리어카로 퍼부어졌다.

종태는 묵묵히 서서 희자를 바라보았다. 희자도 가끔 이쪽을 힐끗거리며 바라보다가 종태와 눈빛이 마주치기라도 하면 금방 얼굴이 빨개졌다. 그리고는 더욱 빠른 걸음으로 왔다갔다했다. 종태는 그 모습들을 하나도 빠뜨리지 않겠다는 듯이 찬찬히 바라보고 있었다. 그녀가 신고 있는 검정 고무신의 코끝에 색실로 수놓은 꽃무늬까지 예뻐 보였다. 여사에서도 자신의 신발에다 그렇게 표식을 해두기 위해 색실로 바느질을 해서 꽃무늬를 수놓는 모양이었다. 형형색색의 실로 수놓은 무늬는 어쩌면 그녀가 재판을 기다리며 초조함을 이겨내기 위해서 그런 것인지도 몰랐다. 종태는 자신이 좋아했던 은영일 죽이고 나서 일시나마 가졌던 불안함과 초조함을 잠시 떠올렸다. 그리고 그녀에 대한 막연한 가련함이 없지 않았던 것도 아니었다. 괜히 조직의 자금줄을 다 떠맡겨서 화를 자초케 만들었다는 후회감도 들었던 것이다. 그녀를 만약 자신의 조직자금책으로 내세우지 않고 그저 술집이나 하면서 살도록 내버려뒀더라면 아마 기식이와 같이 멀리 다른 나라로 튈 생각까진 못했을 것이었다. 은영이도 사실은 불쌍한 여자임엔 틀림없었다. 남자들의 세계에 끼어들면서 갑자기 통이 커져버렸고, 잔머리를 굴릴 줄 아는 여자가 되어버린 거였다. 종태는 뒤늦게나마 그러한 것을 깨달았지만 이미 소용없는 일이었다. 여자를 여자 이상으로 대우한다는 것이 자신의 최대의 실수였음을 시인한 것이었다.

희자는 몇 번인가 종태와 눈길이 마주치자 나중에는 그쪽에서 먼저 후, 하고 웃음이 터지는 모양이었다. 손목을 들어 입을 가리는 모습이 시야에 들어왔다. 그녀의 하얀 손목에 매달린 수갑이 햇빛에 반짝 빛났다. 종태는 그녀의 웃는 모습을 바라보다가, 그렇게 웃는 그녀를 좋아하다가 얼핏 눈에 스친 그녀의 손목의 수갑이 찬물을 끼얹었다.

불쌍한 여자.

종태는 입속으로 그렇게 되뇌었다. 사랑을 하려다가 사랑을 하기도 전에 식어버린 그녀의 첫사랑에 애틋한 감정이 물밀 듯이 올라오고 있었다. 종태는 어렸을 적에 냇가로 나가 멱을 감다가 쨍쨍 내리쬐는 냇가에서 모래성을 쌓다 어느 순간 높이 올라갔던 성이 그만 풀썩 쏟아져 내린 아스라한 기억들이 떠올라졌다. 그때의 안타까움처럼 지금 그는 희자를 바라보면서 그러한 안타까움에 흠뻑 젖고 있었다. 은영이 자신을 배신한 것과 그 남자가 희자를 배신한 것과는 다른 게 하나도 없다고 생각했다.

어쩌면 희자는 첫사랑을 바치면서까지 그 남자를 사랑했었는지 모른다. 그랬으므로 그 남자와 같이 죽어버리는 게 차라리 더 낫겠다고 생각했을 것이다. 그러나 종태 자신은 은영일 죽이고 나서 같이 죽어버리겠다는 마음까지 먹진 않았다. 아니, 아예 그러한 생각은 눈곱만치도 없었다. 차라리 그런 은영이라면 쥐도 새도 모르게 없애버리는 것이 낫다고 생각하면서 칼을 꽂았던 것이다. 그 칼이 그녀의 흰 가슴에 정통으로 꽂히기를 바랬는지도 모른다. 그래서 그는 정확하게 그녀의 가슴에 칼을 꽂았던 것이다. 이때까지 자신을 사랑했노라는 거짓말을 그는 그렇게 복수를 했다. 그녀는 그때 놀란 듯이, 마치 무언가를 말하려는 표정이었지만 결국 한 마디도 하지 못하고 저 세상으로 가버린 것이다. 종태는 그때 은영의 몸에서 일어나려다가 쓰러진 기식과 누운 채로 칼을 맞은 은영의 포개진 자세를 눈에 똑똑히 새겨두었다. 자신이 가장 신뢰하고 믿었던 부하와 애인에게서 소리 없이 흘리는 피를 바라보며 그 피가 하얀 시트를 적시고 있다는 것을 보면서도 얼마간은 그 자리에 서 있었을 것이다. 그가 은영의 가슴에서 칼을 뽑아 다시 서너 번의 칼질을 하지 않은 것도 끝까지 자신을 따랐던 부하에 대한, 은영에 대한 마지막 선처였다.

지금 운동장을 거닐고 있는 희자에 대한 그의 감정은 더욱 새로운 것이었다. 사랑의 배신에 상처를 입은 그녀여서인지는 모르겠지만 종태의 감정은 그랬다. 그녀의 울타리가 되어 주고 싶은 마음이었고 그녀를 위로해주고 싶은 심정이었다. 삭막한 징역 속에서 피는 한 송이 꽃처럼 다시 피게 하고 싶은 게 그의 바람이었다. 어떻게 하면 그녀를 다시 활짝 피게 할 수 있을까. 저토록 하얀 얼굴에 붉은 장미와도 같은 웃음을 피게 할 수는 없는 것일까.

종태는 지금 오후의 햇빛 속에서 그렇게 생각하고 있었다. 여자란 남자의 손에 의해서 죽을 수도 있었고 다시 꽃필 수 있는 거라고. 그러면 지금의 희자는 그의 손에서 활짝 피는 꽃이 되게 하고 싶었던 것이다. 비록 징역에서 느끼는 감정이었지만 희자에게서 느끼는 감정은 유달랐다.

"반장님, 이제 거의 다 폈는데 그냥 더 있다가 나갈까요?"

은수의 말은 너무 빨리 작업이 끝나서 서운하다는 눈치였다.

아직 잔밥통에는 다 푸지 못한 잔밥이 꽤 많이 남아 있었지만 그것만은 남겨놓고 하는 말이었다. 여자들이 아직 운동을 하고 있는데 이쯤에서 그냥 돌아간다는 것이 아쉬운 얼굴이었다.

"…… 왜 좀 더 놀다가 가고 싶냐?"

종태는 그의 말뜻을 알아차리고 그렇게 물었다.

"뭐 꼭 그런 건 아니지만…… 이왕이면 다홍치마라고 여기서 노닥거리는 게 훨씬 낫지요. 가봐야 맨날 보는 상판때기들뿐이니. 차라리 천천히 푸면서 저년들의 말상대나 되는 게 낫죠 뭐."

은수가 피식 웃는다. 종태도 따라 웃었다. 그건 긍정의 뜻이었다. 그러자 은수는 삽자루를 놓고 옆의 땅바닥에 풀썩 주저앉는다.

"에이, 형님. 좀 쉬었다가 해요. 징역에서 땀을 흘리면 삼 대가 빌어먹는대요. 세월이 좀 먹나, 어차피 법무부 시계는 돌아가는데 좀 쉬었다가 합시다."

그러자 차돌이도 삽을 놓고 땅바닥에 주저앉는다. 그들은 땅바닥에 주저앉아 빙 둘러선 여자들을 보았다. 여자들도 남자들처럼 쪼그리고 앉기 시작했다. 그들은 마치 무슨 협상이라도 하듯 서로 마주보고 앉아 무슨 말이든 튀어나오기만을 기다리는 표정이었다.

"여사엔 무슨 냄새가 그리도 나는지 모르겠수, 왜 그래요?"

은수가 시비조로 묻자, 여자들은 단번에 독이 오른 여자들처럼 얼굴빛이 빛나기 시작했다.

"뭐, 남자들은 안 나요? 시큼한 땀냄새에다, 방 냄새 같기도 하구, 하여튼 남자들이 더 냄새가 나지 아무려면 여자들이 더 나겠어요?"

"아니, 내 말은 그런 뜻이 아니라 여자들 사방에만 가면 코를 찌를 듯이 이상한 냄새가 막 나는데 마치 비린내 같기도 하고…… 하여튼 여자들 특유의 냄새가 진동을 하는 데도 여자들은 전혀 모르는가 봐."

은수가 킬킬거리며 웃자,

"그야, 뭐 여자들이라고 냄새가 나지 않으란 법은 없지요. 뭐. 바깥에서는 하루에 한 번씩 목욕을 하다가 여기에선 일주일에 한 번씩만 거길 닦으니 냄새가 날 수밖에, 호호홋. 안 그러냐, 너희들?"

여자가 다른 여자들을 둘러보며 동조의 대꾸를 요구하고 있었다. 그러자 다른 여자들도 킬킬거리며 거들었다.

"남자들 정액 썩는 냄새는 또 어떻구. 아이구, 그거 한번 맡으면 속에 있는 거까지 다 끄집어 올라오지. 어떤 골빈 놈은 그걸 마시라고 하질 않나, 아무리 돈이 좋지만 난 그런 건 못 마시겠더라."

이번엔 젊은 여자가 말하는 투로 봐서 아마 그런 데서 일하

257

고 있는 여자인 것 같았다.

"그거 불알 썩는 냄새지 뭐야? 그저 남자들이란 자기만 좋아한다고 해야 직성이 풀리는 동물이니깐."

"호호, 이 여자들이 남자들 앞에서 못 하는 말이 없네. 저 봐라, 저 아저씬 벌써 바짓가랑이가 불룩하니 솟았잖아? 너희들이 그러니깐 남자들이 속세에 좃 베인 것처럼 덮치질 않나, 윤간이란 게 다 생기는 거야."

조금 나이 먹어 뵈는 여자가 흐물거리며 나섰다. 그러나 말투는 여전히 노닥거리는 것이었다.

"앗따, 윤간이란 게 뭐 어떻수? 차라리 강간을 하고 나서 죽여서 몰래 땅에 묻어버리는 것보단 낫지. 강간이란 게 혼자 하다가 들킬 성 싶으면 목을 칵 졸라서 은밀히 감추려고 하는 데 비해서 윤간이란 나이 어린 애들이 성에 굶주려서 하는 짓 아니우?"

그러자 먼젓번의 여자가 눈을 허옇게 뜨고는 소릴 내질렀다.

"그럼, 니년이나 실컷 윤간이나 당해봐라. 밑이 너덜거리도록 당해봐야 저런 년은 정신을 차린다고. 그게 어디 사람이 할 짓이야, 그게?"

그 여자는 마치 남자들이 들으란 듯이 말을 했다. 그러자 젊은 여자도 지지 않았다.

"아이고, 성님. 저번에 방 안에선 새파란 젊은 것들이 배 위로 올라와서 찍 싸발기고 나가떨어지는 게 우습기만 하더라고 말을 해 놓구선. 여기선 또 웬 딴 말이우? 아, 글쎄 이 아줌니는 저번에 새파란 떼강도들이 낮에 들어와서 돈이며, 패물들을 다 갖고나가다가 혹시 이 아줌니가 경찰서에 신고를 할지 모른다고 생각해서인지 일곱 명이나 되는 떼강도들이 차례로 이 아줌니를 덮쳤다는 거지 뭐유. 손발을 묶어놓고 차례로 올라타는데 마치 장난을 치는 것처럼 간지럽다고 할 땐 언제고…… 하참."

그러자 나이 먹은 여자가 눈알을 부라렸다.

"야, 이년아. 그건 너희들 듣기 좋으라고 한 소릴 갖고 그러냐. 그렇다는 얘기지."

"와하하하……."

이번에는 남자들이 웃었다.

"근디 아줌마는 어떻게 여길 들어오셨소 그래?"

기록을 맡는 홍천이 넌지시 물었다. 그러자 이번에는 다른 여자가 톡 튀어나와서 말을 했다.

"이 아줌만 계를 하다가 돈을 떼먹고 사기로 들어왔지요. 아줌마, 한 칠천 되나요?"

그 여자는 능청스럽게 질문까지 곁들이고 있었다.

"야, 누가 내 죄명까지 다 들추래. 나가서 갚는다고 했잖아? 여기서 안 풀어주니까 떼먹고 있는 거지 뭐."

나이 든 여자는 능청스럽게 말을 뱉아내고 있었다. 그러자 여자들은 또 한바탕 웃어제꼈다.

"호호홋, 우리 여사에는요, 사연이 없는 여자는 없어요. 돈을 떼먹어도 다 사연이 있는 거구, 냄비를 돌리다가 붙잡혀 와도 다 사연이 있지요. 어떤 년은 남편이 밤마다 시원찮게 해준다고 붙어먹질 않나, 조루라고 붙어먹질 않나, 돈이 있으면서도 생리 날만 되면 백화점으로 가서 물건을 훔치지 않으면 불안해서 못 견디는 여자애도 있어요. 물건을 잘 훔치는 앤 바로 쟤고요."

말을 하는 여자가 손가락으로 가리키는 곳의 여자는 금방 얼굴이 홍당무처럼 붉어졌다. 그 여자는 금세 고개를 땅바닥으로 떨어뜨렸다.

"쟨, 이 안에서도 뭘 훔칠 게 없나 해서, 우리들이 쟤 생리일만 되면 서로 불침번을 선다니까요. 일주일 동안 지키는데 교대로 보초를 서지요. 여기서 함부로 남의 것을 훔쳤다간 몰매를 맞지요. 뭐. 아마 여기서 나가면 그 버릇 좀 고칠라나 모르겠네. 호호호."

남자들은 그 이야기를 듣자 호기심이 생겼다. 그 여자를 바라봤지만 곱상하게 생긴 이마와 깨끗한 피부를 가진 것이 별로 절도범 같진 않았다. 남자들이 호기심을 갖자 여자들은 더욱 주절거리기 시작했다.

"겉보기에야 누가 절도라고 보겠어요? 다만 미칠 때에만 절도를 하는 거지요. 아무튼 얘는 피를 보면 안 되는 얘랍니다. 호호. 그리구 쟤는 은행에 다니는데 애인이랑 겁도 없이 은행 돈 1억을 빼내 달아났다가 공금횡령으로 붙잡혀 왔어요. 아직 비린내가 나는 게 벌써 발랑 까져 가지고 뭐, 남자랑 마카오를 갔다가 왔다던가, 홍콩을 갔다가 왔다던가, 거기서 남자 새끼가 그곳 여자들이랑 몰래 오입을 했는지 얘한테도 성병을 옮겨 가지고 징역살이에다, 거시기 치료까지 해야 하니 이거 보통 일이 아니지요. 맨날 주사맞고 의무과 선생한테 거시기를 검사 받아야 하니…… 킬킬…… 하여간 잡년들이 다 우리 방으로 모였잖아요. 성병이란 팬티를 폭폭 삶아야 하는 건데 징역에서 팬티를 삶을 수가 있나, 그래서 쟤는 맨날 새 팬티만 입고 지내지요. 밖에 있는 가족들이 매일 면회를 와서 뭐라는 줄 아세요? 넌, 어쩜 맨날 그 안에서 팬티만 갈아 입냐, 라고 그러잖아요. 호호홋. 아마 밖에서는 방 안에서 감방장이 팬티를 뺏는 줄로 만 알고 있을 거예요. 그리구 쟤는요, 왜, 어수룩한 카바레 같은 데서 무식하지만 돈푼깨나 있어뵈는 놈만 골라서 춤 한번 같이 추고는 슬슬 오금다리나 벌려주면서 유혹해서 여관방 같은 곳으로 데리고 가서 한 번 신나게 하고는 남자가 잠들고 난 뒤에 호주머니를 뒤져 튀는 그런 얘지요. 시계고 지갑이고 닥치는 대로 싹쓸이하는 거지요. 아저씨들도 나중에 그런 데서 꼬리를 치는 여자를 만나면 조심을 해야 될 거예요. 저런 년들 만나면 동전 한 푼 안 남기고 다 쓸어가 버리는 거지요. 호호. 그리구 쟤는, 쟤 말이예요. 쟤는 남자들이랑 왜 삑치기라는 거 있죠? 남자 공범들이랑 같이 차를 타고 가다가 술이 취해서 차를 몰고 가는 차를 바짝 뒤를 따라가다가 갑자기 그 차의 앞으로 뛰어들어서는 브레이크를 슬쩍 잡아버리는 거지요. 그러면 뒤차가 미처 브레이크를 잡을 겨를이 없어 쿵 하고 박기만하면 죽어 나자빠지는 거지요. 아파서 죽는다고 아우성을 치고 병원으로 실려 가면 공범이 슬금슬금 운전자를 협박해서 합의조로 돈을 뜯어내지요. 음주운전에다 전치 10주 정도는 될 거라고 공갈을 치면 운전자는 꼼짝없이 걸려드는 거지요. 그래서 합의금을 나눠가지다가 재수 없게 걸려들었지요. 여러 번 했는데 우연히 똑같은 사람한테 또 수작을 걸다가 수상히 여긴 그 사람들한테 걸려든 거지요. 저런 년은 뒤로 넘어져도 코피가 난다는 것이고, 씹주고 뺨까지 얻어맞은 셈이지요. 완벽하게 하려고 남자 여자까지 섞여선. 했는데도 하필 똑같은 놈에게 걸릴 건 뭐겠어요, 안 그래요? 호호호."

"킬킬킬……."

여자의 주접에 남자들은 킬킬거리고 웃기만 했다. 전부가 재미있는 이야기들이었다. 남자들만큼 여자들의 경력도 다양했고 죄명도 여러 가지였다. 이번에는 은수가 넌지시 물었다.

"저 여잔 어떻게 해서 손목에 수갑을 차고 있죠?"

그렇게 묻는 것은 다름 아닌 희자를 가리키는 거였다. 그러자 여자들은 뒤를 돌아다보다가 희자를 가리키는 것을 알고는 호호호, 웃었다.

"아, 쟤 말이예요. 쟤는 간호사였는데 너무나도 슬프고도 슬픈 사랑을 했다가 저 꼴이 됐답니다. 말로 하려면 정말 슬픈 이야기예요. 처음에 쟤가 들어왔을 때, 신입을 하면서 쟤가 이야기를 하는데 너무너무 슬퍼서…… 얼굴이라도 안 예쁘면 또 모르겠는데, 얼굴은 예뻐 가지고 남자 새끼한테 줄레줄레 엮여 가지고…… 사랑이라는 게 뭔지…….

"어이, 다 됐으면 나가자구. 빨리 해야 저녁밥이 뜨기 전에 씻기라도 하지."

여자의 말이 시작되려는 사이에 종태가 중간에서 말을 끊어버렸다. 남자들은 종태의 말이 튀어나오자 주섬주섬 일어나서 볼멘소리를 냈다.

"아이, 반장님도…… 한창 재미있는 이바구가 튀어나오려는데 와 그랍니까? 오늘 저녁엔 재미있는 이야깃거리가 많았을 긴데 말입니다."

차돌이 알 수 없다는 표정으로 종태를 바라보았다.

"됐어. 빨리 작업을 끝내야지. 담당님이 자꾸 이쪽을 보잖아. 너무 오래 이야기를 하니까 그러잖아. 빨리 작업이나 하지."

"……."

종태의 말에 출역수들은 입이 부은 채로 말은 못하고 슬슬 삽자루를 쥐고 있었다. 여자들도 한참 재미가 있다 싶었는데 반장이라는 사람이 작업을 시키니까 그게 못마땅한 눈치였다. 그러나 여자들은 땅바닥에 주저앉은 자세 그대로였다. 그 자리에 펑퍼짐하게 앉아서는 남자들의 작업을 지켜보고 있었다.

"저 남자가 반장인가 보지, 자꾸 희자한테 관심을 가진 남자 아냐?"

"응, 뭐 바깥에 있을 때 병원에서 봤겠지 뭐."

여자들의 수근거림이 들렸다. 종태는 이제 희자에게로 눈길을 주지 못하고 담당이 있는 쪽으로 눈을 주었다. 담당은 여직원과 이야기를 나누느라 정신이 없었다. 무엇을 이야기하는지 여직원이 눈웃음을 치며 즐거워하고 있었다. 그러다가 간간이 이쪽을 돌아보며 살피는 것이 최소한의 계호 임무는 하고 있었다. 어느새 잔밥통의 바닥을 긁는 소리가 났고 마지막으로 리어카에다 삽날을 던져 푹 꽂는 것으로 여사의 작업을 끝냈을 때, 오후의 해는 기우뚱 기울어져 있었고 따가운 햇살도 많이 수그러져 있었다. 여사를 빠져 나올 때, 종태는 한 번 더 희자를 바라보았다. 종태가 그녀를 보았을 때 그녀도 마침 눈을 들었다가 시선이 마주쳤다. 그녀가 수갑을 찬 두 손을 들어 머릿결을 뒤로 쓸어넘기는 모습이었는데 그것이 그리도 아름다울

264

수가 없었던지 종태는 한참 지나 멍하니 그대로 서 있었다. 그 모습은 햇살의 반짝거림과 함께 실루엣처럼 깊게 각인이 되어져서 마치 환상 속의 여인처럼 보였다. 종태가 홀린 듯 손을 들어 답하려다가 그만두었을 때, 그녀의 하얀 치아가 반짝 빛났다. 아마 종태를 향해 무슨 말인가 하고 싶었으리라. 어쩌면 잘 가라는 속말이었을지도 모른다.

25

음지에서 피는 꽃

편지를 잘 받았어요.

너무나도 보잘것없고 엄청난 죄인인 저에게 그러한 관심을 가져준다는 것이 우선은 부끄러웠습니다. 들어서 잘 알고 계시겠지만 저는 사랑했던 사람을 죽였던 여자였습니다.

이곳에서 많은 시간을 두고 저의 잘못을 반성하곤 했지요. 한때의 철없음을 뉘우친다고 해서 이미 해결될 일이 아니겠지만 냉정을 되찾고 난 뒤의 고요 속에서 저는 많은 걸 깨달았습니다. 저의 인생이 끝이 아니듯이, 저는 어쩌다 인생의 이런 곳까지 와서 이런 경험을 하게 되었는지 실감이 나지 않을 때도 많았습니다. 이곳에서 속죄를 하는 마음으로 성경책을 보고 있습니다. 그리고 교회당의 집회에 나가서 열심히 기도를 해봅니다.

성경에 나오는 호세아의 아내 고멜과 같은 저에게 그토록 관심을 가지신 것에 대해 무어라 할 말이 없습니다. 보내주신 편지가 너무 고마웠고 저에겐 소중한 것이었습니다. 제가 그대에게 이렇게 답장을 보내는 것도 그대의 눈빛을 보고 진실함을 알았기 때문입니다.

이곳에서는 매주 토요일마다 기독교 집회가 열립니다. 저는 그 집회에 나가서 제가 배운 피아노 반주로 봉사를 하고 있지만 아직은 너무나 죄인임을 압니다. 피아노를 칠 때만 선생님들이 손목의 수갑을 풀어줬지만 저는 평상시에도 아무런 불편을 느끼지 못합니다. 이젠 오히려 내 몸의 한 부분인 것처럼, 그것이 나의 속죄인 양 차고 있지요. 밤에 잠을 자다가도 수갑을 만져보고 두 손을 모읍니다. 나를 기억하고 있을 한 남자가 있다는 것에 대해 감사를 하구요. 그리고 그대를 위해 기도를 드립니다.

하늘에 계신 아버지.

비록 떨어져 있지만 그분의 앞날을 위해 주님께 기도를 드립니다.

영으로 하나 되게 하옵시고 서로 위로가 되게 하소서.

죄악이 관영하는 세상에서 죄에 물들지 않도록 하여 주옵소서.

그대의 편지가 몇 번이나 제게 다가왔지만 답장을 쉽게 드리지 못했던 것에 대해 이해를 바랍니다. 처음이라서 아직은 아무 것도 모르는 상태였고, 그리고 차마 편지를 드린다는 것이 저로선 무척 어려웠습니다.

몇 번이나 망설이다가 편지를 띄웁니다.

학교에 다닐 땐 제법 시를 쓴다고 발표도 했었지만 막상 답장을 쓴다고 생각했을 땐 더없이 두려웠고 떨렸습니다. 저도 들어서 대충은 알고 있습니다. 아마 이곳의 생활에 대해서 아실 겁니다. 그래서 들은 얘긴데, 그대의 마음을 조금은 읽을 수가 있을 것만 같았습니다.

지금 이렇게 편지로 말씀을 드리는 데에도 많은 제약이 있음을 느낍니다. 물론 그대는 지금 제가 뭘 말하고 있는 것인지 알고 계실 겁니다. 이제 곧 재판이 시작되겠지요. 벌써 이곳에 온 지 두 달이 다 되어갑니다. 저는 이미 모든 각오를 하고 있지만 모든 걸 하나님께 맡기고 오로지 기도만 하고 있습니다. 그 분만이 저의 모든 걸 해결해주시리라 믿습니다.

그대의 편지 정말 고마웠습니다. 그리고 내용도 좋았고요. 내내 몸 건강히 지내시길 기도드립니다.

따스한 날에

희자 드림

종태는 담당이 건네준 봉함엽서를 받고 얼른 밖으로 나와 출역수들이 공용으로 쓰는 삥끼통으로 들어가서 편지를 읽었던 것이다. 깨알같이 또박또박 정성스럽게 써내려간 글씨들을 단숨에 읽었고 깊은 한숨을 내쉬고 있는 중이었다. 아, 즐거운 비명이라도 새어 나올 그런 기분이었다. 종태는 다시 편지를 펴서 천천히 읽어 내려갔다. 어디를 봐도 그녀의 구구절절한 사연이 안 들어 있는 게 없을 정도였다. 마치 자신의 앞에서 나직이 말하고 있는 것처럼 여겨질 정도였다.

종태는 마지막으로 다시 한 번 편지를 읽고서는 겉봉의 주소까지 보았다. '서울시 구로구 고척동 102번지 영등포 구치소. 4016번. 조희자 드림.'이라는 글씨가 세로로 세 줄로 씌어 있는 게 보였다. 그리고 수신인에는 김종태라고 적혀 있었다. 물론 주소는 담당의 집 주소로 적혀 있었다. 종태는 아쉬운 듯 편지를 잘게잘게 찢어서 삥끼통으로 쓸어 넣었다. 그렇게 해야만 그녀와 자신의 비밀을 지킬 수가 있었고 담당의 특별한 부탁이기도 했다. 만에 하나라도 출역을 나간 사이에 기동대가 들이닥쳐 사물을 뒤지면서 수검을 했을 적에 발각될 염려를 위해서였다.

물론 편지를 갖고 있는 것이 좋겠지만 그렇게 하지 못하는 것이 안타까웠다. 종태가 보낸 편지는 편지지에다 내용만 써서 담당에게 주면 담당이 알아서 봉투를 써서 부쳤기 때문에 일반 편지로밖에 보이지 않겠지만 그녀가 안에서 쓰는 편지는 구치소에서만 쓰는 봉함엽서였기 때문에, 더구나 그 편지엔 보내는 그녀의 주소란에 영등포 구치소란 것과 편지의 안쪽에도 '검열필'이라는 고무인이 찍혀 있어서 종태가 보관하고 있기에는 힘든 것이었다. 남사의 남자와 여사의 재소자 간에 편지 왕래가 있다는 것은 여기서는 있을 수 없는 일이었다.

차라리 먼 장래를 위해서도 편지를 없애버리는 것이 훨씬 안전한 일이었는지 모른다. 종태는 그냥 뺑끼통에 걸터앉아 막연히 그녀에 대한 생각으로 가득 찼다. 전에 같으면 은영일 생각하면서 자위라도 했겠지만 지금 그녀에 대해선 아예 그런 생각조차 들지 않았다. 그녀가 말한 하나님이라는 말이 아니었더라도, 그녀가 풍기는 쓸쓸한 분위기와 무엇인지 모르게 속죄하고 있는 구도자의 자세를 본 것 같아서 더욱 그러하였는지 모른다.

종태가 내청 막사로 돌아왔을 때, 원진이 마악 밖으로 나오고 있는 중이었다. 원진이 그를 보자 꾸벅 인사를 하며 말을 했다.

"반장님, 이제 그 사람이 면회를 왔나 봅니다. 반장님이 안 계셔서 한참 찾았는데."

원진은 얼굴에 기쁨이 넘쳐 있었다.

"그래? 네 집사람이 왔나 보구나. 가면 내가 시키는 대로 이야기를 잘 하고, 혹시 입회 담당님한테 이상한 기미를 눈치채게 하지 말고 잘해. 너도 징역을 살아봐서 눈치는 빠르겠지만 괜히 보고가 되면 보안과에서 이상하게 보니깐 조심하라구."

"예, 알겠습니다. 반장님."

원진은 다시 꾸벅 인사를 하고는 총총 주복도에서 기다리고 있는 면회 연출 담당에게로 나아갔다. 종태는 밝은 걸음으로 걸어가고 있는 원진의 모습을 바라보며 알 수 없는 희열 같은 게 번지고 있었다. 종태는 막사로 들어가려다가 말고 막사 옆의 철조망 울타리로 다가갔다. 거기에는 원예에서 키워놓은 각종 꽃들이 화분에 심어져 있었다. 철조망에는 나팔꽃을 비롯하여, 꽃호박이 심어져 있었고, 조롱박도 심어져 있어서 그것들은 한창 꽃들을 피워내고 있었다. 그리고 애들 주먹만한 호박이나 조롱박이 매달려 대롱거리고 있었고 파란 녹색의 잎들이 녹이 슨 철조망을 온통 뒤덮고 있었다. 거기에는 종태가 원예에 있을 때에 모판에 씨를 뿌려서 묘목을 키워낸 것들도 있을 것이었다. 종태가 있었을 때엔 생선 상자의 모판에 깨알만한 묘목이었는데 어느덧 자라서 저렇게 퍼렇도록 잎들이 무성해졌는지 몰랐다. 바로 곁에서 출역을 하고 있으면서도 지금까진 관심조차 없었던 것들이었다.

매일 새벽에 출역을 하면 그 곁의 수돗가에서 세수를 했고, 이빨을 닦았으며, 그 철조망에다 얼굴을 닦을 수건이며 모자를 벗어 두기도 했었지만 별로 관심을 가지고 들여다보지는 않았던 것이다. 언제 저렇게 자랐는지 몰랐다. 종태는 나팔꽃에다 얼굴을 대고 냄새를 맡아보기도 하고 풋풋한 잎들의 푸른 내음을 맡아보려고 애를 썼다. 그 냄새는 어렸을 적에 산에서 맡았던 잔디의 냄새와도 비슷하다고 느껴졌다. 싱그런 풀들의 내음이 상재했고 화사한 꽃들 사이로 붕붕거리며 날아다니는 벌들의 모습이 보였다. 벌들은 나팔꽃 안으로 기어들어가 뒤꽁무니만 남겨놓고 무언가를 열심히 찾는 듯 했고, 이내 뛰쳐나와 다른 꽃에게로 날아가는 것이었다. 꽃들은 벌들이 내려앉을 적마다 가볍게 흔들거렸고 간지러운 듯 깔깔거리고 웃는 듯했다.

그리고 발밑에는 화분에 담긴 팬지, 사루비아, 국화, 난쟁이 맨드라미 꽃들이 조그만 꽃들을 피워대고 있었다. 그 꽃들은 마악 앞다투어 피기 시작해서 조금만 더 있으면 구치소 내의 복도에나, 면회장의 길가에나, 바깥의 면회 대기실에나, 보안과 앞의 계단에나, 여사로 가는 길에도 놓일 것이었다. 구치소에는 건물이나 담벼락에도 흰색으로 칠해놓은 것처럼 화분으로나마 재소자들의 정서에 도움을 주려고 애를 쓰지만 그게 그리 도움이 되어주진 못했다. 각박한 구치소에서, 그것도 오늘 내일의 불안한 상태에서 꽃을 보며 여유를 가진다는 것은 애초에 기대할 수 없는 것들이었다. 그들은 창밖으로 보이는 화단의 꽃을 바라보는 게 아니라 무관심하게 바깥만 바라보았고,

꽃을 바라보더라도 그 꽃이 왜 거기에 있었는가 하는 의아심이나 가졌을 것이다. 가령, 자신의 처지를 생각하면서 그 꽃이란 것도 자신의 처지와 비슷하게 생각해서 '정말 너도 되게 복이 없어서 이런 곳에나 피었구나!'하는 정도였을 것이다. 그리고 그 꽃들은 구치소의 잔밥통으로 몰려든, 유난히 많은 비둘기떼들에 의해서 뎅겅 목이 잘려진 게 많았다. 비둘기라면 이곳 구치소보다 많은 데가 없을 정도로 많은 비둘기들이 살았고 그 비둘기들은 하나같이 땅으로 내려와 화분의 꽃대궁들을 부러 뜨렸다. 비둘기들이 녹색식물의 엽록소를 보충하는 것인지, 아니면 심심풀이 삼아서 꽃대궁을 꺾는 것인지는 모르겠지만 꽃나무마다 꽃대궁만 꺾어놔서 보기가 흉칙스러웠다.

종태는 철조망의 덩쿨 식물들을 보다가 무심코 9동 하의 독방 쪽으로 시선이 갔던 것이다. 철조망 너머로 보이는 독방에는 특별 수용된 사람들이 있었고 간혹 뺑끼통을 밟고서 바깥을 내다보는 재소자들이 더러 있었다. 종태가 무심코 본 30방은 칠규의 환영을 떠오르게 했다. 칠규의 간절한 호소처럼 어디선가 그의 목소리가 들리는 듯도 했다. 종태가 번쩍 눈을 들어 그 방 쪽으로 눈길을 주었을 땐 거기엔 아무것도 없었다. 다만 녹슨 쇠철망이 보였고 지금 자신이 서 있는 바로 앞의 울타리의 끝부분에서 나팔꽃의 가느다란 넝쿨손이 흔들거리고 있었다. 그 흔들림이 마치 칠규의 아우성이라도 되는 것처럼 애처롭게 느껴졌다.

형님, 나 사람 안 죽였어요.

칠규가 눈꺼풀을 바늘로 꿰매어버리고 절규를 하듯 말하던 것이 새삼 기억에 떠올랐다. 그리고 독방에서 운동도 나오지 않고 혼자 바깥만 내다보고 있던 그의 눈동자가 선명히 그려지고 있었다. 온실 안에서 몰래 내다본 그것은 어쩌면 우리에 갇힌 짐승의 모습이었다. 우리에 갇혀서도 포효하지 못하도록 입에 아구리를 씌운 짐승이었을 것이다. 그는 비오는 날엔 언제나 밖을 내다보며 어둠 속에서 무엇을 생각했는지 모른다. 자신에 대한 예감으로 그는 몸부림을 쳤는지도 모른다고 생각했다. 이미 그는 눈꺼풀을 꿰매었을 때부터 죽음에 대한 연습을 했는지도 몰랐다. 철저히 세상을 부정하기 위해 그는 눈꺼풀을 실로 꿰맸고 그것도 마음대로 안 되자 스스로 뼁끼통에다 목을 매단 것이다.

종태는 지금 자신이 이렇게 살아 있고 출역까지 할 수 있었다는 것에 대해 일말의 부끄러움 같은 게 들기 시작했다. 그것은 꼭 칠규가 스스로 죽었다고 해서 드는 것이 아니라, 자신이 가지고 있는 돈이란 것이 자신의 운명을 살려준 것이란 생각이 들어서였다. 이곳에서의 돈이란 과연 제 몫을 톡톡히 하는 것이었다.

칠규가 죽은 것도 사실은 돈 때문이었는지 모른다. 만약 칠규에게 돈이 있어서 변호사만 샀더라면 그는 아마 누명을 벗고 무죄로 석방이 되었을지도 모르는 일이었다. 그러나 그는 돈이 없었고 가족들도 씨 뿌리조차 돈이 없었을 것이었다. 그래서 가족들도 손 한번 써보지 못하고 그대로 방치해두다가 결국 스스로 목을 매어 결백을 주장했던 것이다. 종태는 천천히 뒤돌아서서 막사를 향해 걸었다. 이젠 칠규의 환영에서도 벗어나고픈 심정이었다. 그가 마악 걷기 시작했을 때, 면회를 마친 원진이 돌아오고 있었다.

"반장님, 면회를 마쳤습니다. 그 여자가 얼마나 고마운지 모르겠다고, 눈물을 글썽이면서 울더군요. 울다가 갔어요."

"……그래."

"이젠 그 여자도 그곳엘 나가지 않겠다고 말했어요. 내가 나올 때까지 조그만 가게라도 하면서 기다리겠다고 말했어요…… 정말 고맙습니다, 반장님."

"너, 아무한테도 그런 말 함부로 하지 마라."

"예……."

종태는 지그시 눈을 감았다. 그때 왜 칠규의 웃음소리가 크게 들렸는지 모른다. 칠규의 눈꺼풀에서 피가 흐르는 것이었는데도 그는 웃고 있었던 것이다. 종태는 퍼뜩 눈을 떠서 9동 독방 쪽으로 눈을 들어 바라보았다. 그러나 아무것도 보이지 않았다. 건물의 그늘에 가려진 울타리의 철조망만 보일 뿐이었다.

"자, 작업을 나갈 준비를 해라!"

그 지시는 주로 종태의 입에서 나온 것이었다. 내청 담당이 있었지만 그저 책상에 앉아 있기만 했지 일일이 작업지시까지 하지는 않았고 반장인 종태가 그때그때 시간에 맞춰 작업지시를 내렸다. 그러면 출역수들은 알아서 자기의 할 일을 했고 연장을 챙겨서 작업을 나갈 준비를 했다.

"저, 반장님. 오늘 교회당에 집회가…… 있는 데요……."

원진이 어렵사리 말을 꺼내고 있었다. 아마도 작업을 못 나가서 미안하다는 표정이었다.

"그래? 그럼 맨홀 작업이니까 가다가 너는 빠져서 교회당으로 올라가."

"예, 그러겠습니다."

원진의 얼굴이 환해졌다. 언제나 하는 부탁이지만 교회당에서 집회가 있는 날이면 종태는 선선히 원진을 보내주었다. 작업을 하는데 한 사람쯤 빠져도 표가 나진 않았다. 원진이 막사 안으로 들어가 성경책을 꺼안고 나오는 것을 보며 모든 출역수들이 리어카를 따라 걸었다.

오늘은 각 사동 사이마다 있는 맨홀 청소작업이 있는 날이었다. 종태가 들고 있는 맨홀의 위치가 그려진 지도에는 무려 70개에 가까운 표식이 그려져 있었다. 각 사동에서 흘려보내는 오물들을 거르기 위한 맨홀이었다.

"반장, 오늘은 좀 빨리 작업을 해야 할 걸. 맨홀 작업이 끝나자마자 곧바로 여사로 짠밥을 푸러 가야 하니까."

"알았습니다. 매일 밥 먹고 하는 게 그 일인데 애들도 알아서할 겁니다."

종태가 말하자 담당이 웃는다. 그 웃음은 종태를 믿는다는 뜻이었다. 그들은 나란히 걸어가면서 출역수들의 뒤를 따르고 있었다. 앞서가던 출역수들은 서로 장난을 치기도 하면서 우당탕 리어카로 내달리기도 했다. 그들은 절대 그냥 가질 않았다. 그저 몸싸움이라도 할 듯, 심한 장난을 쳐야 직성이 풀리는 거였다. 누군가 리어카에 올라타기라도 하면 리어카를 끌고가던 강식이가 갑자기 속력을 내었다가 뚝 멈춰버려서 안에 타고 있던 은수를 땅바닥에 떨어뜨리기도 하면서. 그렇게 해야 직성이 풀렸다.

"야, 이 새꺄. 좀 살살 몰아! 어떤 놈 장가도 못 가고 뒈지겠다!"

"히히힛, 넌 뒈져봐야 여기 공동묘지밖에 더 있냐. 넌 밖에 나가기만 하면 괜히 여자들을 강간하기만 하지. 아무 쓸모도 없잖아?"

강식이 은수를 놀려댄다. 은수가 강간치상으로 들어왔다는 것을 말함이었다. 그러자 은수는 리어카 안에서 몸을 이리저리 흔들면서 강식이 운전하는 것을 방해했다. 강식이 쩔쩔매자, 그는 더 즐거운 표정이다.

"야, 임마! 너 정말 자꾸 그러면 담벼락에다 콱 처박아 버린 다!"

"그래, 그래봐. 넌 안 다치냐, 그럼!"

"정말 박아뿌린다!"

강식이 인상을 써대며 윽박지르자 은수가 꼬리를 내린다.

"야, 좀 태워줘라. 어젯밤에 고년 생각이 나서 딸딸이를 좀 쳤더니 힘이 하나도 없다. 이럴 때 좀 봐주는 게 좋잖냐!"

은수가 빙글거리며 힘없는 표정까지 지어보였다.

"저 새끼가 그랬구먼. 아침에 뺑끼통에 들어가 보니까 바깥에다 허옇게 싸논 자식이 바로 저 새끼구먼. 야, 임마. 쌀려면 똑바로 정조준을 해서 싸야지 비싼 고단백질을 어디 함부로 싸냐! 그래 가지고 나가서 어떻게 여자들 거시기에 정조준이라도 하겠냐?"

"야, 나가기만 해봐라. 어디 깜깜한 밤이라도 손 하나 안 대고도 박을 수 있지. 야, 그런 거 갖고 걱정 안 해도 된다, 니나 걱정 많이 해라! 이 새꺄!"

"너, 순진한 처녀애를 졸졸 따라가서 칼 들이대고 야산으로 끌고 가서 강제로 할 때 재미 좋았겠다! 그래, 처녀디?"

강식이 능글거리며 비꼬는 투다.

"아암, 그런 맛이 있으니까 칼 들고 그러는 거지. 안 그러면 미쳤다고 그러겠냐? 칼로 여자의 팬티를 북 그어내리고 반항하는 여자의 허벅지를 한 방만 내지르면 꼼짝 못하는 기라. 그래야 겁을 집어먹거든, 축 늘어진 사타구니를 보면 좀 불쌍한 생각이 들 때도 있어. 그래도 어쩌겠냐? 일단 먹어야 맛을 알지!"

"짜식! 넌 아직 여기서 참회를 못 했어. 나가면 또 그 지랄할 판이군 그래. 그러다 너 진짜 청송감호소행이 될 기다! 너, 거기 가면 첩첩산중에다 절해고도여서 하늘밖엔 안 보일기다마!"

강식의 말에 은수도 지지 않겠다는 투다. 어디까지나 신랄한 농담들의 부딪힘이었다.

"야, 이 새끼야. 너나 감호소로 가서 푹 썩어뿌리라. 거기 가서 이빨이 다 삭아서 저절로 빠질 때까지 늙다가 나와라. 뭐가 할 게 없어서 양키들 씹 하고 빠는 비디오테이프나 만들어서 몰래 팔아먹고 다니냐. 그런 거 청소년들이 보니깐 이 나라가 이 모양이 꼴이지! 앞으로 여기 감옥소에 니 후배들 많이 들어오게 생겼다!"

둘은 서로 지지 않겠다는 듯이 으르렁거렸다. 그러나 말뿐이지 실제로 싸우지는 않는다. 싸워봐야 승산도 없을 뿐더러 잘못하면 독방으로 가서 징벌을 먹다가 다른 교도소로 이송이라도 보내버리면 저들만 손해라는 것을 그들은 알고 있었다. 그저 입으로 물고 뜯고 싸우면서 킬킬거리다가 마는 것이었다. 어차피 둘 다 그렇고 그런 죄명으로 들어온 놈들이었다. 은수는 강간치상이었고, 강식은 불법 비디오테이프 무단복제를 해서 배포한 음란물 저작권법 위반이었던 것이다.

"너 나가면 또 비디오 할 거냐?"

은수가 물었다. 그리고는 또 빙글거린다.

"왜. 임마! 너도 할래?"

"아니, 그게 아니라 아예 국내에서 생 비디오를 하나 찍지 그래?

그래서 그거 하나만 찍으면 만 장만 복사해서 한 장에 만 원씩만 받아도…… 음, 좀 계산이 복잡한데…… 음, 그렇지. 1억이란 돈이 들어오는구만. 테이프를 만들어서 전국을 돌며 한 번에 쫙 뿌리고는 저 멀리 시골로 날라버리는 거야. 그러면 고스란히 1억이 손에 떨어지잖아. 그리구 모델이야 방석집이나 미아리로 가서 삼삼한 아가씨 하나 잘 빠진 걸로 꼬셔서 한 번 찍는데 5백만 원 정도만 준다면 걔들이 침을 흘리고 달려들걸. 그리구 말이야, 남자모델이라면 내가 한 번 써주지. 하하하. 여기서 바셀린을 집어넣고 다마를 박은 걸로 한 번쯤 시험이라도 해볼 테니까. 그리구 여기서 알았다는 게 뭔가? 난 한 3백만 원만 집어줘. 그러면 생 비디오로 미국 것보다도 더 실감 나게 해볼 테니깐, 하하하."

"야! 그런 거 하면 널 쓰겠냐. 삼삼하고 잘 빠진 년 있으면 내가 먼저 하겠다. 그러면 3백이란 돈도 안 나가고 나 혼자 꿀꺽할 수 있잖아. 근데 왜 널 주니, 안 그래?"

"아이구, 넌 그것도 모르냐? 생 비디오를 찍는데 만약에 네 얼굴이 비디오로 다 나오면 또 붙잡히기 십상이지. 그럼 넌 다 팔기도 전에 붙잡혀. 그러니까 나를 쓰라는 거야. 임마!"

강식이 답답하다는 듯이 인상을 찌푸려 보였다.

"그럼 가면이라도 쓰고 하면 되지 뭘 그러냐?"

"야야, 그게 생 비디오냐? 그런 건 실감이 안 나잖아? 그래봐야 3백만 원만 더 드는데 뭘 그렇게 째째하냐. 비디오를 다 팔면 1억이라는 돈이 생기는데 너같이 돈 3백에 발발 떠는 놈은 큰일 저지르긴 다 글렀다, 이눔아!"

"그래! 우리 나가면 그거 한 번 해볼까?"

그제서야 강식이 군침을 흘리며 대들었다. 은수가 피식 웃는다.

"짜식! 이제서야 대가리가 도는군. 한탕 하고 멀리 도망치는 거야. 국내에서 찍은 비디오라면 불티나게 팔릴 거야. 돈 버는 건 하루아침이라구. 그리구 아가씬 내가 잘 가는 술집에 하나 아는 계집애가 있어. 얼굴도 잘 생기고 몸매도 잘 빠진 게 벗겨 놓고 찍으면 정말 지가 막힌 작품이 될 거다, 아마. 아예, 우리

나가서 합작으로 해서 반타작이나 하지, 교도소 동기라는 게
뭐냐? 여기서 같이 맨홀이나 퍼내고 여사에 들어가서 좆 꼴리
게 짠밥이나 푸면서 같이 고생을 한 동기생 아닌가, 어때?"

"하하하, 그래. 동기생 거 조오치! 누구든 먼저 나간 사람이
여기에 면회를 오기다."

"아암, 좋고말고. 이거 나가기만 하면 돈보따리 하나 챙기는
구만."

"하하하……."

"하하하……."

둘은 소리 내 웃었다. 그러자 이번에는 진석이 끼어들었다.

"그런 데라면 나도 한 가닥 끼워주슈! 나도 바셀린을 넣었으
니까 이만하면 되지 않겠수."

진석이 주먹을 쳐들어 보였다.

"야, 자꾸 공범이 많아지면 분배가 적어져. 셋이 나누면 뭐
남냐? 넌 그저 모델이나 하면 되겠다. 어때?"

"아아, 치우소 마. 차라리 나도 독립해서 따로 하는 게 백 번
낫겠네. 그거 뭐 어렵다고 그러슈?"

진석이 기분이 팍 상한 표정이다.

"야야, 니가 비디오 찍을 줄이나 알어? 그리고 너 그만한 돈
있어? 아무래도 계집년한테 5백은 줘야 할 거구. 그리구 남자
한테도 그만한 돈은 줘야 할 것이고, 또 여관이나 호텔을 빌

려서 며칠 동안 그 안에서 처박혀서 먹고 마시고 하려면 아마도 2천만 원은 쥐어야 할 거다. 너 무슨 재주로 그만한 돈이 있어?"

강식이 빈정거리자,

"앗따, 그럼 형은 뭐 있수, 변호사도 살 돈이 없어서 찍혀놓구선. 나야 나가서 뻑치기 한 건만 잘하면 2천만 원은 땡길 수 있수, 왜 그래요, 이거."

"하하하, 그러냐? 그럼 네가 들어와서 같이 뻑치기나 한탕하자. 그래서 그 돈으로 생 비디오나 한 번 찍자구. 교도소의 동기라는 게 뭔가? 교도소의 동기끼리는 서로 돕고 의리 있는 거 아니냐? 그래, 너 우리한테루 들어와라."

"하하, 그럼 저도 들어가는 겁니다!"

"알았어. 이렇게 같이 고생을 하는데 나가서는 한 번 잘 살아 봐야지, 안 그래? 하하하."

리어카를 끌며 이야기를 주고받는 그들의 음모는 척척 들어맞았다. 벌써 공범이 세 명으로 늘어난 셈이었다. 구치소의 동기란 것은 그래서 무서운 것이었다. 그들이 바깥에 나가서 실제로 만날지는 알 수 없는 일이었지만 그들의 야무진 음모는 너무나도 쉽게 어우러져 갔다. 그들은 어차피 이 안에 있는 동안 서로 연락이 되지 않았다 하더라도 이 좁은 서울 바닥에선 언제고 다시 만날 수 있는 것이었다. 범죄의 세계란 서로 통하는 무엇이 있었는지 우연찮게 만나지는 것이었다. 술집에서, 혹은 지하철 안에서, 어느 골목에서도 그들은 쉽게 만나지는 거였다. 그들이 주로 찾는 그런 곳은 언제나 그들만이 찾는 장소이기도 했다. 그러니 만나지는 것은 당연한 일이었다. 가령, 출소를 해서 같이 생활을 했던 누군가를 꼭 만나야겠다면 구치소에 같이 있을 적에 그가 바깥에 있을 때에 자주 입담에 오르내리던 술집이나, 창녀촌으로 가서 그의 이름을 대면 금방 그의 연락처를 알 수 있는 게 그들 세계였다.

그들이 첫 번째로 뚜껑을 연 맨홀은 직원 이발소와 6동의 사이에 있었는데 보름에 한 번 청소를 하는 것이었지만 벌써 오물이 잔뜩 차 있어서 시커먼 죽은 물들이 고여 있었다. 리어카를 옆에 세워놓고 그들은 고무장갑을 꺼내 손에 끼웠다.

"어이, 박 씨가 리어카를 잡고, 진석이하고 봉룡이가 퍼내. 나중에 힘들면 교대로 할 테니까!"

기록을 맡은 홍천이 소리치자, 진석과 봉룡이 얼른 삽을 꼬나쥐었다. 그리고는 부지런히 바닥을 긁어 올렸다. 삽날에 떠져서 올라오는 것은 새카맣게 변해 버린 오물덩어리였다. 오물을 퍼 올리자, 강식이 얼른 마대자루의 아가리를 벌려 갖다 대었다. 오물찌꺼기가 마대자루로 들어갔고 그러자 자루의 밑바닥에서 시커먼 물이 밖으로 흘러나왔다.

"야, 좀 더 아구리를 넓게 벌려. 삽이 제대로 들어가질 않잖

아. 넌 꼭 처녀 사타구니처럼 고렇코롬 좁게 벌리냐. 확 째지게 벌려뿌리라마!"

봉룡이 소리쳤다. 삽이 자루 속으로 들어가질 않는 모양이었다.

"알았어, 늙은 아줌마처럼 확 벌려줄게. 하하하."

"야, 이거 따뜻한 오뉴월에 이 짓하고 있으니 미치겄다. 누구는 바깥에서 활개치고 다니면서 강도질하고 또 누구는 깜방에서 허구 헌날 딸딸이나 치고 맨날 하수구나 쳐야 되냐. 이거 세상 불공평해서 어디 살겄나. 나가면 한탕 멋지게 해치워서 나긋나긋한 영계라도 한 번 품어야지."

"임마. 징역에서 무슨 뚱딴지같은 소리야? 자다가 남의 다리 긁지 말고 얼른 똥물이나 퍼. 푸다가 보면 법무부 시계는 돌아가고 나갈 날이 오는 기라! 출소한 뒤에 고런 생각을 혀!"

차돌이 옆에 서 있다가 한 마디 했다.

"징역 살고 나가면 시상 많이 변했것제? 우리 나가서 떼강도질 한 번 할까? 여관하고 미용실이 털기가 제일 좋제. 손님처럼 들어가서 손발 묶고 입에다 재갈만 물리면 되고, 기분 좋으면 엎어놓고 그거도 할 수 있고, 얼마나 좋으냐, 안 그래? 하하."

"하하하. 그거 조오치. 미용실 하는 여자치고 발랑 안 까진 여자 없드라. 하나같이 멋만 부릴 줄 알아 가지고 말이야. 그런

285

애들은 떼강도가 지나가도 끄떡도 안할 계집애들일 거다. 아마 툭툭 털고 나면 그만일 걸. 하하헛."

"우리 나가서 그거나 한 번 할까?"

이번에도 강식이었다. 그러자 누군가 퉁 쏜다.

"야, 너는 아까 번에 생비디오도 하겠다고 해 놓구선 또 떼강도냐? 넌, 도대체 뭘 하려고 그러는 놈이냐? 하려면 한 가지를 해라, 한 가지만 해!"

"아이구, 성님. 벌어먹고 살기가 그리 쉽소? 나가서 잘 안 되면 닥치는 대로 하는 거지, 여기서 이거다, 하고 딱 못 박고 나가는 놈 봤어요? 절도나 강도나 그게 그거고. 요강이나 꽈리나 똑같은 거지요 뭐?"

"야야, 저런 놈하고 같이 했다간 또 붙잡히기가 십상이야. 저렇게 지조 없는 놈은 꼭 붙잡힌다니까!"

"앗따, 그럼 뭐 형은 안 붙잡혀서 이 고생하고 있습니까? 밤이슬 맞아가며 담을 넘다가 개한테 발목 물리는 것보단 낫수. 잘 차려입고 멋을 내가며 고급 미용실만 골라서 털면 아무 이상이 없다구요. 아, 고런 년들이 한 번 윤간이라도 당하고 나면 입을 열겠습니까? 경찰이 와서 불어라고 혀도 안 불긴데."

"그런 게 판사한테 가면 더 밉게 보이는 기라. 최고형이 내려지는 줄도 모르는 놈이 까불어. 이제 일이나 해!"

차돌의 말에 강식이 입을 삐쭉거리다간 다시 삽을 고쳐 잡는다. 맨홀의 안쪽에 난 하수구 구멍마다 혹시라도 탈주를 막기 위해서였는지 철근을 잘라 구멍을 세로로 막아놓고 있었다. 오물이 그 쇠철근에 걸려 하수구로 빠지지 못하고 걸려 있었다. 그 장치는 어느 맨홀이건 간에 다 그렇게 되어 있었다. 도망을 치려면 맨홀을 들치고 바깥으로 나갈 수 있을 것을 예상한 구치소의 보안장치였다. 그리고 맨홀을 덮은 시멘트 뚜껑 위에도 길게 쇠막대를 가로질러서 그 쇠막대와 바닥의 고리를 맞춰 자물쇠를 채워놓아서 맨홀 뚜껑을 들어올리지 못하도록 해놓고 있었다. 일단 작업이 끝나면 기록을 맡은 홍천이 일일이 그 맨홀 뚜껑의 자물쇠를 채웠던 것이다. 담당은 다만 눈으로 기록인 홍천이 자물쇠를 채우는 것을 확인하고 있었다. 그리고는 다시 다음 맨홀로 가서 뚜껑을 열었고 그 안의 오물들을 퍼 올렸다.

"좀 쉬었다가 하지."

종태가 소리치자, 그들은 서로 그늘 속으로 들어가서 땅바닥에 펑퍼짐하게 둘러앉았다. 사동의 건물이 만들어주는 그늘이었다. 그 때는 배식반장을 겸하고 있는 홍천이 미리 자루에 준비해온 먹을 것들을 꺼내놓고 있었다. 말하자면 일할 때의 간식이었던 것이다. 그것은 순전히 종태의 통장에서 카드로 산 것들이었다. 홍천이 일일이 앉아 있는 사람들 앞 땅바닥에다 빵과 우유, 과자부스러기들을 골고루 나누었다. 그리고는 담당

287

과 반장인 종태의 몫은 따로 갖다 주었다.

그들이 그늘에 앉아 먹고 있을 때 방 안에 있는 미결수들이 신기한 듯 바깥을 내다보고 있었다. 방 안에 있는 그들로서는 아마도 재판이 끝나 징역을 산다는 게 바로 저런 거구나 하고 생각했을 것이었다. 그들이 볼 적에는 하나도 힘든 일이 아니었고 그저 노닥거리는 것에 지나지 않았을 것이다. 일을 하다가 힘들면 아무 데나 앉아서 쉬었고, 빙 둘러앉아서 먹을 것을 먹는 것이 한가하게 보였을 것이다.

"아저씨들! 좆 빠지게 고생이 많으시네요. 뭐 마실 거라도 좀 드릴까요?"

방 안에 있는 새파랗게 젊은 놈이 빈정거리면서 농을 걸었다. 그 말이 진정으로 수고를 하니까 먹을 것을 주겠다는 것인지, 아니면 그저 농담 따먹기나 하자는 것인지 애매모호했다. 출역수들이 그쪽을 보다가 허연 이빨을 드러내 보이며,

"아따. 젊은 놈이 되게 고맙네유. 혼자 실컷 처먹으쇼. 우리도 먹을 게 많으니까."

"……."

그러자 저쪽에서는 입을 다물어버린다. 아마 저쪽에선 다른 사람들보다도 종태의 앞가슴의 문신을 알아본 모양이었다. 그리고 떠억 벌어진 어깨를 알아보고 이크, 주먹잽이겠구나, 하고 몸을 사리는 표정이었다. 방 안에서도 눈치 하난 빨랐다. 그

저 묵묵히 바깥의 광경만 바라보고 있었다.

"요즘 애새끼들은 형님도 몰라보고 마구 까불어. 나가면 한참 동생뻘밖에 되지 않는 것들이 깝죽거리는 건 정말 못 봐주겠어. 징역도 많이 좋아졌지 뭘 그래. 옛날 같으면 달려가서 한 방에 주둥이를 까버렸는데 말씀이야."

누군가 우물거리면서 지껄였고,

"저런 놈들이 한참 까불 나이지. 징역을 몇 번 들락날락거려 보면 겨우 철이 들란가? 그때는 이미 빵잡이가 다 되었겠지. 정말 한심한 놈들이지."

중구가 지껄였다. 출역수들은 눈 깜짝 사이에 간식을 다 먹어버렸을 정도였다. 말은 하면서도 하나라도 더 먹으려고 은근히 서둘렀기 때문에 입 안이 다 헐어버릴 정도였다. 그것은 특히 딱딱한 과자를 먹을 때에 더욱 그러했다. 먹는 것도 눈에 보이지 않는 경쟁이 있었다.

종태는 앉아 있기가 심심해져서 그만 일어섰다. 그리곤 천천히 주벽 쪽으로 다가갔다.

혼자 생각할 겨를을 갖기 위함이었는지 모른다. 그는 주벽 밑에서 햇빛에 하얗게 바스라지는 벽에 묻은 횟가루를 손가락으로 문질러 보았다. 그 횟가루는 구치소에서 돈을 아끼기 위해서 해마다 시중에서 내다버리는 카바이트 노폐물로서, 그걸 얻어다가 벽에다가 칠했던 것이었는데 손만 갖다대면 바스락

으스러지는 정도였다. 종태는 손가락을 털면서 묵묵히 담벼락을 바라보기만 했다. 하얀 빛이 눈이 부시도록 따가왔다. 종태는 눈을 가느다랗게 뜨고는 그 햇빛과 눈싸움이라도 하듯이 눈의 근육에 힘을 집어넣고 있었다. 조금 있으려니까 눈알이 아파오면서 눈물이 배어나올 것만 같았다. 종태는 눈을 획 들어서 하늘을 올려다봤다. 파아란 하늘엔 구름 한 점 없었다. 정말 오랜만에 보는 청명한 하늘이었다는 생각이 들었다. 구름을 찾으려고 아무리 하늘을 눈으로 더듬었지만 구름은 보이질 않았고 대신 하늘을 나는 비둘기떼들만 시야에 잡혀 왔다. 비둘기들은 그 너른 하늘을 제멋대로 이리저리 날다간 배가 고프면 잔밥통이 있는 곳으로 다시 내려앉곤 했다. 종태는 그런 비둘기들의 무리를 쳐다보면서 갑자기 자유라는 것을 생각하기 시작했다. 왜 그랬는지 모른다. 갑자기 지금 생각되어지는 막연한 자유라는 낱말이 떠올랐고 그것은 이내 희자에게로 옮겨가고 있었다. 이번엔 그녀의 하얀 얼굴이 두둥실 허공으로 떠올라서는 그녀가 허공에서 웃고 있는 것만 같았다. 종태는 그녀의 첫 편지를 또다시 기억에 떠올리려고 애썼다. 그러나 확실한 글귀는 기억에 없고, 다만 종태의 편지를 받고서 자신은 너무나 고마웠다는 것과, 자신의 참회를 이야기하는 것만 또렷하게 떠올랐다. 종태는 그 내용들을 더듬어나가다가 어쩌면 그녀가 오래도록 자신을 기다리고 있었던 것은 아닐까하는 생각에까지 이르자 저절로 웃음이 터져나오려 했다. 종태가 하늘을 쳐다보며 웃었을 때, 은수가 깊숙이 끼어들었다.

"반장님, 왜 그렇게 하늘을 보고 웃고 있습니까?"

"응? 으응……."

종태가 눈을 내리면서 은수를 바라보자 은수의 어깨 너머로 이미 작업을 시작한 출역수들의 움직임이 보였다.

"하늘이 차암 맑습니다. 이런 날 바깥에 있었으면 멀리 여행이라도 갔을 건데……."

은수는 머언 공상을 꿈꾸듯이 아련한 목소리로 말하고 있었다. 여행? 여행이라…… 종태는 정말 꿈같은 말 같기도 한, 여행이라는 말에 다시 한 번 꿈길로 접어드는 것 같은 느낌이었다. 자신은 여태까지 낭만적인 여행이라곤 한 번도 해본 적이 없다. 그저 칼싸움을 했다가 멀리 지방으로 도피를 한다거나, 절간으로 숨어 들어가서 피신한 기억밖엔 아무것도 없었다.

살아가면서 가끔 여행이라도 할 수 있는 자는 얼마나 여유로운가. 종태는 지금에서야 자유스러운 여행에 대한 동경이 일어났다. 멀리 여행이라도 훌쩍 떠났으면 하는 마음이었다. 꿈같은 이야기겠지만 지금 여사에 있는 그녀와 같이 간다면 더욱 좋을 것이라는 생각에 이르자 절로 진저리를 쳤다.

그리움이란 오늘과 같은 맑은 하늘에 구름 한 점 없는 것처럼 공허하기만 하다. 생각하면 할수록 더욱 깊어지는 그리움의

필이. 처음엔 생각의 한쪽 끝이 젖다가 점점 더 젖어들어서 나중에는 급기야 다 젖어버리는 것이 아닌가. 지금 종태의 생각이 그랬을 것이다. 그녀를 생각하면서 젖어버린 기억들이 차츰 열병처럼 번지고 있었는지 모른다. 매일의 단순한 생활의 반복 속에서 그는 안간힘을 다해서 벗어나고 싶은 것이 바로 그녀에게로의 그리움이었다. 이곳의 생활이란 너무나도 단순해서 조금만 급하게 마음을 먹는다면 아마도 미쳐버리고 말 것이다. 미치지 않으려면 어떻게든 적응을 해야 하는 곳이 바로 이곳이었다. 과거의 자신은 온데간데없어지고, 다만 현재만 있을 뿐이다. 그리고 현재의 나라는 것도 엄밀히 말하자면 법무부의 신분장에 붉은 글씨로 쓰인 이름자만 남아 있을 뿐이다. 그 외의 다른 것이란 아예 존재하지 않았다.

종태가 문득 하늘에서 눈을 떼어 현실로 돌아왔을 때엔 이미 맨홀 작업도 끝났다. 자신도 모르는 사이에 이리저리 장소를 옮기며 작업은 진행되었고, 종태는 그저 아무렇게나 그들의 그림자만 따르다가 작업이 종료된 것이었다. 그토록 깊은 상념에 빠져본 것도 처음이었다. 그들이 막사로 돌아와 맨홀 작업에 필요했던 도구들을 깨끗이 씻어 도구창고에 넣었고 다시 여사로 잔밥을 푸러 나갈 채비를 하는 사이, 종태는 막사로 들어가 기록이 챙기는 먹을 것들을 넣어놓은 박스 안에서 사탕 한 봉지를 꺼내서 품 안에 집어넣었다.

여사로 가는 도중에 취장에서 마악 돌아오는 함 주임과 우연히 마주쳤다. 담당이 거수경례를 하는 것을 보고 퍼뜩 정신이 들어서 쳐다본 것이었는데 거기에는 함 주임이 웃고 서 있었다.

"종태, 작업을 나가나?"

"예. 여사로 짠밥을 푸러 갑니다."

종태가 머뭇거리다가 말했다. 함 주임이 빙그레 웃다가 다시 말을 꺼냈다.

"상호가 내일 새벽에 만기로 나가는데 오늘쯤 만기방으로 보내려고 하는데……."

"……?"

종태는 상호의 이야기가 나오자 자신도 모르게 얼굴이 굳어졌다. 그것은 처음에 종태가 출역을 하기로 하면서 상호도 같이 출역을 시켜달라고 요구했던 것인데 함 주임은 둘이서 또다른 음모를 꾸미려는 것인 줄로 알고서 일부러 상호를 먹방으로 처넣어버린 거였다. 그리고는 일체 외부와의 접촉을 못하도록 했으므로 종태로서는 일면 서운한 감이 없지 않았다. 처음에 함 주임이 상호를 그렇게 자신과 분리를 시킬 줄은 몰랐다가 뒤통수를 얻어맞고 나니 분통이 터졌지만 달리 어쩔 도리가 없었다. 이미 함 주임의 분명한 의도가 엿보인 이상 더 이상 그를 조르는 것도 무리여서 그대로 가만히 있었던 것이었는데 지금, 막상 내일이면 상호가 만기출소를 한다니까 이제서야 종태에게 스스로 나타난 것이었다.

원래 만기자는 미리 사흘 전쯤에 만기방으로 보내어졌다가 만기날 새벽에 열두 시를 넘기자마자 내보내는 것이었는데도 이때까지 먹방에 가두어 두었다가 오늘 저녁에서야 겨우 만기방으로 보내겠다는 거였다.

함 주임의 의도란 상호를 철저히 분리를 해서 다른 말이 혹시라도 튀어나오지 못하게 막는다고 그랬지만 종태로서는 섭섭한 감이 적지 않았다. 지금 종태로서도 미처 상호의 만기일을 짚지 못하고 깜빡 잊고 있었던 것이 부끄러웠다. 그러나 함 주임을 보자 그 부끄러움보다도 서운한 감이 먼저 앞섰다.

"한번 만나보는 게 어떻겠어?"

"……."

종태는 아무런 말도 하지 않았다. 그러자 함 주임이 얼른 담당에게 소리쳤다.

"담당은 여사로 인솔해 가지. 반장하고 내가 이야기할 게 좀 있으니까."

그러자 담당은 거수경례를 붙이고는 다른 출역수들을 데리고 여사로 향했다. 함 주임이 종태에게 다시 말을 꺼냈다.

"미안하게 됐어, 차종태. 워낙 사안이 사안인 만큼 소홀히 할 수가 없어서…… 지시가 그래서 내가 어떻게 할 수가 있어야

지. 그건 자네와 내가 철저히 보안을 하기 위해서는 오히려 잘
된 일이야. 상호도 이날까지 조용히 지내다가 나가니까 서로
안심이 되잖아. 내가 그동안 한 번이라도 종태와 면회를 시켜
줘야 했는데 내가 너무 바빠서 그만 시기를 놓쳐버린 거지."

함 주임의 변명은 뻔했다. 이제까지 자신이 모든 일을 꾸미
면서도 지금에 와서 위의 사람을 들먹이는 거나, 잊어버리고
시기를 놓쳐버렸다는 말은 또 뭔가. 그건 어디까지나 핑계에
불과했다.

"어때, 만나보지 않겠어? 상호가 이때까지 아무런 사고 없이
나갈 수 있다는 것도 정말 다행이잖아. 물론 종태가 입장이 어
렵다는 것은 내가 다 알지. 그건 내가 상호한테 몇 번이나 알아
듣도록 이야기를 했으니까 너무 신경 쓰지 말라고. 뭐 나도 공
직에 있으니까 매인 몸이 아니겠어? 그런 것쯤은 서로 이해를
하자구. 자자, 그렇게 어려운 폼은 잡지 말구⋯⋯."

"⋯⋯ 됐습니다, 주임님⋯⋯."

"뭘 됐다는 거야? 그럼 안 만나보겠다는 거야? 오늘 새벽이
면 이제 밖으로 나가는데?"

함 주임의 눈이 동그랗게 커졌다.

"지금 만나봐야 무슨 소용이 있겠습니까? 남자 새끼가 치사
하게 나갈 때가 되니까 그런다고 오히려 내 입장이 그렇습니
다."

종태는 잘라서 말해버렸다. 그러자 당황하는 쪽은 함 주임이었다.

"어? 그게 아니라니까. 내가 몇 번이나 상호를 만나서 종태의 입장을 이야기했다니까 그러네. 상호는 종태에게 어떤 다른 생각을 갖고 있지 않다니까 그래. 한번 만나봐. 내 말이 진짠가 거짓말인가. 만나보면 알지, 안 그래?"

"알겠습니다. 그럼 만나보지요."

종태가 대답을 하자, 함 주임은 그제서야 안도의 숨을 내쉬는 것 같았다. 그것은 새벽이면 출소를 하는 상호의 입을 단속하는 건 결국 종태 밖엔 없다는 것을 함 주임은 미리 알고 있었기 때문이었다.

그리고 조직세계의 일원인 상호와 종태에게 원한을 사봤자 아무런 득이 될 게 없기 때문이기도 했다. 이때까지는 서로 격리를 시키기 위해서 그랬다손 치더라도 지금은 서로에게 잘 보일 필요성이 있는 문제였다.

가장 중요한 것은 종태와 상호를 서로 끈끈하게 연결지어둠으로써 영원히 안심할 수 있도록 만들자는 게 그의 의도였다. 상호는 분명히 종태의 밑이었으므로 배신만 하지 않는다면 그 둘은 형제나 마찬가지였다. 조직세계의 형제란 피를 나눈 친형제보다도 더 의리가 중요시되는 것이었다.

종태가 함 주임의 뒤를 따라 관구실로 들어갔을 때, 함 주임

"아닙니다, 형님. 저는 그것까진 몰랐지만 함 주임이 와서 가끔 그런 말은 했었어요. 형님이 같은 출역장에 출역을 시켜달라고 요구를 했는데 그건 안 된다는 거였어요. 그렇게만 알고 있었습니다. 함 주임이 형님을 접근 못하도록 해놓았을 줄은 꿈에도 몰랐지만…… 그렇다고 형님을 원망하진 않았습니다. 맨날 어두운 먹방에서 담당하고 일 대 일로밖엔 대화를 할 상대가 없어서 그게 좀 괴로웠습니다. 하루에 세 번 밥이 날라져 올 때만 문이 열렸고, 그 때도 담당과 농담을 할 수도 없어서…… 그저 밥만 먹고 맨날 잠만 잤지요. 책도 불이 어두우니까 볼 수도 없어서 잠을 자다가 일어나서 운동이나 했습니다. 형님이 내청에 출역하고 있다는 것은 담당을 통해 들었지만 더 이상은 가르쳐주지 않습니다. 아마 지금 생각하면 철저히 함 주임이 지시를 내려놓은 게 틀림없겠지요. 담당들한테 물으면 전부 쉬쉬 하면서 입을 다물어버려서 이상하다는 생각은 했었습니다. 그 다음부턴 아예 담당들한테 형님에 대해서 묻질 않았지요. 물어봐야 아무런 소용도 없었으니까요. 끽해봐야 두 달이면 나갈 건데 하는 생각으로 참은 거지요. 형님한테 아무런 원망이나 섭섭한 생각은 없습니다."

상호는 말을 마치자 눈을 들어 종태를 올려다봤다. 그런 눈을 바라보자 종태의 가슴이 미어졌다.

"그래, 정말 미안하다. 내가 좀 더 손을 썼어야 하는 건데

…… 아까 함 주임이 그러더라. 우연히 작업을 나가다가 취장에서 만났는데 네가 만기로 나가는 순간까지 그대로 먹방에 됐다고. 오늘 저녁에야 만기방으로 올리겠다고 그러더라. 폐방을 하고 나면 내가 그쪽으로 가볼게. 그리고…… 나가면 면회를 자주 와라. 알겠냐?"

"예."

"나가거든 우리 얘들 만나보고…… 내가 그러더라고 하고 언제 한 번 치구하고 상면이랑 같이 와라. 그때 내가 지시를 할게 있다고 그래. 넌 나가서 이제 어떻게 할 거냐?"

종태가 물었을 때 상호는 그저 가만히 있었다. 마땅히 갈 만한 데를 계획해 놓은 것이 없는 모양이었다. 상호는 비록 영등포의 조직에는 속해 있지 않았지만 종태가 사이좋게 지내고 있는 이태원의 보스 용구 밑에 있었다. 전번에 종태가 이태원으로 갔을 적에 처음 본 후로 여기서 만났지만 그의 충성심과 의리 하나는 믿을 만했던 것이다. 그래서 묻는 말이었다.

"너 용구 밑으로 다시 들어갈 거냐?"

"아직은 모르겠습니다. 아마 내일 새벽이면 용구 형님이 직접 이곳 구치소로 나오거나, 아니면 동료들이 마중을 올 것 같습니다. 용구 형님한텐 종태 형님의 안부도 전해 드리겠습니다. 이곳에서 잘 지내고 계시다고……."

상호는 지금 130킬로그램의 거구답지 않게 목소리가 침울했다. 막상 나간다는 것이 그리 반가운 것만도 아닌 듯했다. 이곳에서의 고생이 조금은 서운한 눈치였고 종태에게는 미안한 기색이었다.

"그래, 나는 잘 있다고 그래라. 뭐 징역을 하루 이틀 살아보나. 그저 갑갑해서 그렇지 힘들 건 하나도 없지. 너…… 용구가 승낙만 한다면…… 내 밑에 와서 있으면 싶은데 말이야……."

상호가 얼른 고갤 쳐들었다. 그리고 종태를 나직이 바라보고 있었다. 그것은 원망의 눈빛이 아닌 의아심의 눈빛이었다.

"네가 와서 나를 도와주면 내가 없는 동안에도 아무 문제가 없을 것 같은데…… 용구가 널 놓아줄 리가 없겠지. 용구도 널 키웠는데 말이야……."

"……."

상호는 이제 아무 말이 없다. 상호는 먹방에 있는 동안 계속 조직세계에 남아 있을 것인가, 아니면 조직세계와는 일단 손을 끊고 다시 체대로 복학해서 학업을 마칠 것인가로 고민을 했던 만큼 지금 종태의 제의에도 쉽게 답할 수가 없었다. 그리고 자신은 어디까지나 용구와 끈이 맺어져 있는 상태였다. 먼저 그쪽과의 관계도 어떻게 될지 모르는 상태였다.

"하여튼 면회나 자주 와라. 그리고 나가선 절대 이곳에서 있었던 일은 함부로 말하지 마라. 이야기 안 해도 네가 더 잘 알겠지만 아직은 공소시효가 너무 길게 남았어. 어쩌면 넌 나와 죽을 때까지 그건 비밀로 해야 할 거다. 물론 함 주임도 입을 열 수는 없는 일이고…… 하여튼 축하한다. 나가서 몸보신이나 좀 하고 나서 천천히 면회를 와라. 나도 세월이 흐르면 여기서 나가겠지. 나가서 한번 같이 일을 해보자. 알겠냐?"

"예, 형님. 그럼……."

상호가 말을 마치면서 시멘트 바닥에다 공손히 무릎을 꿇었다. 그리고 무릎 앞에다 손바닥을 가지런히 놓고는 천천히 몸을 숙였다. 보스에 대한 마지막 인사였다. 절을 받는 종태의 눈가에 이슬이 맺혔다. 종태는 상호가 고개를 들기 전에 얼른 고개를 쳐들어 천장을 향하고 있었다. 상호가 눈을 들었을 땐 상호의 눈가도 축축한 것이 묻어 있었다.

"형님, 몸 건강하십시오."

상호의 말을 듣는지 마는지 종태는 그렇게 한참을 있었다. 상호가 일어나서 그 자리에 서자, 곧 문이 열렸고 함 주임이 들어섰다.

"어, 이야기가 다 끝났나? 상호는 왜 가려고?"

주임이 물었다.

"예."

함 주임이 종태를 보자, 종태는 아직 그대로 고개를 뒤로 젖히고 천장만 바라보고 있었다. 주임은 금방 분위기를 알아차리고는 짐짓 헛기침을 한 번 해보이고는 얼른 자리를 뜰 채비를 했다.

"그럼, 내가 만기방까지 데려다주지. 종태는 조금만 더 여기 있으라고. 상호를 데려다주고 와서 여사로 데려다줄 테니깐."

"……."

종태가 아무런 말이 없자, 함 주임은 상호에게 눈짓을 해보이고는 문 쪽으로 다가갔다.

"형님, 잘 계십시오. 저 가겠습니다."

상호가 다시 문 앞에서 종태를 향해 꾸벅 절을 했다. 그러나 종태는 아직 그대로였다. 종태의 귀에 문이 열리는 소리, 그리고 닫히는 소리가 났다. 그리고 저벅저벅 걸어가는 소리가 점점 멀어지고 있었다. 그 소리는 한 사람이 아닌 두 사람의 발소리였다. 종태는 상호가 나가고도 한참 동안이나 그렇게 앉아 있었다. 갑자기 썰물 같은 외로움이 다가들었다. 이 넓은 징역 안에서 혼자만 달랑 남아버린 듯이 허전함이 밀려왔다. 어쩌면 자신의 왼팔이나 오른팔이 잘려나가 버린 것 같았다. 그래서 눈을 내리면 그렇게 잘려나간 어깨가 바로 보일 것만 같았다.

그리고 제일 아쉬운 것은 상호에게 좀 더 잘해줄 수 있었을 텐데 하는 후회감이었다. 지금 상호가 떠나버린 공간이 종태에겐 허전함으로 남았듯이 지나간 것들은 그렇게 아쉬움으로 남아 있었다. 종태는 머리를 세차게 흔들면서 제 정신으로 돌아왔다. 그리고 찬찬히 더듬어보았다. 자신의 미래를 미리 끄집

307

어내 보듯이 자신의 앞날에 대해 열중했지만 그건 더욱 알 수 없는 것이었다. 자신이 앞으로 이끌고 나갈 조직의 문제도 그렇고, 이 안에서 지겹도록 기나긴 세월 동안 살아갈 일이 우선 꿈만 같았다. 어느 하나도 자신이 마음을 먹는다고 해서 간단하게 해결될 일은 아니었다. 마음 같아서는 방금 떠나간 상호처럼 이제 몇 시간 후에 밖으로 나간다면 문제는 간단할 것이었다. 그러나 자신은 아직 형기의 절반도 채 못 산 기결수였다. 갑자기 갑갑해져오는 것이었다. 징역이란 데가 원래 그런 곳이었는지 모른다. 조용하다가도 더 빨리 나가겠다는 생각을 먹음과 동시에 조급증이 들이닥치는 곳이 바로 징역살이었다.

그러고 나면 불안과 초조, 우울함이 동시에 찾아들어 한참 동안 울적하게 만드는 거였다.

함 주임이 안으로 들어섰다. 그는 자리에 앉지도 않은 채 말을 건넸다.

"아직 여사에서 작업을 하고 있겠지?"

아마 종태를 어디로 데려다 줘야 할지를 묻는 말이었다.

"아직 짠밥을 덜 펐을 겁니다. 여사로 데려다 주십시오."

"그럼 여사로 가지 뭐. 내가 데려다 주지."

함 주임이 먼저 관구실을 나갔고 종태는 일어나서 주임의 뒤를 따랐다. 복도에는 면회를 다녀오는 재소자들이 한 무리의

308

떼를 이루며 지나가고 있었다. 그리고서 또 한참을 걷다가 보면 또 한 무리의 면회자들이 다가오는 게 보였다. 복도에는 여러 재소자들의 무리가 떼를 지어 이동하고 있었다.

"상호가 만기방으로 안 와도 된다고 그러더군. 혼자 조용히 생각을 하다가 나갈 거라고 종태에게 전해달라고 그러더라. 내가 보니까 이제 섭섭한 기색은 없어. 아마 혼자 있고 싶은 모양이지."

함 주임이 혼잣말처럼 뇌이고는 그대로 걷고 있었다.

"주임님, 그래도 제가 한 번 가봐야겠습니다. 내가 너무 소홀했던 것 같아서 미안해서 그럽니다."

함 주임은 말이 없다. 그저 못 들은 체 걷기만 하고 있었다. 종태는 다시 한 번 말을 꺼내려다가 그만둬 버렸다. 벌써 면회실이 눈에 보였고 금방 보안과 사무실로 접어드는 곳이었기 때문이다. 보안과 앞을 지나서 여사로 걸어가자 여사의 입구에는 마악 오후 재판을 받고 돌아온 여자들이 포승줄에 묶인 채로 문이 열리기를 기다리고 있는 게 눈에 띄었다. 그 옆에 남자 담당이 계호를 하고 서 있었다. 주임이 다가가자 담당은 얼른 손만 올려서 경례를 했고 '문이 왜 안 열리는 거야.'라면서 철문을 발로 쾅쾅 걷어찼다. 그제서야 안에서 대답 소리가 들렸고 덜커덩 문이 열렸다.

한 떼의 무리가 들어서고 주임이 나타나자 여직원은 얼른 거수경례를 붙였다.

"근무 중 이상 없습니다."

여직원의 경례를 받는 둥 마는 둥하고 주임이 물었다.

"아직 내청이 작업을 하고 있는가?"

"네, 뒤 운동장에 있는 것 같습니다."

주임은 그 말소리를 뒤로 하고 여사 건물의 옆으로 난 좁은 통로로 들어서고 있었다. 거기서 몇 발자국 걸어가자 곧바로 내청이 작업을 하고 있는 게 직통으로 보였다. 작업을 하고 있던 진석이 이쪽을 보다가 주임을 발견하고는 얼른 '담당님!'하고 부르는 소리가 들렸고 건물 뒤편에서 후닥닥 담당이 나타나는 것이었다. 아마 진석이 담당을 부르자 필시 누군가 순시를 오고 있다고 판단한 담당이 급작스럽게 나타난 것이었다.

"근무 중 이상 없습니다."

함 주임은 귀찮다는 듯이 손을 허리쯤에까지 들었다가 경례를 받았다는 표시만 내고는 도로 손을 내려버렸다. 그리고는 담당의 곁으로 갔다.

"음, 반장을 데리고 왔어. 나하고 이야기를 좀 했으니까 ……그런데 여사에서 같이 운동을 나와 있군 그래?"

함 주임이 신음처럼 말을 하자, 저쪽에서 여직원이 거수경례를 했다. 어느 틈에 여직원도 그들 무리 속에 섞여서 마치 계호를 철저히 하고 있는 것처럼 연출하고 있었다. 그런데 함 주임의 인상은 약간 찌푸려져 있었다. 함 주임이 손을 들어서 여직원 보고 오라는 손짓을 했다. 여직원이 곁에 오자,

"남자들이 이렇게 작업을 와 있는데도 여사에서는 꼭 운동을 시켜야 되나?"

함 주임이 힐난조로 나무라고 있었다. 그것은 계호상의 문제점을 지적하는 것이었다. 만일의 경우에 남자들이 미친 척하고 여자들을 덮쳤을 경우를 미리 경고하는 말이었다. 그리고 계호법상에도 남자들이 여사엘 들어와 있는 경우에는 가급적이면 여자들의 바깥 이동을 자제하는 것이 통례였다.

"네, 주임님. 지금 이 시간에 남자들 작업 때문에 운동을 시키지 않는다면 폐방 때까지 운동을 전부 시킬 수가 없어요. 운동 담당이 저 혼자인데 어떻게 많은 방을 다 시켜요?그래서 할 수 없이 따냈습니다."

"……."

여직원의 말에 주임은 말할 건더기가 없었다. 딴은 그랬다. 내청에서 작업을 하고 있는 동안에 운동을 중단한다면 오후 폐방 때까지 수십 개의 방을 전부 운동을 시킨다는 것이 무리였다. 그렇다고 각 방마다 3분씩 주는 운동시간을 줄여서 할 수도 없는 노릇이었다. 안 그래도 재소자들은 운동 담당들이 운동 시간을 조금씩 떼어먹는다고 항의를 하기가 일쑤였다. 재소자들은 비록 시계가 없었지만 감으로 대충 시간을 짐작하는 것

이었다. 가령, 어제보다도 오늘이 조금 짧았다고 생각되면 운동담당이 시간을 떼어먹어서 그런 거라고 투덜거렸고, 가끔은 보안과장이 순시를 하거나, 소장이 순시를 하는 시간에 그런 이야기를 까바치는 여자도 있었다.

운동 담당들이 각 방마다 5분씩만 떼어먹는다면 수십 개의 방을 운동을 시켜야 하는 담당으로서는 나중엔 한 시간 이상이나 쉬는 시간이 생겼기 때문이다. 그러면 운동근무를 마친 담당은 자유 시간으로 휴게실에서 쉬거나 놀 수 있는 시간이기도 했다. 간혹 그렇게 시간을 떼어먹는 직원이 있었던지 자주 건의가 들어가는 것이 바로 운동시간을 철저히 해달라는 주문이 있기도 했던 터라, 주임은 더 이상 여직원에게 어떻게 따질 수도 없었다.

"남자들이 여사엘 들어왔을 땐 더 신경을 써서 근무를 하라고."

그러한 말만 남기고는 휭 하니 가버렸다.

종태는 아까부터 희자에게로 눈길을 주고 있었다. 주임이 가버리자 담당이 물었다.

"무슨 얘길 그렇게 했나?"

"뭐, 아무것도 아닙니다. 요즘 어떻게 지내는가 하는 것도 묻고…… 오늘 동생인 상호가 만기방으로 올라가는데 마지막으로 서로 면담이나 시켜주려고 부른 겁니다."

"아, 그 먹방에 있었던 친구 말인가?"

"예."

종태는 대답을 하면서도 초조해졌다. 여자들의 운동 시간이 곧 끝나지나 않을까 하는 조바심이었다.

"다른 말은 없었고?"

담당은 눈을 빛내며 다시 물었다. 혹시 무언가를 알아내려는 눈빛이었지만 종태는 태연하다.

"예, 별다른 말은 없었습니다. 상호한테 계속 먹방에만 있게 했던 것이 미안하다고…… 그래서 저를 부른 것 같습니다."

"근데 이상하단 말이야, 왜 함 주임이 상호라는 친굴 나갈 때까지 계속 먹방에만 있게 했지?"

"그건…… 잘…… 모르겠습니다. 아마 내가 생각하기엔 상호가 전에 이곳에 있었을 때 뭔가 함 주임한테 잘못 보인 게 있나 봅니다……."

"그래 ……?"

담당은 석연치 않은 눈빛이었다가 이내 평정을 되찾고는 슬슬 여직원에게로 다가갔다. 그 여직원도 건물의 그늘로 다가들었고, 이번에는 여자들이 우르르 내청이 작업하는 곳으로 모여들고 있었다. 하여튼 재소자들은 담당이 조금만 틈을 보이면 같이 흐트러지는 거였다. 그게 그들의 생리였다. 좀 더 재미있어지고 싶고, 좀 더 여유를 부리려는 게 그들의 습관이었다.

"아저씬 어딜 갔다가 왔나 봐? 오늘은 안 보이길래 이 가시나들이 얼마나 찾았다구요, 호호호."

여자들이 종태를 보고 하는 소리였다.

종태는 대꾸도 하지 않고서 그저 빙긋이 웃기만 했다. 그러자 여자들은 한 술 더 떴다.

"하이구, 저 웃음 때문에 미친년이 다 생겨난다니깐. 얘, 봉희야! 니 애인 여기 있네!"

여자들이 까르륵 웃어제꼈다. 아마도 봉희라는 여자가 은근히 종태에게 관심을 가졌던 모양이었다. 봉희라는 여자는 얼굴을 벌게가지고 좀 전에 말한 여자에게 대들었다.

"야! 이 가시내야. 이 안에서 애인이면 뭘 해! 손 한번 잡아볼 수가 있나, 입이라도 한 번 맞춰볼 수가 있나. 니나 애인해라 마!"

"호호호. 봉희 저 가시나, 방 안에서는 마치 제 애인이라도 된 것처럼 호박씨를 까더니만 막상 앞에 있으니 딴전을 피네!"

그러자 다른 여자가 말을 꺼냈다.

"저 남잔 죽으나 사나 우리 희자만 붙잡고 얘길 하더라. 누군 밖에서 한 번 만났다고 팔자 피고, 누군 거들떠도 안 보네. 이 안에서 남자 여자끼리 연애라도 한 번 해보려고 했더니 이거 안 되겠는데!"

"호호호, 이젠 아예 까발리고 면전에서 구애를 하네, 미친년!

314

호호홋, 거, 재밌다."

"아, 여기서 연애 좀 하면 안 되냐? 징역에서 연애를 해야 진짜 제맛이지. 안 그래?"

"아흐흐흐, 그래, 너무 재밌다 애! 그럼 니가 한 번 꼬셔봐라. 저 남자가 넘어오나."

여자들의 농담은 끝이 없었다. 종태는 눈으로 희자만 바라보고 있다가 희자와 몇 번인가 눈길이 마주쳤다. 눈길이 마주칠 때마다 희자 쪽에서 먼저 눈길을 거두어갔다. 종태는 그녀의 곁으로 다가 가고 싶었지만 참았다. 여자들의 입방아가 무서워서였다. 대신 그는 품속에서 사탕봉지를 꺼내서 손에 들었다.

"이거 저 아가씨한테 좀 갖다 주십시오."

"……?"

종태가 사탕봉지를 내밀자 여자들의 눈이 휘둥그레졌다. 그 눈빛들이 깜짝 놀란 듯했다. 이건 전혀 예상조차 할 수 없는 일이었기 때문이다.

"하이구, 뭘 이런 걸…… 조희자년 복이 터졌구만. 남자한테서 사탕도 다 얻어먹고…… 야, 희자야! 이리 와라! 너 좀 보잰다!"

여자가 소릴 쳤지만 희자는 저쪽에서 보고만 있을 뿐 다가오지는 않았다. 다만, 여자들을 보는 것인지 종태를 보는 것인지 모르게 이쪽으로 계속 눈길을 주고만 있었다.

"어여, 이리 와서 이거 받으라니깐! 아는 사람이 주는 갑다! 가는 정 오는 정이 무척 곱구만! 나도 바깥에서 만났던 놈팽이 하나 만들어야 쓰겠네!"

여자가 불렀지만 희자는 올 기미도 없었다. 그저 빤히 이쪽을 보고만 있었다. 이번엔 여자들이 우르르 그쪽으로 몰려갔다. 희자가 달아나려다가 곧 그들의 포위망에 갇히고 말았다.

"너, 이거 우리랑 나눠 먹자! 너 혼자만 먹으려고 하진 않겠지?"

"……."

희자가 여자들 틈에 싸여서 종태를 바라보다가 눈을 떨어뜨렸다. 그러자 여자들이 봉지를 뜯었고 알사탕들이 튀어나오기가 무섭게 여자들이 하나씩 거머쥐었다.

"야, 좀 조용히 해! 우선 담당님부터 맛보기로 갖다주고 나서 나눠 먹자구. 염치없이! 뭐 담당님은 입이 아니냐! 가만 있어 봐!"

방의 대빵인 듯한 여자가 그렇게 소릴 쳤고 여자들은 곧 조용해졌다. 그리고 나선 여자들이 다시 우르르 흩어지면서 입에 알사탕 하나씩을 물고 있었다. 아까 대빵이었던 여자가 사탕 몇 알을 들고 담당에게로 다가가는 게 보였다.

종태가 보기에는 그녀는 사탕을 입에 넣지 않고 그대로 들고만 있었다. 하얀 손에 쥐어져 있는 사탕의 비닐이 보였다. 그녀

가 종태를 바라보자 종태가 빙긋이 웃어보였다. 그때서야 그녀
에게서도 엷은 웃음이 잔잔하게 퍼지고 있음을 알 수 있었다.
종태는 더 활짝 웃어보였다. 그러자 그녀는 웃음을 머금었다가
갑자기 뚝 웃음기를 거두어갔다. 그리고는 멀리 하늘가로 눈길
을 모두어 갔다.

종태는 그녀가 왜 그러는가하고 의아해 하면서 자신도 모르
게 그녀의 눈길을 따라 하늘을 올려다보았다. 하늘엔 아무것도
보이지 않았고 금방이라도 곧 비가 오려는지 잿빛 하늘이었다.
종태가 다시 눈을 그녀에게로 향했을 때도 그녀는 그대로 계속
하늘만 바라보고 있는 중이었다.

그대가 내게 무언가를 주려고 했었을 때

나, 하늘을 봅니다.
그대가 나를 부르면 나는 금방이라도
훠얼훨 날아갈 듯이
잿빛 하늘가로
멀어져 갑니다.

나, 그대에게 할 말
너무 많습니다.

317

그대가 준 눈길 한 마디, 한 마디마다
서럽도록 정겹습니다.

우리, 아무 말 없어도
나는 그대의 뜻을 알고
그댄 나의 마음 뜻을 알겠지요.
멀리서 서러운 마음들이여,
이 밤을 다 지나고 나면 나는 또
마냥 기다릴 겁니다.

잎새가 다 지고 나도
나는 기다리다가 또 기다리겠지요.

나, 창밖을 보옵니다.
비 내리는 그대 창가에
소쩍새로나 다가갈까요.
아니면,
비 되어서 뿌려질까요.
그대 눈빛만 보아도 마구
달아나버릴 지경입니다.

아아, 종태는 한 편의 시를 읽고서 저절로 탄식이 쏟아져 나왔다. 그녀가 보낸 편지에는 그렇게 한 편의 시만 달랑 적혀 있었다. 몇 번의 편지가 오갔지만 오늘 아침에 담당이 갖다 준 봉함엽서에는 그렇게 시 한 편만 적혀 있었던 것이었다.

종태는 그녀의 편지를 내려다보며 눈시울이 뜨뜻해져 있었다. 정확히 해석은 할 수 없었지만 그 시를 읽으면서 알 수 없는 그리움이 듬뿍 뿜어져 나오는 것이었다. 종태는 두 번 세 번, 읽고 또 읽어보았다. 여러 번 읽을 때마다 그녀의 숨결이 다가오는 것만 같았다. 그녀가 그저께 비가 오는 날에 쓴 편지 같았다. 종태가 알사탕을 건네준 날이었다. 그녀의 시선을 따라 종태도 같이 하늘을 올려다보았을 때, 그녀는 하늘에서 꼼짝도 하지 않았던 것이다. 잿빛하늘이었다. 금방이라도 비가 올 것 같은 하늘이었는데…… 그녀는 그날 밤에 한 편의 시를 썼던 모양이다.

종태는 그 시를 읽고 나서 미치도록 그리움에 젖어들었다. 마치 편지가 그녀인 양 그의 귓불에 갖다 대기도 했으며 문지르기도 했다. 종이의 빳빳한 감이 시원하였다. 그녀의 까만 글씨 자국을 따라 형용할 수 없는 심정으로 다시 한 번 읽어내려 갔을 때, 절로 아, 하는 탄식이 배어 나왔다.

시에는 그녀의 느낌이나 생각이 모두 들어가 있었다.

어떻게 하면 이런 시를 쓸 수 있겠는가. 나도 이런 시를 쓸 수만 있다면······ 그럴 수만 있다면 나도 써 보낼 터인데, 하는 생각에까지 미치자 종태는 어느새 까마득한 절벽 위에 서 있는 것 같았다.

자신은 가방끈이 짧아서 도저히 흉내조차 낼 수 없는 그런 학문이었다. 그에게는 시 하나만 가지고도 학문이라고 할 수 있을 정도였다. 흉내라도 낼 수만 있다면 자신도 영혼을 쥐어 짜서라도 한 편의 시를 써보고 싶은 심정이었다. 그리해서 그녀에게 사랑의 고백처럼 시를 적어 보내고 싶었다.

종태는 낮 시간인 지금 뺑끼통에 걸터앉아 하염없는 생각에 젖어들어 있었다. 아무리 궁리를 해봐도 어차피 따라갈 수 없는 경지였다. 그는 천천히 편지를 바라보다가 이번에는 그 편지를 어떻게 보관하고 있을 방법에 대해서 몰두하고 있었다. 가능하다면 원본으로 그대로 보관하고 싶었지만 만일의 경우를 생각해서 그러지도 못 할 형편이었다. 종태는 점점 고민에 빠졌다. 마땅히 감출만한 데가 없었고 그렇다고 저번처럼 갈가리 찢어버릴 수도 없는 노릇이었다. 그러다가 종태는 한 가지 묘안이 떠올랐다.

그는 편지를 펴서 얼굴에다 바싹 갖다 대어서 바깥의 햇빛에 편지를 비춰보며 그녀의 시가 적혀 있는 부분만 살리고는 그 밖의 여백은 손으로 잘라내었다. 그러자 그녀가 쓴 발신인의 주소가 감쪽같이 없어져 버렸다. 발신인의 주소만 없다면 누가 봐도 이 안에서 그녀가 보낸 편지라고는 생각하지 못할 거였다. 종태는 그런 편지를 소중히 접어 자신의 위호주머니에 넣었다. 그리고는 다시 호주머니를 툭툭 쳐서 확인까지 하는 거였다.

종태가 막사로 돌아와서 제일 먼저 원진을 찾았다. 원진은 성경책을 보고 있다가 눈을 들었다.

"너, 혹시 시집 같은 것 갖고 있냐?"

"……없는데요, 왜요?"

원진이 멀뚱한 채로 되묻는다.

"아냐, 그냥 그저 봤으면 해서 말야. 너 혹시 좋은 시 하나 생각나는 거 없어?"

"……."

원진은 계속 눈만 멀뚱거리다가 풀 죽은 목소리를 냈다.

"저야 워낙 그쪽하고는 담을 싸서요. 학교 다닐 때 배운 시도 하나도 기억나지 않는구만요. 근데 갑자기 시는 왜 찾아요?"

"으응, 갑자기 시를 봤으면 해서. 유명한 시인이라면 소월이라는 사람이 최곤가?"

종태는 자신의 가방끈을 까짓 껏 잡아당겨서 기껏 생각해 낸 것이 소월이라는 사람이었다. 그 외엔 아는 이름이 없었다. 한 마디로 시에 대해선 문외한이었고 그따위 감정적인 것에 신경 쓸 겨를이 없었던 것이다. 공산주의 국가에서 종교가 아편이라면 조직세계에선 그 따위 감상적인 것이 곧 아편이었던 것이다. 감상이란 그저 배가 불러 터져서 감정을 주체할 수 없도록 여유 있는 자들이 노닥거리며 지껄여대는 것인 줄로만 알았던 것이다. 그들은 그토록 감정이 메말라 있어서 한치의 틈입도 할 수 없도록 쇠붙이로 가득 무장된 사람들이었다. 감정이란 그저 여자를 보고 느끼는 정도라고만 알았으며, 동료 간의 불행을 보고 가끔 울분의 비장한 각오로 우는 게 고작이었을 것이다. 예술적인 감각은 전혀 없었으며 그들은 감상적인 것이 그저 단지 슬퍼서 눈물을 흘리는 것만 무조건 감상이라고 생각하고 있었다.

"저엉 반장님이 시집이 보고 싶으시다면 제가 우리 여자한테 편지를 써서 몇 권 시집을 사서 넣으라고 하겠습니다. 그리고, 소지들한테 부탁을 하면 각 사방에 들어와 있는 시집이 있나 없나 알 수도 있구요. 제가 한 번 알아보도록 하지요."

원진이 성의있게 말했다. 그랬다. 수백 개나 되는 사방에는 별의별 책들이 다 들어와 있기도 했다. 방 안에 있는 재소자들이 따분하지 않도록 가족들이나 친구들이 와서 넣어준 책만 해도 엄청날 것이었다. 원진이 알아보겠다는 말은, 저녁이면 고단한 출역을 마치고 출역수들만 모여 있는 9동 상에는 소지들도 있었기 때문에 그 소지들에게 묻기만 하면 어느 방에 어떤 책이 들어와 있다는 것까지 환히 알 수 있는 일이었다. 소지들이란 맨몸뚱이 하나와 주둥이 하나만 가지고도 너끈히 징역을 살아가는 사람이었고, 그러자면 귀신같이도 개개인의 성격에서부터 신상까지, 그리고 그 방의 사정을 샅샅이 알아야만 어떻게든 울궈내 먹을 수 있는 존재였다.

돈이 많은 놈에겐 거기에 걸맞은 아부를 해야 먹을 것들을 많이 울궈낼 수 있었고, 돈이 없어 개털인 놈에겐 그런 놈들대로의 처우를 해줌으로써 우선 먹는 것인 배식에서 소지들의 조금은 불공평한 처사라도 눈감아줄 수 있는 아량을 배양시켜 놓고 있었다. 소지들은 그들의 비위를 맞춰가며 입막음과 수탈을 동시에 했기 때문에 사방 내에서의 말썽의 소지를 조절하고 있기도 했다.

지금 원진의 말은 사방을 뒤진다면 시집 몇 권쯤은 튀어나와 줄 뻔했다.

"그럼 네가 한 번 소지들한테 알아보고, 네 집사람한테도 시집이나 몇 권 사서 넣어달라고 좀 부탁하지."

"예"

종태의 말에 원진은 순순히 대답했다. 그리고 원진이 곧장 일어나서 사방으로 돌아다닐 모양이었다. 그러자면 마땅히 담당의 허락이 있어야 했다.

"담당님, 저…… 반장님이 필요해서 그러는데 사방에서 책 좀 빌려서 오겠습니다."

담당이 꾸벅 졸다가 벌떡 고갤 쳐든다.

"어떤 책을?"

"뭐 시집이나 좀 보시겠다고…… 한번 찾아보면 있을 것 같습니다."

"다른 일은 없는 거지? 혹시 통방이라도 하려고 가는 건 아니겠지?"

담당이 히죽 웃는다. 물론 원진이 그럴 위인이 아니라는 건 담당이 먼저 알고 있었다. 맨날 성경책밖에 모르는 원진이었다. 저런 놈은 보증수표라는 건 담당이 알고 있었다. 그렇지만 은근히 일침을 놓는 것이었다.

"담당님도 참…… 제가 그런 통방을 하겠습니까? 책이나 있나 소지들한테 물어보고 올랍니다."

"그럼 경교대랑 같이 갔다가 와!"

원진은 담당의 계호근무를 돕기 위해 근무보조를 나와 있는 경교대를 향해 말을 걸었다.

"경교대 아저씨, 저랑 사방에 좀 갔다옵시다. 잠깐이면 되는데."

경교대는 시시껄렁한 책을 보면서 허연 이빨을 드러내놓고 웃고 있다가 약간 김이 새는 얼굴이다. 앉아서 재미있는 책을 보고 있는데 자꾸 귀찮게 하느냐는 표정으로 원진을 바라본다.

"사방만 한 바퀴 돌아요. 소지들한테 뭘 물어보고만 오면 되니까······."

원진이 다시 재촉을 하자 경교대원은 할 수 없다는 듯이 자리에서 일어난다. 그도 그럴 것이, 경교대도 같은 식구로서 맨날 따라 다니며 계호를 했고 먹을 것이 있으면 같이 나눠먹는 그런 식구나 다름없었다. 그러니 출역수인 원진이 부탁하는 말도 굳이 마다하지 않을 수밖에 없었다. 물론 출역수를 데리고 각 사방을 돈다는 것도 이곳의 규율엔 어긋나는 일이었지만 그 정도까지는 봐줄 수 있는 것이었다. 만일 경교대가 관규에 어긋나는 짓이라고 제지를 한다면 아예 할 수 없는 일이었지만 보통 그 정도의 편리는 서로가 봐줌으로써 공생의 관계를 유지하기도 했다. 군인에겐 어디까지나 자꾸 성가시게 굴지 않는 것과 먹을 것만 자주 건네주면 안 봐주는 게 없을 정도였다. 그리고 더구나 상관인 담당의 허락이 있었기 때문에 경교대가 같이 따라나서지 않을 수가 없었다.

원진이 경교대를 데리고 나가 각 사방을 뒤져 겨우 한 권의 시집을 갖고 왔다. 이름 없는 무명 시인이 쓴 시집이었는데 으레 그런 시집은 사랑 타령인 경우가 많아서 종태에겐 퍽이나 다행스런 일이었다.

종태는 원진을 내쫓아 보내고는 열심히 책장을 넘기기 시작했다. 다른 출역수들도 각자의 자리에 앉아서 책을 보거나, 장기를 두거나, 이야기를 하거나 하듯이 종태는 시집을 보고 있었다.

그러다가 종태는 시집에서 제법 그럴듯한 시를 한 편 발견하고는 다시 원진을 불렀다. 원진이 성경을 보고 있다가 다시 불려왔다.

"너, 이것 어떻게 생각하냐?"

종태가 펼쳐 보여준 페이지에는 '꽃에게'라는 제목이 눈에 들어왔다. 원진이 눈으로 열심히 읽는 척했고 그의 대답은 금방 튀어나왔다.

"반장님, 시가 참 좋은데요? 저도 잘 모르겠지만 대충 읽어 보아도 꽤 괜찮은 거 같습니다."

"그러냐? 난 시를 전혀 모르지만 어쩐지 괜찮은 것 같드라. 그럼 이걸루 편지에다 쓰면 어떻겠냐? 아마 이 시를 편지에 적어 보내면 좋은 편지가 되겠지?"

종태의 표정이 환했다. 마치 소중한 보석을 얻은 것처럼 그랬다. 그러나 원진이 낯을 약간 찌푸린다.

"반장님, 맨날 편지를 보내도 답장 하나 없는데 또 보내실 겁니까? 저도 편지를 잘은 못 쓰지만 그렇게 여러 번 편지를 보냈다면 아마 한 번쯤은 답장이라도 했을 겁니다. 그런데 또 편지를 보내요?"

"야, 임마. 그 여잔 나한테 답장을 못 보낼 처지야. 내가 그걸 안다구. 그래서 난 답장을 안 받아도 받은 것이나 마찬가지

326

야. 아마도 그 여잔 내 편지를 다 보관하고 있을 거야. 아무튼 편지나 한 장 써 주라. 답장은 잘 받은 것으로만 쓰면 돼.”

종태의 말에 원진은 약간 의아한 표정을 지었으나 금방 표정을 바꾸고는 기록을 맡은 홍천에게서 볼펜을 타다가 종태가 내민 종이에 볼펜을 갖다 대었다. 그 종이는 이곳 구치소에서만 쓰는 봉함엽서가 아니라 일반 편지지였다.

“반장님, 이렇게 맨날 일반 편지지에다 편질 써서 어떻게 밖으로 나가지요?”

원진이 무심코 그렇게 말했을 때, 종태는 얼른 손가락을 입에 갖다 대며 조용하라고 타일렀다.

“쉬이, 임마. 이건 사제 편지야. 다 밖으로 나가는 수가 있으니까 넌 그저 쓰기만 해. 후훗…….”

“…….”

그제서야 원진은 어렴풋이 짐작할 수 있었다. 반장이 일반 편지지에다 써서 밖으로 내보내면 또 어떻게 해서 답장을 받아보고 있는 중이라는 것을. 원진은 머리를 짜내서 편지지를 메꾸기 시작했다. 그러면서 중간 중간에 시집을 펼쳐서 그것을 보고 있다가 다시 편지지를 메꾸는 것이었다.

종태가 그의 옆에 앉아서 그가 쓰고 있는 편지를 들여다보면서 눈으로 같이 따라 읽고 있었다. 그러면서 틈틈이 원진에게 코치를 해주면서. 편지는 한참만에 완성되었다. 편지쓰기가 끝났을 때, 종태는 흡족한 얼굴이 되어 있었다. 종태가 다시 편지지를 들고 눈으로 읽고 있었다.

보고 싶은 사람에게.

보내주신 편지는 잘 받아보았습니다. 벌써 스무 번째의 편지였습니다.

제가 일일이 보관하고 있지는 못하지만 그대가 보내준 편지를 기억하고는 있습니다. 저번의 편지에서 그대가 쓴 시를 보며 얼마나 기분이 좋았던지 모르겠습니다. 그날 밤은 정말 온통 하얗게 지새워버려도 하나도 아깝지 않을 시간들이었습니다. 저는 워낙 시를 몰라서 그렇게 쓰진 못합니다.

그러나 저도 그대에게 한 편의 시를 보내드리고 싶은 마음입니다. 저의 솔직한 감정 같기도 해서 이 시를 골랐습니다.

꽃에게

꽃을 본다
꽃이 나에게 무어라
말을 할 듯하다가 입술을 묻더라
무엇일까
붉은 입술만 바라보다가 잠이 든
나는

328

또 악몽을 꾸었다
사랑한다는 것이 이리도
힘이 들고
인내해야 하는 것이라면 차라리
흙이 되어 그대의
발밑에 눕고 싶다
그대의 물관부에 가득 고이는
내 눈물로
찬란한 꽃으로 다시
피고 싶다.

이제 저는 삶에 있어서 점점 힘을 얻을 것만 같습니다. 어떤 역경과 어려움이 오더라도 꿋꿋이 헤쳐나갈 자신이 생겼습니다. 더구나 그대가 그곳에서 신앙생활에 열심이라고 하니 더없이 반갑고 기쁩니다. 가끔 저도 모르게 그대를 향한 기도가 불쑥 튀어나올 때도 있었습니다. 이러한 감정은 일찍이 없었던 것이었습니다. 이게 사랑이라는 걸까요.

더운 날씨에 혹시 몸이라도 상하지 않을까 염려가 됩니다. 재판을 위해서 기도를 하고 계시다니 아마 잘 될 것입니다. 저도 멀리서나마 두 손 모아 기도를 드리겠습니다. 판사가 정상을 참작해서 당신에게 유리한 판결을 내려주었으면 하는 생각뿐입니다. 한 번 기도하는 마음으로 판사님에게 탄원서를 써서 내보십시오. 그러면 어쩌면 뜻밖에도 좋은 결과가 있을지도 모르겠습니다.

아마 이 편지를 받으면 금방 그대의 편지가 또 오겠지요. 저는 이제 그대의 편지만 기다리며 하루하루를 살아가고 있는지 모릅니다. 그 안에서 볼 만한 책이 필요하시다면 적어서 보내십시오. 그러면 제가 부쳐드리겠습니다.

그럼 내내 건강하길 빌면서 이만 줄입니다.

스무 번째의 편지를 받고
그대의 벗이 드림

종태는 편지를 다 읽고는 반듯하게 네 번 접었다. 길쭉하게 접힌 편지지를 품 안에 집어넣고는 다시 시집을 들여다보았다. 시집에는 시를 쓴 시인의 고뇌와 생각이 다 들어 있는 것처럼 느껴졌다. 종태는 점점 시에 대해 높은 경외감이 일었다. 속으로 그는 매번 편지를 쓸 때마다 한 편의 시를 옮겨 적는 것이 좋겠다고 생각하고 있었다. 그리고 그녀가 자신의 편지를 받고 어떻게 받아들일 것인가를 생각하기 시작했다.

아마 그녀도 자신의 편지를 받고는 가슴이 설레서 혼자 이리저리 창 곁을 서성이고 있을지도 모른다고 생각했다. 지금 종태의 눈에는 그러한 모습이 눈에 선했다. 그녀는 쩔렁거리는 손목으로 팔짱을 끼고는 조용히 창밖을 내다보면서 자신을 생각하고 있을지도 모르는 일이었다. 그러다가 어쩌면 나직하니 이름을 불러볼지도 몰랐다. 그녀는 너무나 소녀적이었고 감상적이어서 지금쯤 또 한 편의 시를 짓고 있는지도 모른다는 생각이 들었다. 그녀가 써 보낸 시는 정말 좋은 시라는 것을 혼자만 알고 있다는 게 너무 안타까웠을 정도였다. 그렇다고 원진이나 누구에게 내보일 수는 더더구나 없는 노릇이었다. 종태는 지금 혼자서만 생각하며 속으로 즐거워하고 있었다.

잠자리에 들 때에도 그랬지만 가끔 꿈속에서도 그녀를 만나는 꿈을 꾸었다. 그것뿐만 아니라, 이른 아침이면 기상도 하기 전에 문득 잠에서 깨어나 그녀의 생각부터 떠올렸고 출역을 하면서부터는 본격적으로 그녀에 대한 생각으로 가득 찼다. 하루의 모든 시간들이 마치 그녀를 위해 있는 것처럼 종태의 뇌리에는 그녀에 대한 생각으로만 가득 차 있었다. 단순하고도 따분한 징역 속에서의 생활이 언제인지는 모르겠지만 생각하면 할수록 그 양은 점점 늘어나서 그것은 커다란 늪이 되었고 사막이 되었고 넓디넓은 하늘이 되었다. 종태 자신은 지금 그러한 늪에 빠진 지푸라기였고, 광활한 사막과 하늘을 나는 한 마리의 새였다. 그녀의 희미한 웃음을 떠올릴 때마다 미치도록 반가운 것이었다.

처음 느껴본 사랑의 감정이었다.

이때까지 진정한 사랑을 느껴보지 못한 남자가 늦게 시작한 사랑에 쉽게 포로가 되어버리듯 이런 곳에서의 그리움이라는 것이 얼마나 애틋했는지 종태로서도 그 이유를 알지 못했을 정도였다. 그렇다고 단지 이곳에서만 가질 수 있는 그저 허접쓰레기 같은 감정의 산물은 더구나 아니었다. 음지에서 비로소 진정한 사랑이라는 것을 알았을 뿐이었다. 사람들은 흔히 그랬다. 이러한 곳에서 만나지는 남자나 여자는 그저 일회용으로 즐기기 위한, 그래서 바깥으로 출소를 하고 나면 언제 봤느냐는 듯이 쉽게 잊어버리는 그러한 감정의 발로라고밖에는 생각되지 않았던 것이다. 종태는 자신이 이때까지 바깥에서 발견하지 못했던 순수한 사랑을 되찾았을 뿐이라고 생각했다.

생각은 역시 생각하는 방향으로 열심히 치달을 뿐이다. 종태는 스스로도 곰곰이 그녀의 죄성에 대해서 생각해보지 않은 것도 아니다. 한 번 이곳에 빠져든 여자들은 결국 헤어나질 못하고, 남자들처럼 계속 들락날락거리게 된다는 것도 모르는 바는 아니었다. 유행과 사치에 민감한 여자가 결국 그 유행과 사치의 노예가 되어서 평생을 살아가는 것처럼 죄악의 습성도 그러하다는 것을 누구보다도 잘 알고 있는 그였다. 그러나 그녀에게서만은 절대 그러한 원칙이 적용될 리가 없다고 그는 생각했다. 징역에서는 열 명 중 아홉은 폐인이 되고 그 중 하나만 겨우 달인이 된다는 옛말은 절대 틀리지 않았다. 역시 이곳은 천형의 땅이기도 했다. 이 세상에서 가장 녹슬고 말라비틀어져 버린 삶이 최종적으로 거쳐 가는 과정이었다. 죄를 안다는 것이 얼마나 어려운 일인가 하면, 혹시 그 죄를 알았다고 하더라도 그랬지만 한번 뒤틀려 버린 삶은 좀처럼 펴지질 않는 것이 또한 우리들의 삶이었고 이 사회의 현실이었다.

종태의 저 깊은 마음속에는 지금 악과 선이 서로 대립하여 싸우고 있는 중이었다. 선하게 살 것인가 아니면 그대로 옛날처럼 살아갈 것인가 하는 문제로 양분되고 있었는지 몰랐다. 그러한 문제는 종태 자신도 알 수 없는 일이었다. 그곳에 있는 동안 자신도 모르게 엮어져갈 운명이란 것이 분명히 있었다. 그것은 다만 신만이 알 뿐이었다. 인간에게 선택의 여지란 원래 없었다. 그렇게 될 것이라는 예정만 있을 뿐이다.